U0110031

馬華當代詩論

政治性、後現代性 與 文化屬性

Studying Contemporary Malaysian Chinese Poetry:
Politics, Postmodernity and Cultural Identity

張光達｜著

自序

對馬華當代詩的省思：思潮、詩潮與詩史

　　本書是我從上個世紀末到近年來觀察和思考馬華當代詩現象的論述成果。前四章論文原文寫成於九〇年代末，所討論的馬華當代詩現象及文本從八〇年代末期到九〇年代末期，第一章是一九九七年馬來西亞留臺聯總主辦的第一屆馬華文學國際學術研討會的發表論文，原本的論文題目是〈試論九〇年代前期馬華詩歌風貌〉，後來曾刊登在臺灣的《創世紀詩雜誌》115 期，原本只討論九〇年代前期（一九九〇～一九九七年）的當代馬華詩歌，現今配合出書之故，再次認真重審一遍，讀後發現該文的論點放在整個九〇年代的馬華新詩現象的角度來檢視，其實也很適合，基本上整個九〇年代的馬華詩界與詩歌發展演變的重點，都有在我這篇論文裡面提到和作出分析，因此便保留了原文完整的章節和內容，只在一些細節上作出修正和增加備注作為參考。後來我發現到，如果只是純粹斷代討論九〇年代的馬華新詩，而不把八〇年代末的馬華新詩挪進來一併處理，那這個馬華當代詩在世紀末的史述就不夠完整周延，因為九〇年代前期的馬華新詩有很多面向和問題意識是延續之前八〇年代末的文學與文化的現象，尤其是一九八七年過後風起雲湧的政治氣候

和歷經「茅草行動」過後，馬華詩界發起響應的「動地吟」詩歌文學運動，形成馬華當代詩歌的感時憂國的集體書寫模式，從五字輩的成名詩人到年輕一代的六字輩詩人都紛紛景從，集體投入這個書寫模式的行列，影響持續至九〇年代。因此我把論述焦點挪前到一九八七年，提前探討八〇年代末的馬華詩界和詩人的關懷轉向，成了本書中的第一章〈馬華當代詩論（一九八七～二〇〇〇）〉。一九八七年除了是馬來西亞政治文化上具關鍵性的年份，也是造成馬華詩壇和詩人作品轉向的關鍵性年份，關於八〇年代馬華現代詩語言轉型和轉向的深入討論，詳見我的另一本專書《馬華現代詩論：時代性質與文化屬性》（臺北：秀威資訊，2009）中的第一章。

二〇〇四年陳大為編《赤道回聲：馬華文學讀本 II》（臺北：萬卷樓，2004），曾經在該書的〈序：鼎立〉中指出我這一篇論文「宏觀敘述底下，完整地討論了當代西馬及旅臺詩人的創作概況，卻忽略了整個東馬詩壇」。我承認論文中完全沒提到東馬的文學概況或砂華詩壇，是不容否認的事實，但我當時其實並沒忽略砂華當代詩歌的存在，只是論文寫作時我手頭上收集到的東馬詩歌資料不多，還不足以讓我可以放手對砂華詩歌表現下定論，而且那時也還未閱讀到砂華作家與詩人如田思、沈慶旺、阿沙曼等人的砂華文學評論文獻。九〇年代以降的砂華文學，令人留下鮮明印象的是書寫環保題材的詩作，在吳岸、田思、沈慶旺、李笙等砂華詩人的筆耕不輟之下，成果豐碩，但我礙於這方面的資料收集得不夠齊全，只在論文中大略提到九〇年代馬華當代詩中的一項特色是詩人對「綠色環保」和「環保課題」的書寫意識，其實所指的就是砂華詩人的「環保詩」。無巧不巧，當年與我同台提呈論文的就是來自東馬砂拉越的田思，

而他所提呈的論文題目就叫〈草木堪憐，山水何辜——談砂拉越的環保詩〉。論文發表後我寫了一篇評論砂華詩人李笙的文章〈心中瀅響淙淙的水聲——讀李笙的詩〉，一九九八年發表在《南洋商報》的文藝副刊上，該文最後一段這麼說：「今年當我著手寫九十年代馬華詩歌風貌的論文時，因為對於砂華詩壇的陌生和詩作資料的匱乏，逼得對它留下一頁空白，這一點一直使我感到耿耿於懷，寫這篇文章時不免心緒翻動，覺得好像是在完成了某件事。」此文已收入我的第一本評論集《風雨中的一枝筆：馬華當代詩人作品評述》（吉隆坡：大將出版社，2001）。我深知對於砂華詩人，單單寫一個李笙是不夠的，舉這個例子出來無非是想說，我們不應該忽略東馬文學或砂華詩壇，如同陳大為不忘指出的，無論是西馬或東馬，沒有存在任何從屬關係，而把東馬納進來討論的馬華文學研究，可以更準確地掌握各地區的文學風貌和實況。近年來砂華文學和詩歌的研究論述已有豐碩的成果，除了收入陳大為等編《赤道回聲：馬華文學讀本 II》的沈慶旺的〈雨林文學的迴響——1970-2003 年砂華文學初探〉與阿沙曼的〈璀璨年代文學的滄桑——拉讓文學活動的回顧與探討〉，讀者亦可參考重要專書如田思的《沙貝的迴響》（吉隆坡：南大基金會，2003），重要論文如李瑞騰〈詩巫當代華文新詩——以草葉七輯為主要考察對象〉、鍾怡雯〈砂華自然寫作的在地視野與美學建構〉。盱衡上述論文已經對砂華詩歌作出相當清晰完整的理論建構，除了砂華詩歌的環保意識，目前我也沒有其他觀點要補充的，因此我決定不在本書第一章另闢章節討論九〇年代砂華詩歌，只是加進一個小注腳，以方便這方面有興趣的讀者作為參考之用。

　　必須在此指出，以一九八七年普遍對馬來西亞華人在政經文教各方面具有重大意義和日常生活影響深遠的關鍵年份，作為二十世紀末馬華當代詩的討論起點，並不意味著我有意以泛政治的層面或政治掛帥的論述角度來分析和闡釋文學史，畢竟文學史或詩史的流變走向極為複雜，除了來自政治方面的強制性因素影響以外，還有文化生態、文學環境、社會語境、歷史背景、詩人的身份屬性、文化主體性等等外在和內在的因素彼此之間緊密牽動纏繞在一起，如我在這一篇章所提到的（想像的）文化鄉愁、中國性的象徵符碼、都市文化精神、流行通俗讀物、工業社會轉型、文學集團的權力架構、邊緣或次文化主體發聲、新銳的另類書寫、後現代語言的轉向等等，不應該被視為「政治決定論」的狹窄論調。其後的第二章〈馬華政治詩：感時憂國與戲謔嘲諷〉和第三章〈馬華鄉愁詩：中國性與現代主義〉是延續第一章的命題出發，對九〇年代兩種類型的馬華詩歌現象演變的時代性質和特殊意義，作出更為詳細的討論，除了剖析時代意義，還深入到文本分析層面，論證八〇年代末的政治變化對這個時期及其後九〇年代的馬華新詩的轉向，及其問題意識的重大關聯。基本上這兩種馬華詩歌在這時期的浮現到蔚為大觀（或潮流、思潮），確實有著種種現實政治社會因素的糾葛，與詩人的文化身份屬性對話互動的內在聯繫，很難把它們徹底分開來討論，只討論詩人身處的社會文化語境背景，或只是分析詩歌文本中的語言技巧和美學表達方式，是不夠的，也是不足取的，根本無法深一層的認識到馬華當代詩的精神面貌和美學根柢在哪裡，遑論透視馬華詩人的書寫動機和心理意識。政治現實與文化身份的感時憂國的書寫模式，回歸中華文化精神的鄉愁情結和充滿中國性象徵符碼的文

化召魂儀式，是這些詩最鮮明突出的（負面）表現和寫照，考慮到其對於這一代馬華文學和當代馬華詩史的重要經驗和特殊意義，因此特闢兩章深入論述。

　　除了討論馬華當代詩中形象鮮明的感時憂國與中國性現代主義的文化鄉愁，在第四章轉換視角，把目光轉向長久以來在馬華文學評論中缺席或讓馬華論者難以（或不屑？）啟齒的情色詩。馬華文學並不是沒有書寫情色題材的文學作品，在中短篇小說方面，書寫情色或以性禁忌為主題的馬華作品，自七〇年代以來的溫祥英、宋子衡、小黑，以及八〇年代後期的商晚筠、洪泉等人，及九〇年代過後崛起的年輕作者如夏紹華、陳志鴻、黎紫書、翁弦尉、李天葆等人。至於馬華詩歌方面，七〇年代的艾文詩集《艾文詩》，可算是那個時代一部書寫情色題材、描繪情慾耽溺與人性欲望纏綿最為動人的馬華現代詩集，當然作為馬華現代主義的前驅人物之一的詩人艾文，這本詩集中的語言展現出形象鮮明的象徵主義色彩，和存在主義思考的面向，讓詩集中的情色書寫鋪上一層隱晦曖昧的語言意境。從八〇年代後期開始到九〇年代以後，馬華情色詩也逐漸多了起來，勇於書寫這類題材的詩人驟然多了起來，是否表示馬華文藝刊物的編輯開始接受或勇敢刊登情色作品？總之踏入九〇年代以後，馬華情色詩數量可觀，成名詩人也加入書寫情色詩的行列，如沙河、方昂、陳強華、楊川等人，而七字輩的新生代詩人如許欲全、趙少傑、翁弦尉等人在情色議題的書寫表現手法更加令人耳目一新，刮目相看。詩人以情色議題或題材入詩，可以是一種遮掩婉轉的政治訴求，可以是對文明與自然辯證的省思，甚至可以是表達一種身體欲望對比社會禁忌壓抑的解放意願，更加可以是一種不假外

求的身體自主權的情慾自我展現或同性情慾主體的熱情奔放。我以詩文字中種種幽微的情慾感受和詩人的身體意識自我表達，寫成本書第四章〈馬華情色詩：從遮掩到裸裎〉，書寫此文的動機除了探討詩人文本中的層層曲折幽徑或濃烈奔放的情慾，還有一個更為根本的出發點，即是意識到這個馬華次文類的詩文本，長久以來都是屬於社會文化上的禁忌圖騰，面對來自邊緣另類的聲音，文學傳統上被視為不堪入目難登大雅之堂的小敘述，無論是文學獎的舉辦或是作品選集的編纂工作，都明文規定參賽作品不得觸及敏感色情題材，或是強調選入的文學作品具有健康意識的創作，強行把它們排除在文學主流範圍之外。這種可笑的分類排除淨化動作，數十年來沒有人認真思考和質疑過，馬華論者也不曾以嚴謹正面的角度看待過情色作品所具有的時代意義，或探討其社會與美學建構的身體政治批判意識。面對它長久在馬華文學評論或文學史的缺席，因此我有意透過這篇情色詩的討論，來瓦解或推翻一般人對情色書寫的傳統刻板印象和保守僵化思想觀念，虛心聆聽這股來自邊緣或弱勢群體的聲音，反思詩人的欲望書寫與書寫欲望的能量。

　　第五章〈陳強華論：後現代感性和田園模式再現〉，以八〇年代以來最出色的馬華詩人陳強華為論述個案，針對詩人在九〇年代出版的兩部詩集《那年我回到馬來西亞》和《幸福地下道》，全面探討分析詩人自八〇年代中後期到九〇年代的詩作，指出八〇年代末的政治風暴和社會文化語境，對其詩作造成深刻的影響，在其浪漫主義語言與後現代觀念的修辭兩極之間來回折衝擺盪，九〇年代詩人的幸福甜蜜生活和面對現實政治體制對個體有形無形箝制的敏銳感受，形成其詩中揉合浪漫語言色彩與後現代生活觀念的反思辯證，

我把陳強華這個時期的詩語言統稱為「後現代感性」，希望讀者嚴正看待這個臺灣源頭的後現代語言，在經過本土物質視角的轉化翻譯之後所形成的在地後現代視野和關懷旨趣，已經不同於其來源地臺灣或是西方的後現代文本。進入廿一世紀，陳強華再交出另一部新詩集《挖掘保留地》，語言視角和表現技巧越見純熟，詩裡行間對生活和生命的省思往往觸動人心，可謂集前衛思路與極簡風格於一身。

　　前面幾章處理了八○年代末到九○年代馬華當代詩的主流書寫，即八○年代末期的感時憂國詩及九○年代前期的文化鄉愁詩，第六章〈從國家大論述到陰性書寫、文本政治——林若隱、呂育陶的後現代視角〉，探討九○年代馬華詩壇非主流或所謂「政治不正確」的馬華詩人及其詩作文本，舉了前六字輩的女性詩人林若隱與後六字輩的男性詩人呂育陶的詩作為例，集中討論兩位詩人九○年代詩歌文本中的後現代視角，林若隱早在七○年代末、八○年代初的天狼星詩社時期即已嶄露頭角，經歷和見證過天狼星詩社從鼎盛走向沒落的時光，詩作從八○年代早期的現代主義轉向八○年代後期的後現代風格，八○年代末馬來西亞發生的茅草行動政治風暴，這個時期的政治局勢使到詩壇湧現大量的感時憂國詩或「中國性—現代主義」，然而林若隱獨排眾議，在政治隱喻的陰性書寫中投注了女性自我的主體意識，同時利用個人生活空間的瑣碎政治來反思或質疑國家大論述和政治大格局的書寫策略，為當時主流政治詩的感時憂國與批判現實的文學氛圍中，呈現出一股異質的聲音，也為後來的馬華詩語言轉向試探出一條明路。九○年代以降出色的馬華女詩人除了林若隱，還有邱琲鈞和劉藝婉，都有亮眼的表現。另一方面八○年代末的文學刊物《蕉風》刊登介紹了為數不少的西方後現代理

論大師的翻譯論述，還有標榜年輕作者群的同仁性質刊物《椰子屋》發表了大量具有後現代風格的詩作，形成了我所謂的一群「椰子屋詩人」，他們的詩作一般特色是生活化、口語化和散漫形式的後現代語言風格，在這群新生代寫作者當中，成績最亮眼和成功在九〇年代建立起個人風格的是詩人呂育陶。九〇年代馬華當代詩的後現代語言轉向，到了呂育陶手裡，得到充分的發揮和發展，種種後現代的書寫策略，及社會變遷中的後現代與後殖民混雜性格，盡情得以在呂詩中並置呈現，常常是揉合摻雜兩者，而顯現出文本政治的複雜多音面貌，也成功的質疑和顛覆了文學與現實的虛實建構關係。呂育陶詩的後現代與文本政治的語言策略，有其文化脈絡和社會語境為支撐點，可謂九〇年代以來馬華後現代語言轉向的集大成者。

　　二〇〇〇年以後的馬華新詩風貌，詳見本書中陳大為、呂育陶、翁弦尉、林健文、劉富良的詩人個論。除了前述的呂育陶，從第七章到第十章，具體論述陳大為的南洋史詩與敘事策略，翁弦尉的後現代的錯體書寫與後殖民主體的身份建構，林健文的熱帶原始森林的漫遊者，劉富良的城市鏡像與欲望書寫。這幾位馬華詩人在廿一世紀的詩藝表現，整體上來說取得非常不俗的成績，陳大為對歷史敘事詩的高度拓展與持續經營，帶來南洋史詩書寫的突破，所取得的成就無論是放在馬華詩壇或港臺文學來說，鮮有人能出其右。呂育陶融合後現代與文本政治的書寫策略令人耳目一新，翁弦尉對後現代身體政治與後殖民主體身份的反思批判力道，引人深思，林健文以後現代都市漫遊者的姿態思考熱帶森林的存在邊緣性質，詩中所呈現的互文與時空交錯，一一展現在我們眼前，而劉富良對欲望書寫與城市鏡像的耽溺戀物的爆發潛力，卻也不容我們等閒視之。

這幾位馬華詩人書寫的關懷旨趣容或存有極大的差異，但他們在已經出版或大量發表過的詩作文本中，具體地展現出高度的語言意識與充沛的創作能量。他們作為新世紀裡最好的馬華詩人，其重要性不容忽視，本書因此以他們作為取樣，論述他們的詩作文本的當代特色，期望能夠藉此勾勒出新世紀第一個十年中的馬華當代詩特色。

　　馬華新詩進入九〇年代以降，呈現更具靈活性、多元化的面貌格局，已經無法再用「現代主義」的準繩來含蓋解讀這些詩作，因此本書棄用一般馬華論述所習用的「現代詩」來統稱九〇年代以後的馬華新詩，而改以「馬華當代詩」稱之，標示新世紀裡一個嶄新多元的當代馬華詩風貌的到來。另外對於書名的「後現代性」，有幾句話必須釐清，本書探討馬華當代詩中的「後現代性」特徵，主要是指馬華詩人引用後現代觀念或語言技巧來觀察和思考當代全球化的都市社會，以一種辯證關係的視野來反思國際思潮與本土政治現實的依違關係，至於那些純粹為表現後現代，而拾人牙慧的後現代仿習之作，一味追隨國外潮流而無實質內涵的詩作，在理論上都是站不住腳的，稱為「偽後現代」也不為過。必須指出的是，如同解讀馬華當代詩中的政治性和文化屬性，後現代性只是馬華當代詩中的一個局部存在，不可能是全部，在八〇年代末、九〇年代初的馬華現代詩的語言轉型期間，浮現一批年輕詩人的後現代語言轉向，無論是文化生態中文學新舊交替的角力，或是文化政治上主體身份屬性的反思，都有其特殊的文化脈絡作為支撐點。而且它作為馬華當代詩的思潮之一，已經脫離原來語境的特徵，這方面反而是我較有興趣要去處理和思考的。陳大為曾多次表明他對馬華後現代詩持審慎保留的態度，在最近一次的通信裡，他認為應該把九〇年代以

降馬華詩壇的後現代現象,視為一股思潮,而不是一個時期(或詩
史的分期),就比較容易妥善處理個別詩人或局部詩作,也比較能夠
表現詩壇眾聲喧譁的實況。除了戒慎思慮「後現代」是否被馬華詩
人濫用,我想大為擔憂的是,如果強行把局部的文學語言現象無限
放大,說成是整個詩史的潮流,很容易誤導人,這樣論述文學史或
當代詩的方式,往往忽略掉一些具體處境之中異質或複雜的層面,
無論如何都是不足取的。

　　最後我要感謝秀威資訊科技對這本學術論文集的全費資助出
版,在當前市況不景氣的這個時刻,秀威的世玲經理慨然答允出版
此類冷門的學術著作,在此致上深深的謝意。秀威的編輯林泰宏先
生及每一位參與校對的工作人員這些日子在出版編輯上的耐心和協
助,所有曾在學術研討會或期刊論文發表時提供寶貴意見的學者和
編輯,在此一併致謝。

2009 年 8 月 4 日寫於檳城

目　次

自　　序　　對馬華當代詩的省思：思潮、詩潮與詩史 I

第 一 章　馬華當代詩論（一九八七～二〇〇〇年）............. 1

前　言 1
第一節　詩作的發表園地 3
第二節　跨越八〇年代～九〇年代：
　　　　從現實主義到寫實兼寫意 5
第三節　政治詩：從感時憂國到戲謔嘲諷 8
第四節　鄉愁詩：
　　　　田園鄉土、古典抒情、本土性 12
第五節　都市詩：
　　　　從城鄉對立到通往都市科幻之路 15
第六節　後現代觀念：嶄新的書寫疆域 20
第七節　都市大眾文化：消費市場／消費性格 23
第八節　新銳崛起 25
結　語 27

第 二 章　馬華政治詩：感時憂國與戲謔嘲諷 29

第一節　前政治詩：感時憂國，好發議論 29
第二節　後政治詩：戲謔嘲諷，荒誕不經 38

第三章　馬華鄉愁詩：中國性與現代主義...................... 45

　　前　言　馬華鄉愁詩的由來.......................... 45
　　第一節　辛金順：童年鄉土的抽象模式.............. 48
　　第二節　林惠洲：古典中國的抒情想像.............. 52
　　第三節　林幸謙：大中國意識的自我放逐.......... 55
　　結　語　.. 59

第四章　馬華情色詩：從遮掩到裸裎...................... 61

　　第一節　甚麼是情色／情色詩？.................... 61
　　第二節　政治隱喻的策略書寫 63
　　第三節　遮掩婉轉的情慾訴求 65
　　第四節　文明與自然的性愛辯證 68
　　第五節　靈肉享樂的情色快感 72
　　第六節　身體器官的顛覆力量 74
　　第七節　嘉年華遊戲的多元性 79
　　第八節　廿一世紀馬華情色詩的方向 81

第五章　陳強華論：後現代感性與田園模式再現.............. 83

　　前　言　.. 83
　　第一節　返馬時期：後現代遭遇本土現實 84
　　第二節　前中年時期：幸福生活與公式化人生........ 95
　　第三節　田園模式再現：童年歲月與鄉土情結....... 103
　　結　語　.. 110

第 六 章　從國家大論述到陰性書寫、文本政治......................
　　　　——林若隱、呂育陶的後現代視角.....................113

　　前　言　...113
　　第一節　林若隱：
　　　　　　從國家大論述到陰性書寫、瑣碎政治....115
　　第二節　呂育陶：後現代的政治／
　　　　　　美學、文本政治的解構策略.................127
　　結　語　..137

第 七 章　論陳大為的南洋史詩與敘事策略.....................139

　　前　言　...139
　　第一節　陳大為的南洋史詩：
　　　　　　歷史主體、文本語境與敘事策略.........140
　　第二節　南洋史詩的歷史主體性：
　　　　　　政治現實的再定位或缺席的觀者？......153
　　結　語　..158

第 八 章　後現代的錯體書寫，後殖民主體的身份建構
　　　　——翁弦尉詩集《不明生物》...........................159

　　第一節　後現代的錯體書寫.........................159
　　第二節　後殖民主體的身份建構.....................169

第 九 章 熱帶原始森林的漫遊者,或(後)現代(跨)
城市的抒情詩人
──林健文詩集《貓住在一座熱帶原始森林》
.... 175

第一節 互文:與村上春樹想像的對話............. 175
第二節 後現代性:
跨國主體與城市的抒情詩人 180
第三節 漫遊:
後殖民主體身份的追認／再確認 185

第 十 章 詩人的城市鏡像與欲望書寫
──劉富良詩集《零的睡眠》 193

第一節 欲望主體 193
第二節 虛無鏡像 198

參考書目 207

第一章　馬華當代詩論
（一九八七～二〇〇〇年）

前言

　　本章理論探討的立足點，踩踏在二十世紀八〇年代末、九〇年代的馬華詩壇上。構成馬華詩壇的具體成果包括各別詩人的詩集選集、重要或有代表性的文學刊物如《蕉風》和《椰子屋》，以及《南洋商報》和《星洲日報》兩大報紙的文學副刊版位。時間方面定於一九八七～二〇〇〇年的期間，空間方面則限定於馬來西亞，因此本文只著眼於此一時空背景下的馬華詩歌作品。[1]

　　九〇年代的馬來西亞，在政治方面，執政黨經歷一九九〇年和一九九五年兩屆全國大選後政權日趨鞏固，政綱在某種程度上來說也較八〇年代來得理性、開放與開明，政治局勢則從八〇年代後期的尖銳沉鬱到九〇年代前期的變革平和。[2]在經濟方面，國家一片欣

---

[1] 筆者把討論時間定於一九八七年開始，最大的原因乃是一九八七年的政治動盪事件，馬來西亞華人的文化憂患意識和身份認同危機，於八〇年代末期達到最高點。馬華詩人表現在文學上的「感時憂國詩」，在整個八〇年代的馬華文學發展中最為突出和出色，影響了後來九〇年代馬華文學的新詩趨勢和書寫模式。雖然說這些詩作文本受制於時代語境的局限，偶或有不足之處，但不可否認的是它在馬華文學史的獨特意義，首開馬華政治詩先河，跨越八〇年代末到九〇年代的時間點，因此筆者把這一段時期的馬華新詩挪進來一併討論。二〇〇〇年以後的馬華新詩發展，詳見本書中陳大為、呂育陶、翁弦尉、林健文、劉富良的詩人個論。

[2] 馬來西亞在八〇年代中期開始，由於執政黨內的馬來人成員黨「巫統」發生黨的激烈權力鬥爭，當時的首相馬哈迪受制於黨內派系鬥爭，本來對馬來西

欣向榮，從一九八七年開始穩步發展，連續八年取得超過百分之八的經濟成長率，高於其他東南亞國家，可謂發展中國家一項了不起的成就。吉隆坡穩定的宏觀經濟環境，維持在低通貨膨脹率及失業率，加上充足的外匯儲備，使得九〇年代馬來西亞經濟發展遠景帶來正面樂觀的影響。蓬勃先進的工商業發展，成為政府當局衡量國家經濟發展率的重要指標。馬來西亞已經成功的從農業社會轉型為工業社會，大型都會的崛起，鄉村小鎮的居民大舉搬遷入大城市，城市人口不斷激增，國民所得收入也逐年增加，這一切加速馬來西亞的社會面臨重大的轉型變質。政府推動高科技工業，以替代密集工業，制定新的工業發展大藍圖，規劃工業先進國的 2020 宏願，制定各種獎勵措施來吸引外資，提倡以資訊發展掛帥的多媒體超級走廊計劃，電子工業和電腦工業取得優越的成就，成為全球最大的電子晶片出產國和出口國。上述種種跡象顯示邁入一九九五年以後，馬來西亞開始朝向「後工業化」的首期階段。

亞華人採取一種不願承認卻相對放任的態度，轉向一九八七年的強硬政策，展開「茅草行動」的大逮捕，共百多位朝野政黨人士和華團領袖未經審訊而被扣留，強化了國家政治的威權主義色彩，民主人權嚴挫敗倒退，這個八〇年代末的政治事件普遍引起華人社會集體的憤怒與失望。一九九〇年全國大選過後，馬哈迪對華人政治態度開始出現轉換，改變八〇年代末的權威壓制，嘗試建構一套新的文化意識形態，加以柔性說服，以合理化正常化國家社會的秩序，注重整體的經濟發展，一方面藉此獲取人民內心的臣服，另一方面則加強對民間社會的控制，企圖吸納和化解民間的不滿，以一種更靈活的機制來統合收編社會力量。一九九五年的全國大選執政黨獲得壓倒性的勝利，華人選民出現投票上的重大轉向，給予執政黨大力的支持，就華人的政治趨勢而言，則是馬哈迪的執政論述和統合主義發揮了強大效應。八〇年代、九〇年代馬來西亞華人政治的精彩分析見潘永強：〈抗議與順從：馬哈迪時代的馬來西亞華人政治〉，何國忠編：《百年回眸：馬華社會與政治》（吉隆坡：華社研究中心出版，2005），頁 203-232。

　　除了國家經濟的蓬勃發展，工商社會的白熱化，資訊世紀和都市化的呼之欲出外，九〇年代馬來西亞的重大課題尚包括非法移民、綠色環保、金錢政治、私營化政策、新教育法令對華文教育的衝擊、多元文化配合多元種族的意識形態。在以上對馬來西亞當前政治、經濟、社會、教育的客觀環境認知下，進而審視二十世紀九〇年代馬華詩壇新詩風貌，我們可以發現這一時空的詩歌作品與上述種種客觀現象的交互關係，是緊密相隨的，也讓我們更容易掌握世紀末馬華詩歌的風貌。

第一節　詩作的發表園地

　　九〇年代馬華詩創作的發表園地版位，取得最豐碩成果的數《南洋商報》的副刊〈南洋文藝〉和《星洲日報》的副刊〈文藝春秋〉。這兩份報紙的文藝副刊，提供了寶貴的詩發表園地，刊登大量的詩作，品質都有一定的水準。《星洲日報》兩年一度舉辦花蹤文學獎，發掘了不少優秀的寫作者和詩人，得獎的詩人計有方昂（1952-）、沙河（1946-）、小曼（1953-）、葉明（1955-1995）、林若隱（1963-）、吳龍川（1967-）、夏紹華（1965-）、陳大為（1969-）、呂育陶（1969-）、林健文（1973-）、翁弦尉（1972-）、陳耀宗（1974-）等。除了報紙副刊，純文學雜誌刊物如《蕉風》、《椰子屋》、《馬華作家》也發表了數量可觀的詩作品。《蕉風》在二〇〇九年已出版五百期，可稱的上是全球中文刊物裏最長壽命的純文學刊物，所刊載的各種文學作品以詩歌最為豐富，無論是質或量，詩的成就遠勝

於小說和散文，曾為多位詩人出過專輯，如陳強華（1960-）、黃遠雄（1950-）、沙河、方昂、沙禽（1951-）、方路（1964-）、吳岸（1937-）、艾文（1943-）、李宗舜（1954-）、王德志（1977-）、張瑋栩（1977-）等。九〇年代的《蕉風》詩作品，秉承其一貫多元化開放的編輯方針，既刊載寫實語言的詩作如吳岸、方昂、傅承得（1959-）等人的詩，也有其他流派風格的詩歌，比如走前衛路線的詩人蘇旗華（1969-）、夏紹華、呂育陶、邱琲鈞（1971-）等。寫實和前衛的表現手法，在《蕉風》裏形成一鮮明強烈的對照。《椰子屋》標榜的是年輕寫作者群的前衛／後現代寫作路線，這些作者多為六字輩以降諸如桑羽軍、翁華強、蘇旗華、呂育陶等，扮演著前衛和先鋒的角色，向詩的異域探索前進，《椰子屋》存有很濃厚的同人刊物色彩。[3]

---

[3]　「字輩斷代法」是馬華文學的特色，成為馬華文壇上一項不成文的共識，陳大為《馬華當代詩選 1990-1994》序中說：「以字輩為世代的劃分，始於一九八三年的一部文選《黃色潛水艇》的主題：『六字輩人物』，其後就被繼續沿用下來，凡是 1960-1969 年出生的文學創作者，都約定俗成的歸入六字輩，漸漸成為一種共識。1992 年 3 月始，《椰子屋》文學月刊連續幾期刊載了『七字輩專輯』，1994 年 11 月 1 日《南洋文藝》更大規模的推出「馬華文學倒數」系列，從七字輩專號開始，一直倒數至元老級的一字輩為止，一連刊載了三個月。」參見陳大為編：《馬華當代詩選 1990-1994》（臺北：文史哲出版社，1995），頁 9。以字輩斷代法來檢視各世代的創作情況，分析各世代作品中的語言風格和題材的差異，其實並不容易，也存在許多盲點。我們看到不同字輩的作家詩人，彼此間的差異並不截然劃分，在差異中也有滲透之處。嚴格來說，字輩斷代法只是一種權宜之計，並不是絕對的風格指標。

第二節　跨越八○年代～九○年代：
從現實主義到寫實兼寫意

　　九○年代的馬華詩壇，前行代詩人仍然持續發表詩作的不多，作品風格大致上沿襲五○、六○年代以降的現實主義文學路線，較側重現實社會生活的題材，語言文字流於因襲簡陋。他們強調本地色彩，卻因為欠缺對馬來西亞整個時代的面貌變遷深一層透視，也無法對本土性的議題提出思想的整合，一般上這些詩人的詩語言流於透明表面化，本地色彩在「寫實」的語言包裝下，形成一種變相的原始材料的詩句填充，這種長久以來被馬華現實主義的詩人作家視為具有「本土色彩」或「馬來亞色彩」的詩語言，擺在今天的詩美學標準來看，其實是相當空洞蒼白的，詩的表現形式和精神面貌流於貧瘠僵化。這群高舉「現實主義」大旗的前行代詩人形成馬華文學的傳統主流，馬來亞獨立前後很長的一段時間內，掌握馬華文壇的文化資本和象徵資本（報館、出書、作家協會、出國參加會議），以領導姿態代表馬華詩界數十年如一日。但如果以他們整體作品的成績來評價，很多都是不及格的。前行代詩人中，較值得令人注目且能保持創作水準的首推吳岸。吳岸是馬華詩壇中少數能夠提出一己觀念「現實主義文學」的詩人，他是前行代詩人中奉行現實主義詩觀且取得詩成就最大的一位詩人，近年來他的詩頗受到國內外文學界的重視。[4]

---

[4]　吳岸的詩歌作品，近年來受到臺灣和中國大陸文學界的重視，一九九五年臺北九歌出版社由張默與蕭蕭合編的《新詩三百首》收集中國、臺灣及海外華文詩人自一九一七至一九九五年的優秀詩作，吳岸有三首詩被收入其中，也

　　前行代的三字輩和四字輩詩人大都處於停筆或半停筆的狀態，整體成績在九〇年代裏看不到什麼前景。七〇年代遭現代主義洗禮的四字輩詩人中至今猶在創作的有溫任平（1944-）、沙河和艾文。溫任平曾經一度停筆，在九〇年代後期復出，寫詩兼寫文化評論，有不俗的表現。艾文在跨入九〇年代也停筆退出文壇，直到二〇〇八年才重拾詩筆，但其詩風已遠離了《艾文詩》時期那富有實驗性質的語言形式，改寫明朗淺白的詩。沙河在整個八〇年代停筆之後，於九〇年代初重現詩壇，他的詩風保有很濃厚的現代主義和象徵主義揉合的思維語言，對現代人的存在意義和都市生活頹靡的一面有深刻的內省批判，包裝在他的現代主義的精神視野下，是九〇年代馬華詩壇最出色的四字輩詩人之一。

　　五字輩的詩人如傅承得、方昂、游川（1953-2007）、李宗舜、沙禽、葉明、小曼、黃遠雄等都曾經是八〇年代詩壇的重要詩人，步入九〇年代也能維持一定的水準。其中李宗舜、傅承得、沙禽、游川都曾經過八〇年代之前現代派的洗禮，九〇年代則從他們早期創作的現代象徵性強烈的詩語言轉為寫實兼寫意的風貌。[5]一些五字

是馬來西亞唯一被選入的作者，此外他的數首詩作，亦被選入張香華所編的《中國當代詩選》，此書已上網際網絡。在中國大陸吳岸的手稿和作品，也分別被收入廣州出版社出版的《國際華文詩人百家手稿集》和《國際華文詩人精品集》。在馬來西亞吳岸更被視為最重要的馬華詩人之一，他的作品充分得到馬華文學的肯定，《蕉風》475 期（1996.11-12）和《南洋商報・南洋文藝》（1997.06.06，1997.06.11）都分別辦過特輯表揚他的文學成就。

[5]　「寫實兼寫意」一詞乃是留臺學者陳慧樺一篇評論文章的題目，他在該篇論文裡論傅承得、陳強華的詩：「……我們就會發覺，他們都很關懷現實生活，他們都或直接或夢幻地對周遭的事物作了反映，但是，他們也能在抒發情懷，營造情節時，做到蘇俄形構主義者所主張的異化，以新穎的處理方式進入更高的境界……他們的近期作品中，他們卻已從晦澀、浮泛以及喧譁中走

輩詩人的詩，過度依賴寫實語言的溝通傳達，語言文字過於淺白，過多地溶入敘事成分，致使詩流於散文化、概念化，另一些詩人則無節制地抒發浪漫理想的心境感懷，情緒化的語言往往只停留在書寫對象的表面，詩的素質變成稀薄。這些詩作跟評論家陳慧樺所說的「從晦澀、浮泛以及喧譁中走向寫意的寧靜」的境界還有一大段距離，能夠達到這個「寫實兼寫意」境界的馬華詩人委實不多。身為一個有自覺性和創作性的現代詩人，詩歌的技巧運用和語言錘煉是不可不加於注意的，他們的詩表現在九〇年代過後頗堪憂慮。[6]

　　方昂是八〇年代跨越九〇年代的重要詩人，他也是馬華詩壇上詩產量最為豐富的詩人之一。基本上他的詩風是寫實的，但勝在語言的不甘平實，在寫實的語言中融合了現代派的多種技巧手法，提升了詩作品的素質，偶爾有突破的構思，近期還在穩健的發展。除了五字輩的中年詩人以及上述提及的六字輩詩人，另外一些六字輩詩人從八〇年代到九〇年代的馬華詩壇持續發表詩作，且能夠保持一定的水準，這些人多走抒情兼寫實語言路線，詩中充滿樂觀積極正視現實生活的態度，計有楊川（1961-）、鍾可斯（1963-）、張永修（1961-）、李國七（1962-）、陳紹安（1963-）、劉育龍（1967-）等人。

向寫意的寧靜。」參見陳慧樺：〈寫實兼寫意──新馬留臺作家初論（上）〉，《蕉風》419 期（1988.10），頁 3。

[6]　這種擔憂並不是沒有根據的，五字輩詩人的詩風越來越白是有目共睹的事實，陳大為編《馬華當代詩選 1990-1994》只選錄二位五字輩詩人的作品理由就在此，國外評論者岳玉杰討論《蕉風》所刊登的詩作時曾呼籲馬華詩作者注意詩和散文的區別，防止散文化的傾向問題，參見岳玉杰：〈椰風蕉雨話詩壇〉，《蕉風》470 期（1996.01-02），頁 4-13。

第三節　政治詩：從感時憂國到戲謔嘲諷

　　一九八七年馬來西亞暴發種族衝突，一場政治大逮捕，一場司法界大風暴，吉隆坡一名軍人槍擊事件弄得劍拔弩張人心惶惶的社會局面。[7]傅承得身處這樣的政治局勢中，受到上述種種社會政治文化的衝擊和激盪，通過一個叫「月如」的傾聽者表達了他心中的感受：悲憤、無奈、恐懼、陰影、失望，寫下了一系列頗有時代代表性的「政治抒情詩」，交出他的第二本詩集《趕在風雨之前》。當時的傅承得將寫詩的重點擺在政治、文化、民族等主題上，詩中的語言充滿重重的憂患意識，文字運用則趨向明朗、平易和散文化。[8]步傅承得後塵在詩中宣洩議論、感時憂國的詩人有小曼、艾文、游川、黃遠雄、辛金順（1963-）等，他們注重詩人與讀者間的溝通問題，

---

[7]　這場政治大逮捕，史稱「茅草行動」（operasi lalang），起因可從兩方面來看，一是當時的首相馬哈迪面對黨內不同派系的分裂、黨領導權的危機，政治敵手挑戰他的領導地位，讓他在政治上採取強勢和威權專制的作風。一是教育部派遣不諳華文的教師到華文小學任高職，引發華人社會強烈抗議憤怒，因此華團領袖結合華人政黨人士在吉隆坡天后宮舉行抗議集會，觸發族群緊張關係。論者以為這個抗議活動，給馬來人政黨一個轉移黨爭視線焦點的機會，以種族緊張關係為理由來化解馬哈迪的政權困境，最後馬哈迪在一九八七年援引「國家內部安全法令」，展開名為「茅草行動」的計劃，共扣留了百多名朝野人士、華團領袖及宗教人士，三家報業公司被令停刊。「茅草行動」普遍上被視為馬來西亞華人政治從一九六九年五一三事件以來另一個重大挫折。詳細的論述分析可參見潘永強：〈抗議與順從：馬哈迪時代的馬來西亞華人政治〉，何國忠編：《百年回眸：馬華社會與政治》（吉隆坡：華社研究中心出版，2005），頁203-232。

[8]　傅承得寫《趕在風雨之前》一系列的政治抒情詩，語言是有意識的轉向明朗淺白，他在該書的自序中說：「我的手法轉向明朗淺白，是因為只有這樣，讀者才能產生共鳴。而自我的最大希望，是時下感覺有心無力的華族青年，能藉這些作品發洩苦悶，進而激勵振奮，教方向明確，熱血沸騰。」參見傅承得：《趕在風雨之前》自序（吉隆坡：十方出版社，1988），無頁碼。

試圖在溝通問題和詩語言的藝術經營上求取折衷和協調，但往往因為好發議論，非文學性的企圖蓋過藝術處理手法的認知，致使這些詩品質不高，難產生出優秀的作品。況且隨著政治風波的平息，九○年代的讀者回頭去看這些作品，詩中的憂患意識恐怕已無法在讀者心中激起感情，因為詩的語言形式沒有為讀者提供這些審美的感知。

　　踏入九○年代，馬來西亞的政治局勢從動盪尖銳到變革平和，政經文教表面上開放樂觀，詩人所累積的憂患意識成為一種習性，無法體會現代工業化和都市化的精神面貌，詩人的語言形式頓時陷入困境，沒有適時作出調整或是更新的結果是詩人喪失了語言，艾文和游川便是面對這危機最嚴重的二位詩人，詩作的減少甚至停筆並不特別令人感到意外。傅承得面對同樣的問題，處境也不比游川、艾文好到那裏去，他的政治抒情詩風格已經徹底完成，很難運用同樣的詩形式來表現九○年代前期的政治局面，他唯有改變思考的語言習慣，改變的結果只徒然留下散文化的詩想和語言。[9]翻開傅承得的第三本個人詩集《有夢如刀》，其中九○年代期間的政治詩〈和效忠樹談天〉、〈獨立廣場〉、〈憤怒代筆〉、〈大選有感〉等詩[10]，詩句

---

[9] 筆者在一九八九年評傅承得詩集《趕在風雨之前》時曾作出預測：「筆者並不反對詩的明朗和淺白，但令筆者擔憂的是過度明朗化和淺白致使詩質稀薄的後果。傅承得近來的一些詩作，就有這種傾向。身為一個詩人，這種傾向所含的危機自是不待言的。……我想真正的問題，不在題材的把握或是寫實的詩風，而是自《趕在風雨之前》過後，傅承得對於這一類詩的思考方式和語言習慣沒有作出適度的調整或是更新……」如今讀《有夢如刀》裡大部分的政治詩，果然不幸言中。參見張光達：〈風雨中的一枝筆——有關傅承得及其政治抒情詩〉，《南洋商報‧南洋文藝》（1989.08.07）。

[10] 引詩俱見傅承得：《有夢如刀》（吉隆坡：千秋事業出版社，1995）。

中淺白概念化的散文語言形式，無法突破一九八七年一系列收錄在
《趕在風雨之前》中的「政治抒情詩」的成就。最重要的問題是傅
承得還找不到九〇年代馬華政治詩新的表現形式，《有夢如刀》集中
寫得最精彩的是那些書寫個人生活省思和抒情感性的短詩。

　　傅承得、游川、艾文等人的政治詩誇越八〇年代末期到九〇年
代前期（一九八七～一九九四年），我把它稱為九〇年代馬華的「前
政治詩」，基本的語調是明朗淺白、好發議論、充滿憂患意識。一九
九五年過後馬華詩壇湧現另一類政治詩，以鄭云城（1963-）、林金
城（1963-）、楊善勇（1968-）為代表，我把它稱為九〇年代馬華的
「後政治詩」，基本特色是：採用戲謔嘲弄的語氣，大膽揭露政治社
會的黑暗面或是政策的偏差。

　　一九九五年馬來西亞的全國大選，執政黨挾著世紀宏願的先進
國計劃和經濟發展列車幾乎橫掃所有的席位，獲得空前壓倒性的勝
利，反對政黨的聲音被淹沒。[11] 這期間取得勝利的執政黨經歷各自
黨內的黨職選舉，平靜的政治局勢底下實則充滿了暗流洶湧。在制
定政策方面，人民普遍上對政府的私營化政策多有不滿，政府一方
面宣告抑制通貨膨脹危機，另一方面接二連三提高國內基本設施的
繳費和收稅，人民一般上對這些措施滿腹牢騷。詩人身處在這樣的
政治局勢中，對現實社會中所聞所見的不公不義提出抗議，這時期
是詩人鄭云城寫詩的全盛時期。鄭云城在《南洋商報》的〈南洋文

---

[11] 潘永強認為：「在宏願政治和經濟騰達的威力下，華人選民降低了過去的抗
　　議意志，而走上政治順從的階段。」見〈抗議與順從：馬哈迪時代的馬來西
　　亞華人政治〉，何國忠編：《百年回眸：馬華社會與政治》（吉隆坡：華社研
　　究中心出版，2005），頁 221。

藝〉上發表一系列「政治詩」，很可惜的是他沒有為文提出對「政治詩」的具體詮釋和觀點。筆者以一九九五到一九九六年間在報刊上發表的政治詩提出一些綜合性的觀點，代表詩人為鄭云城、林金城、楊善勇諸家，以主題／題材的意識形態來觀察，可簡略為：

一、詩人站在某一階級的立場說話，以示其對政策的偏差和不義的不滿心態。

二、為社會中下層發出強烈的代言和控訴。

三、反官僚、反壓制、反社會體制的異化。

以詩語言的文字表現來下定義：

一、採取冷嘲熱諷、戲謔調侃、荒誕不經的反面態度寫法作出針砭評價。

二、語言文字傾向淺白、散文化、口語化。

三、顧左右而言他，增加喜劇／悲劇的效果。

和承襲跨越八〇年代後期的正義凜然感時憂國的沉痛控訴心態截然不同，鄭云城的政治詩語言心態可視為九〇年代年輕詩人群所興起的都市精神語言。鄭云城、林金城、楊善勇詩中的政治主題往往被寓言化（預言化），產生一種荒誕不經、玩世不恭和帶來非理性的味道，反面角度的批判抹除了以往政治詩中慣有的火藥激烈味道。我們看到這些約於一九九五年間崛起的年輕詩作者，把政治詩從激情高蹈的方向轉移到戲謔嘲諷、荒誕不經的面向。這些改變和轉移，對照整個馬華政治時空的局勢也有跡可尋，更和九〇年代興起的都市精神觀念息息相關。

第四節　鄉愁詩：
田園鄉土、古典抒情、本土性

「鄉愁詩」其實是一個很籠統的稱謂，通常泛指對田園鄉土的愁思。這裏就引出一道問題，「田園鄉土」是誰的鄉土，是馬來西亞地理位置的鄉土，還是中國文化情意結的抽象鄉土，或是兩者的混合體，其中的關係可說是相當複雜動人的。這個問題深深纏繞著馬華詩人，並不是三言兩語就能交代清楚的。筆者在這裏保留「鄉愁詩」的名稱，在沒有其他更好的選擇下作為權宜之用。一般上馬華詩人對鄉愁的體認是：詩人的「鄉」既是馬來西亞本土的也是中國文化的鄉土，本土空間與中國文化的意識形態交織而成，換句話說這一類的詩人在追尋一種融合馬華本土和中國文化的詩。進口文化，馬華詩人有兩個選擇，一是族群文化源頭的中國文化，一是從西方翻譯過來的現代文明，一般上中國文化成為馬華作家書寫的推動力，除了這是他們所熟悉認同、具有同樣文化源頭的文化，另外一點更重要的是馬來西亞的國家政策，採取偏差的政策法令管束或壓制其他族群文化的發展，造成馬來西亞華人普遍上一種文化失落感的焦慮心態，也因此更加珍惜和擁護自身的文化身份。這種文化失落焦慮的認同心態造成大多數的馬華作家堅持抱守面貌模糊的中國文化傳統，無論是藉童年的回憶或古中國的典籍回歸中國文化，耽溺物戀或過渡泛濫的思鄉心態在馬華現代詩中的例子俯拾即是。這種心態與前行代詩人競相模仿五四新文學的寫實語言，來尋求文學／文化的一脈相承和認同如出一轍。如同選擇西方文化／文明的現代主義追隨者，往往在互動交流的過程中會掉入被他者殖民的危

險，一般上對古中國文化迷戀或沉溺的馬華作家，並沒有認真去思考中國文化與馬來西亞華族之間互補或排斥的微妙關係，也無法藉中國文化的內涵本質對馬來西亞華族的文化變遷提出本土化思想的整合。根本上，一個缺乏文化和文明的種族，猶如一個沒有根的民族，而對馬來西亞的華文書寫者來說，猶如斷絕了創作的泉源，因此他們在一種焦慮和徬徨的身份認同心態下，選擇了「鄉愁詩」作為回應／逃避他們認為的空洞貧乏或偏差傾斜的現實本土。

九○年代馬華詩壇的鄉愁詩有以下三大類：

一、藉童年的田園鄉土回歸中國文化。

二、藉古典文學的抒情風味回歸中國文化。

三、思考馬華文學的本位／邊陲問題。

上述第一和第二項，根據臺灣評論家張漢良的說法，乃是「田園模式」（pastoralism）的變奏。田園模式的追求，其立足點是現世的，詩人的觀點是世故的，他們身處在一個被科技文明摧殘的現實社會，他們懷念被城市文明與成年生活所吞沒的童年鄉野，於是藉著大量的回憶與想像的交互作用，透過文字媒介在詩中再現一個田園式的往昔。[12]回憶的是童年的鄉土生活，想像的是書本中的中國文化和古典文學，兩者對於時空的呼喚都已成為過去。辛金順的鄉愁詩，一直在重複相同的主題和題材，語言意象也在無數次重複的使用而缺乏創意，詩中頗多田園生活的描寫懷念，一再低迴於童年的甜蜜夢境，卻對現實生活的工業文明和都市精神視而不見，其語言有意避開現實物質與歷史具體性的思考。

---

[12] 關於田園模式，參見張漢良：〈現代詩的田園模式〉，《現代詩論衡》（臺北：幼獅出版社，1977）。

　　另一位年輕詩人林惠洲（1970-）走古典抒情路線，喜以抒情詩體和中國古典素材相揉雜，形成一婉約典雅的詩風格。無論是童年生活的召喚，或是對古典素材的轉化，均盼望藉詩歌文字回歸自然──回歸中國文化的血源。這種觀念思想均可列入田園模式的範疇，也就是秉持七〇年代天狼星、神州詩社諸詩人的文化鄉愁，對中國文化情意結的無限追思。文化鄉愁的召喚，文化傳統的回歸，通常這一類詩易寫難精，因為追憶一個不存在的精神國度（屬於古典的國度），乃是詩人企圖從抽象的符號中落實現實，再加上對於文化本質的博大精深缺乏深刻的透視，造成大部分的鄉愁詩只停留在表面淺顯的認知感受，詩語言文字流於概念化和唯美化的陳腔濫調。文化傳統的回歸這一份中國情節牢牢繫著辛金順、林惠洲、林幸謙（1963-）等人的思考方向，也把他們的語言世界觀牢牢封閉在一個與外界現實生活毫不相干的地方。一味對古典文學、神話原型、古詩詞的處理和追尋，對抽象心理的文化傳統表現濫情失控的傾慕，基本上這些都和馬來西亞華人的在地視野背道而馳，我們讀到的是「中國性」的鄉愁詩，不是在地視野的鄉愁詩，這一切導致馬華／中國的精神面貌陷入一團模糊的困境。

　　林幸謙擅以隱喻修辭（原始的身體隱喻、中國傳統倫理的審思），來構築他思維中的邊陲／中心的辯證推論，與辛金順、林惠洲等人向唐詩宋詞文化傳統轉化或承襲語言情境稍有不同，林幸謙鮮少對田園家土發出強烈的懷戀，他的主題表現在政治遊離與文化歸返的矛盾衝突上，現世的挫折與文化傳統的膠著混為一體，顯出一種不安抑制的破滅思維，語境也強烈的透露出流放的淒慘氣氛。林幸謙詩中的流放和鬱結，感情遙繫著大中國文化意識，與辛金順和

林惠洲殊途而同歸，其詩語言情境往往更加激烈悲愴、濃鬱糾結。黃錦樹認為是受到臺灣詩人楊牧（散文集《年輪》的沉鬱委婉語言意境）的影響。[13]詩中的本土性的現實被放逐了，被民族文化情感的高漲意識所淹沒了。[14]

第五節　都市詩：
從城鄉對立到通往都市科幻之路

九○年代的馬華都市詩，基本上已經與八○年代以城市為主題的詩有所不同，八○年代以發展中的都市為題材的詩，其視野旨在批判譴責都市文明對於人性和自然鄉野的破壞，人和城市站在一個對立仇視的局面，這種城鄉對立的情緒表現除了前述辛金順的鄉愁詩是一個例證（基本上辛金順的詩語言抒情婉約，並不充滿仇視激烈的情緒，但詩中對都市摧毀鄉土的無力感和憑弔低迴，卻間接的控訴都市文明的罪惡），其他四字輩和五字輩的詩人

---

[13] 有關的論點參見黃錦樹：〈華文／中文：「失語的南方」與語言再造〉，《馬華文學：內在中國、語言與文學史》（吉隆坡：華社資料研究中心，1996），頁64。

[14] 黃錦樹在〈兩窗之間〉一文中把辛金順、林幸謙的詩評為「文化鄉愁的過度泛濫」，後來受到林幸謙措辭激烈的回應，發表〈窗外的他者〉指出黃錦樹評文的言過其實：「關於身份認同，文化衝突／差異，中國屬性，尤其是邊陲課題（periphery／marginality）等問題，對於海外中國人而言，足可以讓幾代人加以書寫闡發，是世紀性的一個問題。」如果我們了解林幸謙的散文敘述體和文中處處可見的自我放逐心態，就不會對林幸謙詩行中的文化鄉愁感到訝異，他的散文敘述言說在還未赴臺前，以子桑鹿的筆名在馬來西亞發表時已經顯露端倪。參見黃錦樹：〈兩窗之間〉，《南洋商報・南洋文藝》（1995.06.09），林幸謙：〈窗外的他者〉，《南洋商報・南洋文藝》（1995.07.15）。

在其現實主義的語言中更是作出直接的指控。[15]邁入九〇年代，馬來西亞的社會成功從農業結構轉型為工業社會，大小城市如雨後春筍般林立，經濟的富裕使得各類新興工業如電子業、電腦業、資訊工藝抬頭，多元媒體的電子城市也呼之欲出，後工業的雛形已經若隱若現。與九〇年代的工業社會相同步伐，九〇年代的都市詩開始以一種不同以往的角度書寫，詩人所處理的都市題材有更廣義的觀點範圍，都市對他們來說不再是某個固定的地點，書寫的關懷面也不再理解成城鄉對立的負面模式。這些在九〇年代初崛起的詩人，大部分都很年輕，多屬於六字輩和七字輩，他們在詩中所言說書寫的都市，在語言情境上遠離激烈的控訴和批判，普遍上有以下這些特徵和風貌：

一、冷靜中立的敘事觀點，較理智的看待都市／生活。

二、自嘲的癖好，少做沉痛激烈的控訴。

三、冷漠的都市感，採取身為都市的一部分的態度剖析都市／部分。

---

[15] 這個書寫現象在東馬的砂拉越州卻是個例外，進入九〇年代，東馬砂拉越的文學界大量密集出現以雨林為題材書寫的文學作品，文類包括詩歌、散文和報導文學。砂拉越境內有百分之八十左右是森林，河流蜿蜒交錯，乃是名實相符的熱帶雨林，可是在九〇年代隨著現代化計劃的開發，比如建壩以作水力發電之用，或大力砍伐樹林以用作耕地和商業用途，造成的生態污染非常嚴重，破壞砂拉越的生態環境不計其數，因此砂華詩人如田思、吳岸、藍波、李笙等人都對此項生態破壞的環保議題有著深刻的關懷反思，書寫了質量俱佳的「環保詩」。這方面的論述可參考田思：〈草木堪憐，山水何辜──談砂拉越的環保詩〉，江洺輝編：《馬華文學的新解讀》（吉隆坡：馬來西亞留臺聯總，1999），頁 220-228，和鍾怡雯：〈砂華自然寫作的在地視野與美學建構〉，《馬華文學史與浪漫傳統》（臺北：萬卷樓出版社，2009），頁 203-243。

　　在城市題材的掌握方面包括了上班族生涯、都市的本質面貌、都市本體的異化、質疑傳統倫理的兩性生活、現代人的感情方式、現代生活的新思維體系等。他們生活在大城市裏，多數是上班族白領階級的一份子，參與了都市的機制和運動，他們透入都市的深層並理解都市感受都市，捕捉都市深層結構的精神風貌動人情態，可以輕易掌握住都市生活的本質和精神。比較一些前行代詩人和中年一代的詩人，這些年輕詩人的表現令人刮目相看，其中所經營的語言意境，更加得心應手揮灑自如。九○年代在都市詩方面有成就且有代表性的詩人是呂育陶、李敬德（1965-）、夏紹華、林若隱、許裕全（1972-）、馬盛輝（1965-）、陳佑然（1969-）等。

　　反映都市生活現代人心理的詩，李敬德的〈空間局限〉、〈光的掠影〉、〈都市不靜觀〉、〈精神分裂夢遊症〉等詩表現出現代都市中人之間的冷漠、隔閡和封閉心態。[16]呂育陶對都市上班族群的生活感受強烈，很敏銳的捕捉到一顆顆冷漠隔離機械化的心靈思維，現代都市的景觀一一在詩人的筆下展現，呂育陶的〈暗示〉寫出現代科技的產物——電梯，電梯裏面空洞冷漠的牆，隔離了人與人之間的關係和關懷，人類的無助孤絕感在電梯的升沉刹那是如此的具體存在，按著電鈕的刹那竟產生恍錯憑空等待的命運，現代人的命運將隨著現代城市的存在條件來決定，現代詩人必須勇敢的面對和體認這些活生生存在的環境。[17]從這些作品演變特色來看，我們看到九○年代的年輕詩人正視都市精神，從對整個都市的抗爭逃避心態轉變為操縱者的地位（如詩中對電鈕的操縱），顯然呂育陶等年輕詩

---

[16]　李敬德詩俱見《蕉風》463 期（1994.11-12），頁 18-33。
[17]　呂育陶詩：〈暗示〉，見《椰子屋》18 期（1990），頁 48。

人已經改寫了八〇年代詩人的城鄉對立的觀念。這些年輕詩人在八〇年代後期（一九八八～一九八九年）已開始書寫都市題材的詩歌，唯當時還處於摸索的階段，九〇年代後呂育陶等詩人顯然已為都市詩找到一個方向。

資訊工業的發展，高科技工業的蓬勃，電腦網絡的聯繫，形成詩人們對時空觀念提出新穎的看法，因此我們看到九〇年代馬華詩壇的都市詩，並非純粹以描寫都市景觀之有無為歸類，更重要的是現代都市的精神面貌。夏紹華詩中呈現頹廢微弱的生命力，多元化思考的電腦視域，人類迫切面臨的全球化現象，無國界無疆域的宏偉科幻視野，林若隱詩中的新感性和新知性的結合，冷靜中立的詩語言，對主流論述的意識形態嬉戲諷嘲，顧左右而言他的表現手法，許裕全詩中對現代人身體器官的存在審視，質疑傳統倫理兩性間的生活面貌和婚姻觀，短暫快餐的愛情觀念，思想和行動的乖離分裂，都為馬華都市詩交出了漂亮的成績。

六字輩和七字輩的年輕詩人向都市精神層面深入的挖掘，不只言語情境上有異於前，甚至在創作的題材也展現了新穎的方向，其中一個嶄新的大方向便是科幻詩。寫科幻詩的詩人呂育陶、馬盛輝、邱琲鈞等人，和都市有濃厚的血源關係的科幻詩，是這些詩人時常馳騁的一個場地，他們以科幻為題材，在詩中經營了宏偉壯觀的科幻領域，成為九〇年代詩歌發展一個新的方向。都市精神和科幻視域，伴隨著年輕詩人本身所修讀或專業的社會科學、自然科學、電腦工程、資訊傳播媒介、醫科等學科，他們紛紛挾其專業性思考角度寫詩創作，展現了一種與五字輩詩人迥異的詩觀念。關於這些年

輕詩人和他們的詩，一般上馬華文壇自命為主流的現實主義作者／評論者都不予以重視，甚至有後知後覺的情形。[18]

　　九〇年代的都市詩，從都市走向科幻的道路，詩人對都市精神的深入發掘，和科幻視野對人類未來的預測有某種程度的吻合，這些深深令詩人著迷，不斷向其汲取養分。臺灣較負盛名的都市／科幻詩人如陳克華、林燿德、林群盛、歐團圓、林渡、柯順隆等無可否認也或多或少影響了馬華詩壇的年輕詩人，《椰子屋》和《青梳小站》等年輕人的文學刊物也在年輕作者群中起了推波助瀾的作用。踏入九〇年代中期，我們很欣喜的看到上述的影響已被呂育陶、林若隱、夏紹華、馬盛輝等人消化，他們的語言風格漸趨成熟，所言述書寫的都市是馬來西亞本土社會的精神面貌，不再是臺灣臺北異化的景觀。

---

[18] 這方面的例子有陳應德：「目前華文文壇，早已經有了科幻小說，至於『科幻詩』，就筆者所知，似乎還沒有……」且不說九〇年代的港臺詩壇的科幻詩風氣如何熾熱，單就臺灣的陳克華、林燿德、林群盛來說，鮮少有人不曉得他們書寫科幻詩的高度成就，科幻詩在海外已經不是新品種，但在馬華文學確是文學的新類型，呂育陶在八〇年代後期開始嘗試摸索，算是開馬華科幻詩先河。這足以顯示出寫實主義觀念掛帥的文學評論者對九〇年代馬華詩歌發展的後知後覺，及不清楚實際的狀況。參見陳應德：〈創造文學新類型：科幻詩〉，《南洋商報‧南洋文藝》（1997.04.23）。

第六節　後現代觀念：
嶄新的書寫疆域

　　現實主義文學觀一直是馬華文壇的主流文學，這類詩歌追求一種「寫實」的文體，認為外在的現實可以如實的模擬和再現。基於這樣單面的文學觀念，前行代乃至中年一代的詩人力求語言的明朗淺易，服膺「我手寫我口」的思想觀念，以為所見所思必然能夠忠實的記錄下來。由於不重視文體和詩歌的表現形式，對語言文字的白描透明奉為是藝術的至高境界，普遍上這些詩人的詩平淡無味，語言文字粗糙老套，敘述模式往往大同小異，充斥著因襲的思維和簡化的意識形態。七〇年代是馬華詩壇的現代主義鼎盛階段，在溫任平及天狼星詩社的詩人的鼓吹實踐之下，現代詩的文學形式和語言的經營開始受到關注，留下了不少佳作和新批評的評論文字。八〇年代一些詩人整合了現實主義和現代主義的詩觀和語言形式，如傅承得、陳強華、沙禽、黃遠雄、游川、方昂等，為馬華詩歌提供了另一條可行道路。陳慧樺在一九八八年發表一篇重要的論文，舉了彼時剛從臺灣回馬的傅承得、陳強華、王祖安（1962-）的詩作，把他們的作品特色稱為「寫實兼寫意」。但與此同時，陳強華也寫了一系列後現代觀念的「後設詩」，王祖安也交出類似「後設詩」的〈世界繪測〉[19]。八〇年代末期一些年輕作者的文學刊物如《椰子屋》開始引介後現代主義，介紹一些臺灣的後現代詩人，後現代主義的詩作開始在馬華詩壇登場，這股風氣在九〇年代已經蔚為一股新的

---

[19] 王祖安詩：〈世界繪測〉，《金石詩刊》2 期（1988.10.01），封底。

潮流。有別於現代主義和現實主義的結構語言，後現代主義無論在詩的形式、思想、表現、語言各方面都有翻新出奇的成績，也重新檢討了文學和現實之間的虛實關係。

　　後現代觀念的引介，《蕉風》和《椰子屋》居功不小，這些文學刊物曾經刊登不少的譯文向國內的讀者引導。馬華詩人的後現代語言傾向，除了與都市文明的資訊生活、電腦媒體的提倡、工業結構的急速轉變發展有很深的互動關係外，臺灣的後現代詩有心大量的引介起了推波助瀾的功能。後現代詩在九〇年代的馬華詩壇已形成一股趨勢，我們翻開陳大為編的《馬華當代詩選 1990-1994》中所選錄的詩作，發現後現代觀念和後現代語言俯拾即是，其中又以七字輩的詩人為甚，如邱琲鈞、趙少杰（1976-）、許裕全的詩解構和後設傾向自然而然流露出來。[20]

　　《椰子屋》曾經是後現代詩作的大本營，這本刊物大力介紹臺灣的後現代詩和評論作品，造成年輕作者群某種程度的衝擊，形成九〇年代初期《椰子屋》停刊前所謂「椰子屋詩人」，以呂育陶、蘇旗華、翁華強、桑羽軍等人為年輕讀者推崇。[21]綜觀這群後現代的

---

[20]　《馬華當代詩選 1990-1994》收錄馬華詩人十五家的作品，編者陳大為，一九九五年出版。臺灣評論者黃梁評書中七字輩作者：「七字輩的詩質參差更形不平衡，值得一記的是邱緋鈞和趙少杰，兩人皆『魔鬼俱樂部』詩社成員，詩風帶有生活話語的特質，以冷諷的語調面向當代生活。語言節奏、心靈韻律無可置疑的具有當代話語的特色，走入生活的姿態亦極可取，祈使在解構的文字中呼吸的未來派，然詩意探索失之輕觸，尚欠穿透現實的能量。」參見黃梁：〈馬華新詩的新形象〉，《蕉風》473 期（1996.07.08），頁 20。

[21]　「椰子屋詩人」一詞為筆者所創，意指一群在《椰子屋》上發表詩作的年輕作者，作品特色是前衛和後現代，這些詩人雖然為馬華文學帶來一股新的聲音，卻也同時帶來另一項危機──後現代語言形式的大量承襲而無法具備實

書寫者的詩作，他們對於後現代主義的認識表現在作品上，主要掌握以下幾個要點：

一、反詩語言（反藝術修辭）

二、反主題（反道德觀念）

三、反結構（反邏輯的敘述模式）

四、反主流（反權威立場）

林若隱在九〇年代初的詩作，敘述模式的平面化語言，解構分離的題材和語言情境，蘇旗華的拼貼式語言手法，字體無規則的變化，還有翁華強對現實與童話的精神分裂包容放縱，在在為九〇年代馬華詩壇形成一股新興的聲音和姿態，向傳統的主流文學發出刺耳的喧擾，令現實主義的前行代詩人和傳統評論作者感到不安。一切後現代觀念如自我解體、包容放縱、亂七八糟、不按牌理出牌、秩序倒錯、平庸不故作深奧、拼貼湊合打插的觀點特質爭相出現在九〇年代的馬華詩壇上，相較於臺灣的後現代詩也不遑多讓，他們在不斷翻新和實驗當中，有人已開始摸索到屬於自己本土的後現代詩路，成功的例子如陳強華、林若隱、呂育陶等人的詩。一些年輕詩人往往對於後現代主義所標榜的反藝術觀不夠深入的認識，或掌握不到後現代精神的本質，形成另一種矯枉過正，詩語言正產生一種流弊，過度口語化遊戲方式的「偽後現代詩」大行其道，淪為抄襲模仿的公式。臺灣詩評論家孟樊把這類詩人稱為「中空的後現代詩人」，他們基本上對後現代沒有深刻的體認，只是為了後現代而後

質的後現代精神面貌。有關的意見參見張光達：〈現代及後現代之間──馬華後現代詩舉例 2：林若隱〉，《南洋商報‧南洋文藝》（1996.07.03）。

現代，結果以為寫詩只是瞎搞亂湊，只是盲目跟風，最後連自己的傳統本質也缺乏自覺。[22]

第七節　都市大眾文化：消費市場／消費性格

　　工商社會的高度發展，後工業社會結構日趨成型，伴隨而來的商品商業化現象，逐漸籠罩都市中每一個人的心靈，人性、感情、理念一切都被消費市場導向，喪失了本身的主導地位。面臨如此重大的社會轉型，文學作品的讀者群越來越小，一般人放棄了長篇的散文和小說，更遑論是讀者敬而遠之的新詩。篇幅短小的微型小說和專欄文字趁勢而起，儼然成為九○年代馬華文壇的新寵。詩成為「小眾文學」（或者「小小眾文學」）則是不容否認的事實，九○年代的詩人寫詩出書，不會妄想讀者報以熱烈的反應，詩人的本身孤芳自賞和詩友間的同仁傳閱的成份居多。

　　在一個消費市場的生活方式中，工商社會製造「消費經濟」也就是為達到大量消費的目的，商家利用各式各樣的生產機制來刺激消費人的購買慾，打出「消費性格」喉頭來打動和改變一般人的消費習慣。大量新產品和新服務不斷出現，改變了市場舊有的性格，消費人心甘情願被消費，在還來不及思索中的價值改變就要面臨另一個改變。其中一個在現代都會中廣為人接受的觀念是「有計劃的作廢」，及由此引申出來的「用完即丟」（disposable），成了都市大

---

[22] 孟樊對「中空的後現代詩人」批評意見，參見《臺灣文學輕批評》（臺北：揚智出版社，1994），頁 40。

眾的消費習慣。現代都市人在商品中認識自己，在物質的迷思中認識自己，這種講求感官的刺激享樂，成了都市大眾文化的集體認知。他們缺乏耐性和深度，講求速度和快感，短小輕薄的通俗流行作品是他們的首選。

　　都市大眾文化的形成，對於置身其中的文學環境正受到空前的衝擊和改變，詩人照樣寫詩給詩人看，讀者縮小到只剩圈內的人士。約在一九九五到九九六年間，有一部分的年輕詩人開始走消費市場，他們配合報紙副刊編輯的需求，發表了數量不少的短小玲瓏的詩。以前我們談論短詩，腦海裏總會把二十行以下的詩定位為短詩，但九〇年代馬華詩壇的短詩，確實越來越短，越短就容易受到編輯垂青，短到只有三行或四行。這些詩的基本特色是詩體短小精緻，文字流暢淺白，頗符合都市大眾文化的消費性格。通常我們不需要花很多時間去閱讀這些詩，也不必費太大的心神去思考它，讀者對這些詩抱著一種「讀完就丟」的態度，因為它完全符合通俗流行作品的條件：短小、輕薄、軟性、可口，沒有壓力和深刻度。讀者頗滿足於詩人所展現「小小的機智」和「一剎那的新鮮快感」。這一類的詩最典型的例子是林金城，他在九〇年代發表一系列的三步詩，所謂三步詩，顧名思義乃是三行成一首詩，企圖在短短三行的詩天地中製造意外的驚喜，目標是一語中的點到為止。[23]這些詩採取一種速寫式的技巧手法，偶爾

---

[23]　「三步詩」這個名詞為林金城所創，意指在短短三步以內的速度完成一首詩，整首詩只有三行。短小輕快、一擊中的是這些詩的基本特色，大部分的「三步詩」都犯上語言文字的淺薄通俗弊病。這類詩的例子見林金城〈三步詩〉20 首，《南洋商報・南洋文藝》（1996.02.09）、〈出爾反爾〉12 首，《星

令人側目，但除於製造一剎那的驚喜外別無其他，於認真讀詩的讀者來看，這些詩篇幅過於輕薄，很難承載深刻的思想意境，證諸林金城大部分發表於報刊的三步詩，詩的品質確是如此，其他詩人如楊善勇也發表了數首這類超短的小詩。[24]

　　基本上這些詩作是現代消費市場的產物，它的產生自有其與社會大眾文化互動／被動的矛盾情境，也有其存在的社會進化意義。我們所擔憂的是，它存在的局限和形式的不足是很明顯的，通俗媚俗軟化矮化的消費性格，以這樣的「妥協」方式與讀者見面，來爭取社會都市大眾廣大的回應，其中的心態是在扮演詩歌文學救濟的犧牲角色，或是對於文學貴族精力的浪費？足以讓我們深思。

第八節　新銳崛起

　　八○年代末期馬華詩壇出現一些嶄新的詩觀念，如都市視野、科幻視域、電腦語言、後現代文明、環保課題、環球化現象、後殖民論述、文明衝突與整合、消費文學、本土／邊緣意識，意識形態論述、多元種族的多元化觀念，這些觀念引導九○年代的

洲日報‧文藝春秋》（1997.06.15）、〈十五家〉15 首，《南洋商報‧南洋文藝》（1996.06.26）。

[24] 相比於林金城，另一位年輕專欄作者楊善勇喜寫四行的短詩，這方面的例子有〈星星月亮太陽〉，《南洋商報‧南洋文藝》（1995.10.13）、〈緬懷五四〉9 首，《南洋商報‧南洋文藝》（1996.07.19）、〈給你寫了一年的情詩〉6 首，《南洋商報‧南洋文藝》（1996.08.16）。

馬華詩方向，有更多姿多彩的表現，大膽成熟的嘗試，顯示馬華
詩壇不再被現實主義文學所壟斷的新局面。配合這種新局面的正
是大部分六字輩和七字輩的年輕詩人，已取得令人滿意的成就的
六字輩詩人計有林若隱、陳大為、夏紹華、林幸謙、林金城、馬
盛輝、吳龍川、呂育陶、方路、辛金順等，至於七字輩詩人中取
得不俗表現的計有林惠洲、邱琲鈞、許裕全、趙少杰、張惠思
（1974-）、蘇旗華、楊嘉仁（1977-）、王德志、張瑋栩、周若鵬
等人。陳大為編《馬華當代詩選 1990-1994》共選十五家，其中
六字輩和七字輩的詩作者佔了十三人，可謂舉足輕重。九〇年代
末另有一些七字輩詩人如翁弦尉、林健文、劉藝婉（1977-）、劉
富良（1976-）開始發表詩作，嶄露頭角，這些詩人終於在二十一
世紀的馬華文學裏踏出響亮的聲音。[25]

　　九〇年代的新生代詩人絕非玩弄文字遊戲，除了主題迥異於
前行代詩人外，他們在創作方面知性語言與節制的感性喻詞，實
是前行代的現實模擬論和中生代詩人的浪漫感性所無法企及的，
也是前行代現實主義詩人的主題至上論調的一種反動。任何未深
入研究年輕詩人或新生代詩人的創作本質，而隨便倉促給予模糊
負面的評價，都是不足取的，也不能為整個馬華文學帶來什麼建
設性的意義。

---

[25] 二〇〇〇年以後的馬華文學，在詩歌表現方面大放異彩，具創意而又能保持
　　一定的水準者，主要是陳大為（第七章）、呂育陶（第六章）、翁弦尉（第八
　　章）、林健文（第九章）四位。他們四位的詩作特色和表現詳見本書各章。

結語

　　八○年代末、九○年代以來的馬華詩壇，配合著整體國家社會的革新發展，政經文教的演變波動，展示了相應於這塊土地上多元化發展的趨勢。詩人對於外在環境的結構變化，提供了他們各種思考模式和意識形態，表現於詩中形成各類題材的開拓，各類主義詩觀的落實，各類書寫形式設計的推陳出新，馬華詩壇也因此呈現了更繁富的面貌與格局。這種現象，在審閱這段時期的報紙副刊和文學刊物內的作品，不難發現內容題材方面，有最保守傳統的文化憂思到最嶄新的電腦科幻，在形式技巧方面，則從最淺白平淡的現實主義追求到後現代主義的前衛大膽實驗。筆者在此願對上個世紀末以來的新詩作出一些結論：

　　一、詩的內容：延續八○年代的鄉土政治現實主題，結合九○
　　　　年代的多元化題材，如都市、科幻、環球、電腦科技等。

　　二、詩的內涵：從鄉土意識中國情意結朝向新都市精神，現代
　　　　人生活本質的發掘。

　　三、詩的語言：從寫實兼寫意到後現代語言的經營，呈現多元
　　　　化聲音。

　　四、詩的意識形態：政治的關懷面，中心／邊緣論述，現代人
　　　　的道德意識，後現代的混亂。

　　五、詩的消費層面：現實主義的明朗淺易，注重溝通，反映大
　　　　眾心聲的管道，將詩視為透明的工具，這正好與後現代的
　　　　不穩定狀態和不確定性語言文字成強烈對比，後者強調語

言不是透明的工具，它自身成為一個世界，可以顛覆也可以再創造。

以上五項特徵是筆者對二十世紀末馬華當代詩（一九八七～二〇〇〇年）的體認，這個輪廓將成為新世紀馬華新詩的延續或斷裂，且讓我們拭目以待。

第二章　馬華政治詩：
感時憂國與戲謔嘲諷

第一節　前政治詩：感時憂國，好發議論

　　二十世紀八〇年代後期，馬來西亞爆發政治動盪，其中一場政治大逮捕，一場司法界大風暴，報業傳媒被令休業，以及吉隆坡一名軍人槍擊事件弄得人心惶惶，是這場政治風暴的高潮點。這場政治大逮捕，史稱「茅草行動」（Operasi Lalang），在一九八七年十月廿七日展開，堪稱為馬來西亞民主歷史上最黑暗的時期之一，更常被拿來與一九六九年發生的五一三事件相提並論。在茅草行動中，共有百多位朝野政黨領袖、華教人士、環保分子、社運分子以及宗教人士被捕，使整個社會陷入一片人人自危的氛圍當中。當時，馬來西亞政府援引《馬來西亞內安法令》扣留他們，卻始終未能提出他們危害國家安全的證據加以提控。同時，三家報章，包括英文報《星報》、中文報《星洲日報》及馬來文報《祖國日報》（Watan）也被勒令關閉。事件的起因是一九八七年間，華人社會為反對政府派遣不諳華文的教師擔任華小行政四個高職的不合理措施，十月十一日在吉隆坡天后宮舉行由政黨和民間團體聯合的抗議大會，因政府當局不予理會，抗議大會成立的行動委員會號召從十月十五日起，一連三天，有關的華小舉行罷課抗議。過後政府當局於十四日同意

進行協商，所以罷課抗議的行動最後取消。儘管罷課抗議行動取消了，但是卻給了馬來人一個平臺來作出強烈的反彈，當時巫統青年團召集了一萬名會員舉行萬人大會，會議上譴責馬華公會領導人、董教總和反對黨之間定下的協議，同時要求當時的馬華副會長兼勞工部長辭職。民族衝突正在醞釀的當兒，卻發生一宗殘暴的意外，在吉隆坡秋傑地區（Chou Kit），有個馬來士兵亂槍射斃了一名馬來人和兩名華人的事件，引起了兩族之間的騷動。一九八七年十月廿七日開始，首相馬哈迪以種族關係緊張為理由，展開大逮捕和查封報章的「茅草行動」（Operasi Lalang）。[1]

　　在這段時期裡，很多馬華詩人面對這個政治事件，無論是用詩來抒發悲憤的心情，或藉詩來議論政治局勢的傾斜，詩人紛紛揚棄隱喻象徵的筆法，用一種明朗寫實的筆調，表現他們感時憂國的時代面貌。在這個時期的創作行列中，詩人傅承得（1959-）受到社會和政治局勢的衝擊，面對文化民族的危機和困境，他在詩中表達了心中的複雜深刻感受，交織著悲憤、無奈、恐懼、失望、不滿、憂慮、苦悶等情緒，寫成了一系列的「政治抒情詩」，感時憂國是這些詩的基調，結集成他的第二部詩集《感在風雨之前》。這部詩集堪稱是八〇年代馬華詩壇最重要的詩集之一，對於八〇年代的馬華文學來說，它的時代意義也是無可取代的。

---

[1]　「茅草行動」事件始末可上網參考「維基百科，自由的百科全書」網站中的「茅草行動」條目，但官方與民間及反對政黨人士至今對此事件的起因仍眾說紛紜，各自表述，其中軍人槍擊事件也成為一椿疑案。有關馬來西亞華人政治從一九六九年的五一三事件到八〇年代末茅草行動的精彩分析與評論，見潘永強〈抗議與順從：馬哈迪時代的馬來西亞華人政治〉，何國忠編：《百年回眸：馬華社會與政治》（吉隆坡：華社研究中心出版，2005），頁 203-232。

　　傅承得在這部詩集中寫明是「政治抒情詩集」，其用意是相當明顯的，他在宣告讀者，詩集中的詩雖以抒情筆調為主，但詩人要表達的毋寧是一個相比於「抒情」更加「大我」的政治主題。抒情是傅承得寫詩擅長的表現手法，早在傅承得第一部詩集《哭城傳奇》時，他的抒情風格已經顯露無餘。在《趕在風雨之前》這部詩集中，他更融合了抒情語言與政治的關懷面向，因為對他來說政治詩是任何一個身處亂世的寫作者所不能忘懷的。當時詩人將寫詩的重點擺在政治、文化、民族、國家等主題上面，一般上詩語言充滿了重重的憂患意識，文字運作趨向明朗、平易和散文化。傅承得也顯然意識到這一點，他在詩集的自序裡替他的明朗語言辯護，如是表白：「我的手法轉向明朗和淺白，是因為只有這樣，讀者才能產生共鳴。而自我的最大希望，是時下感覺有心無力的華族青年，能藉這些作品發洩苦悶，進而激勵振奮，教方向明確，熱血沸騰。」[2]由此可知，他在寫一系列政治抒情詩時，詩語言是有意識的轉向明朗淺白，是詩人的時空意識和入世的性格觀念，令他的詩語言作出明顯的改變調整。

　　〈驚魂〉一詩見證了八〇年代末馬來西亞政治動盪最嚴峻考驗的一幕，很具象的傳達了詩人心中的憂患意識。茲引詩第一節：

> 在夜色驚疑不定的時刻
>
> 我又為你，提起沉重的筆
>
> 在這敏感的大都會，月如
>
> 有人開槍，放火，並且殺人

---

[2]　傅承得序：《趕在風雨之前》（吉隆坡：十方出版社，1988），無頁碼。

　　　　消息像最狂囂的黑死病

　　　　凌晨一時，半數的住民

　　　　自酣睡中醒轉，呻吟

　　　　有的，因為卜卜的槍聲

　　　　有的，急急的叩門，有的

　　　　惶惶的電話和傳單

　　　　不同方向的惡耗

　　　　卻有相似的恐懼與悲憤[3]

　　這裡詩人藉一些具體的發生事件，頗成功的勾劃出身臨其境的驚險氣氛，因為詩的形式和語言貼切的提供讀者意識的感知，詩的語言和形式為感時憂國的題材和精神面，支撐起一道堅固結實的架構，這是《趕在風雨之前》中的政治抒情詩最成功的地方。[4]

　　感時憂國的悲憤不滿情緒如果無法做到節制或控制，往往流於好發議論，甚至對現狀不滿的宣洩。在這方面最常犯上此毛病的是游川（1953-2007）和艾文（1943-）諸詩人，他們注重詩人與讀者間的溝通問題，試圖在溝通和詩藝上求取折衷和協調，但往往因為在詩中大發議論，過度宣洩對現實的不滿，非文學的企圖蓋過藝術處理手法，致使他們在八〇年代末的政治詩成為社會議論的詩版

---

[3]　傅承得：《趕在風雨之前》（吉隆坡：十方出版社，1988），頁 37。

[4]　亦可參考鍾怡雯最近的論文〈遮蔽的抒情──論馬華詩歌的浪漫主義傳統〉，評論傅承得詩集《趕在風雨之前》說：「《趕在風雨之前》壓抑了情感，正面迎向現實本身，敘事與抒情平衡得恰到好處。壓抑和節制，使得情感蘊含沉鬱和厚度。」見《馬華文學史與浪漫傳統》（臺北：萬卷樓出版社，2009），頁 101。

本，詩質無法彰顯，讀者因此無法在詩的藝術形象的表現中引起共鳴和感動。比如游川在一九八七年寫的〈一覺醒來〉：

> 一覺醒來
> 夜竟然滲暗了我的天地
> 呵軟了我全身
> 窒熄了祖宗靈臺的香火
> 唬啞了孩子背誦正氣歌的瑯瑯書聲
> 抹黑了書桌上大半部馬來亞建國史
> 沾呀染呀竟然倒翻了我的墨汁
> 向街頭巷尾一路散發開去……
> 這一切全在一覺之間發生
> 叫我怎敢再入睡？
> 叫我怎能再安睡？[5]

這首詩的寫作年份跟傅承得的〈驚魂〉同年，兩者都力求明朗淺白，以求跟讀者沒有產生窒礙的溝通，〈驚魂〉藉詩人的抒情感懷來感染讀者的思緒，〈一覺醒來〉卻是採取一種較婉轉側面的告白方式，來企圖喚起讀者的閱讀感受。游川在詩中嘗試運用以小喻大的對比技巧，避免詩旨太露和張口見喉的弊病，詩最後以相似句子的重覆兩次說「叫我怎敢再入睡？」結束，製造一種焦慮兼激昂迫切的語氣，來渲染事件的嚴重、無奈、失措效果。游川這首〈一覺醒來〉在他同時期的詩作中，已經算是較具有藝術感染力了，其他詩

---

[5]　游川：《游川詩全集》（吉隆坡：大將出版社，2007），頁169。

作嚴重到淺白如白開水般的文字，在詩中大量議論的語言形式如同詩人直接說教，讀者很難感同身受而引起共鳴。究其實，詩的語言畢竟不同於時事議論文章的文字，把議論文的語言形式移植到詩句中，有其先天上的局限性和偏執性。今天的讀者再回頭去閱讀這些作品，感受不到詩句中的憂患意識，而且時過境遷，人事已非，熱烈激昂的情緒早已經冷凝，詩句中過度的議論也可能造成讀者厭煩，很難在讀者心中產生閱讀期待的迸發感染力。

邁入九〇年代前期，馬來西亞的政治局勢從八〇年代末的動盪尖銳演變到變革平和，搭上電子科技工業的全球化浪潮，這個時期政經文教表面上開放樂觀，普遍上呈現出一片欣欣向榮的新局面，工商業發展蓬勃神速，帶領馬來西亞脫離農業社會踏進工業社會，大型都會轉型成功崛起。不少八〇年代末書寫政治詩的作者，由於長期累積的憂患意識逐漸成為一種思考的習性，在面對這個時期的國家社會的轉型新局面時，無法很好地把握住現代工業化所帶來的都市化的精神脈搏，詩人們還深深困擾在風雨飄搖的社會憂患意識，無法作出適當的時代語境調整，他們的詩語言形式頓時陷入「跟不上時代」的窘境，有者結果是喪失了語言，或詩語言表達跟時代語境的斷裂。

游川、艾文等詩人面對這項危機，大量在詩句中好發議論或重複自我的憂患意識，他們在九〇年代過後逐漸減少發表詩作，似乎也是意料中事，艾文甚至在這個時期過後停筆，完全退出詩壇，要直到二〇〇八年才開始重拾詩筆。傅承得面對同樣的困境，處境也不比游川和艾文好到哪裡去。他的政治抒情詩風格在《趕在風雨之前》出版後就已經徹底完成，如果再以同樣的表現手法來呈現九〇

年代的政治主題，那只能算是自我複製，不只無法突破自己以往所取得的成績，也將造成詩語言與時代精神的身心分離的斷裂。傅承得顯然也意識到這個問題，他嘗試改變思考方式和語言習慣，如他在一九八七年過後所寫的〈因為這個國家〉（1988）、〈告訴我，馬來西亞〉（1988）、〈我們愛不愛您，馬來西亞？〉（1988）、〈問候馬來西亞〉（1988）和〈馬來西亞注〉（1989）等詩，都是他的轉型作品。但是比起《趕在風雨之前》集中的詩作，他的努力成果顯然不甚理想，這些詩大部分都流於粗糙淺白、散文化的句子，詩中充斥概念化的思考尤為嚴重。筆者在一九八八年初讀到這些詩作時已經意識到這一點，並替詩人擔憂，後來寫了一篇評論〈風雨中的一枝筆——有關傅承得及其政治抒情詩〉，裡頭說：「筆者並不反對詩的明朗和淺白，但令筆者擔憂的是過度明朗化和淺白致使詩質稀薄的後果。傅承得近來的一些詩作，就有這種傾向。身為一個詩人，這種傾向所含的危機自是不待言的。……我想真正的問題，不在題材的把握或是寫實的詩風，而是自《趕在風雨之前》過後，傅承得對於這一類詩的思考方式和語言習慣沒有作出適度的調整或是更新。」[6]如今看來不幸言中，翻開他的第三部詩集《有夢如刀》，集中的政治詩如〈和效忠樹談天〉（1990）、〈獨立廣場〉（1990）、〈憤怒代筆〉（1990）和〈大選有感〉（1990）等詩，這些詩作中大發議論，議論政治的觀點甚至比時事評論更加了無新意，詩題材太過直接表露而沒有經過藝術手法的錘煉，令這些詩作顯得草率急就章，不可耐讀。比如〈和效忠樹談天〉的好發議論，無法深刻表達政治語境的敗筆，還有〈憤

---

[6]　張光達：〈風雨中的一枝筆——有關傅承得及其政治抒情詩〉，《風雨中的一枝筆》（吉隆坡：大將出版社，2001），頁 111。

怒代筆〉整體上給人一種「淺顯的痛快」，而沒有深刻的感受。我想
最重要的問題是傅承得還沒有找到一種新的政治詩語言或詩想，來
表達出九〇年代轉變中的政治社會語境。《有夢如刀》集中的政治詩
不是傅承得這部詩集中最好的作品，他寫得最好的反而是那些以個
人感情和私己小我的吟詠詩句。後面這一類詩才是《有夢如刀》這
部詩集的精華所在。但我們還是可以讀到這樣凝練飽滿的短詩〈路
上聽聞〉（1990）：

> 經過甘文丁
> 便到了太平
> 長途巴士司機
> 這樣對旅客說明
>
> 難道竟沒別的路
> 可以抵達目的地
> 後座有個聲音
> 帶著顫抖探聽[7]

　　這首詩頗能做到含蓄而不失諷喻，短短數行白描的寫法，很生
動具體的勾勒出凝練飽滿的涵義。首先詩第一句的「甘文丁」
（Kemunting）是馬來西亞北部霹靂州一個小鎮的名字，這裡有全國
最惡名昭彰的扣留營監獄，這所監獄的扣留犯，大部分都不是普通
的犯人，而是政治異議分子，或那些在馬來西亞內安法令、煽動法
令下被逮捕的政治犯，尤其是在一九八七年政治動盪時期的「茅草

7　傅承得：《有夢如刀》（吉隆坡：千秋事業出版社，1995），頁 51。

行動」，政府逮捕為數不少的反對黨人士、政治異議分子、華教人士，他們都是未經過任何法律上的審訊，被扣押在這個甘文丁扣留營。「太平」（Taiping）是靠近甘文丁的另一個小城市，舊時南北大道還沒竣工時期，南下北上吉隆坡和檳城的長途巴士一定會經過這個地點。詩句中提到太平，與甘文丁的強烈對照之下，令人想到太平盛世與亂世惡法對照的巨大落差，字裡行間造成一股巨大的反諷意味，強烈的帶出詩的政治諷喻。傅承得在這首詩中不發一句議論不提政治立場，以幾個簡單的隱喻動作，讓詩句充滿了飽滿的意義，餘味無窮。類似的表現手法似乎可以提供詩人對政治詩的未來方向若干啟示。

　　傅承得和游川等人的政治詩跨越八〇年代末到九〇年代前期（約在一九八七年至一九九四年），我把他們的政治詩歸類為九〇年代馬華文學的「前政治詩」，基本語調是明朗淺白，好發議論，感時憂國，充滿憂患意識，以國家社稷為己任，文化將亡匹夫有責的擇善固執。他們在八〇年代後期以一種感時憂國的語言形式，頗生動貼切地表達出那個時代的政治面貌和社會精神，而且該時期的政治詩因為對華族的政經文教前途感到悲觀，以致這些文化憂患意識的詩作往往被中國性偷渡，有極為濃厚的中國文化情意結。邁入九〇年代之後，馬華政治詩的表現形式一再重複，語言也因襲之前的文化存亡悲憤傷感氣氛，形成僵化制式的寫法，詩人無法掌握時代變遷的新精神面貌，而大部分寫政治詩的作者逐步減產或停產。

第二節　後政治詩：戲謔嘲諷，荒誕不經

　　一九九五年馬來西亞的全國大選，執政黨挾著世紀宏願的先進國計劃和經濟發展列車，幾乎橫掃所有的席位，獲得空前壓倒性的勝利，反對政黨的聲音被淹沒。[8]這期間取得勝利的執政黨經歷各自黨內的黨職選舉，平靜的政治局勢底下實則充滿了暗流洶湧。當時人民關注的政治課題，如金錢政治、菜單政治、改朝換代、朋黨主義和裙帶政治，都是執政黨國陣一黨坐大的後遺症。[9]在制定政策方面，全國大選過後，人民普遍上對政府的私營化企業政策多有不滿，因為他們看到政府一方面宣告抑制通貨膨脹危機，高喊「零度通膨」的消費口號，另一方面又接二連三調高私營化企業的基本設施繳費和稅收。一般上人民對這些措施政策滿腹牢騷，但也顯得無可奈何，因為國陣在全國大選後大權在握，所有政府當局所制定的法令和政策很容易在國會裡以多數票表決通過，嘲諷的是這種現象的局面是人民在大選中給予全力支持和委託的結果。

　　詩人身處在這樣的政治局勢中，對現實社會裡所聞所見的不公不義提出抗議，藉詩的表現形式和語言文字為這個時期的政治亂象

8　潘永強認為：「在宏願政治和經濟騰達的威力下，華人選民降低了過去的抗議意志，而走上政治順從的階段。」見〈抗議與順從：馬哈迪時代的馬來西亞華人政治〉，何國忠編：《百年回眸：馬華社會與政治》（吉隆坡：華社研究中心出版，2005），頁221。

9　「國陣」，國民陣線的簡稱，馬來西亞執政黨，由多黨聯合而成。國陣是早期「聯盟」組織的擴大，聯盟成立於一九五五年，由巫統（「馬來西亞全國巫人統一機構」的簡稱）、馬華公會、印度國大黨三大政黨組成。一九七四年由當時馬來西亞首相阿都拉薩將聯盟改組為國民陣線。國陣的規模非一蹴而成，而是聯盟先通過在某些州議會中與其他政黨合作的經驗，漸次構築出來的「大結盟」。一九七四年過後，歷經多次的全國大選，成員也先後增加到十三個政黨的結盟，至今仍取得馬來西亞的執政權。

見證。這個時期發表最多政治詩的詩人是鄭云城（1963-），一九九
六年是他寫政治詩的全盛時期，他在《南洋商報》的副刊〈南洋文
藝〉上發表一系列的政治詩，大力針砭時弊，一年後結集出版政治
詩集《那一場政治演說》，是馬華文學第一部收錄全部政治詩作品的
詩集。鄭云城沒有在詩集的自序或任何文章內提出對政治詩具體的
詮釋和觀念，他對政治詩所持的標準為何，我們唯有去他的詩集中
尋找答案。雖然如此，他還是在自序中透露一些蛛絲馬跡，提到「為
什麼標榜政治詩？」：「其實那是我一向關心的領域，在物慾繁華開
始進入狀況的馬來西亞，政治就是這個樣子嗎？其實，這也無所謂
馬來西亞，因為在九十年代，甚至在許多時候，你也很難去區分政
治的是與非。所以，我只有冷靜的通過詩來說一些故事，一些關於
政治生態的故事。」[10]由此可見，鄭云城並不是寫政治詩來表明他
的政治立場，或者藉謾罵發泄來反對某個政治事件。

　　這個時期的重大政治課題和事件，幾乎都被鄭云城寫進他的詩
集《那一場政治演說》，比如寫馬來西亞的金錢政治的詩〈金錢政治〉：

　　　一些躲在夾萬
　　　一些躲在瑞士銀行
　　　一些躲在妻子的戶口
　　　一些躲在澳洲黃金海岸的別墅
　　　一些躲在孩子商業的宏圖大計裡頭

---

[10] 鄭云城：〈自序〉，《那一場政治演說》（吉隆坡：東方企業出版，1997），頁1-2。

> 而他，依然兩袖清風，在黨大會
> 對著越演越炙的金錢政治痛心疾首
> 泣不成聲[11]

　　詩第一節重複出現五個「一些××××」句子，造成詩的節奏緊湊情勢嚴重，令人感覺金錢政治無孔不入，無所不在，而且詩句也越拉越長，表示金錢政治的泛濫猖獗有加深的趨勢，只是用幾個白描的事物來交代金錢政治的嚴重性，因為語言形式的經營得體，短短數行詩句顯得自足意義飽滿。第二節三行的反諷更見白描功力，把金錢政治與政客的演出諷刺得入木三分，可謂表現出戲謔嘲諷的本色，讓戛然而止的詩句餘波盪漾。除了〈金錢政治〉，其他詩作如〈私營化計劃〉、〈政治協商〉、〈偷渡者〉、〈印報機開動了〉、〈黨的分裂〉等詩都是馬來西亞九〇年代中期後所發生的重大政治事件，對於熟悉馬來西亞政治社會背景的讀者來說，讀來更能心領神會，對於海外讀者來說，也未嘗不可當作一般政治社會亂象來看待，這些詩大都能從具體政治事件中書寫出社會現象的普遍意義。除了鄭云城對書寫政治詩一以貫之，這期間還有其他詩人如林金城（1963-）、楊善勇（1968-）等人也交出不少的政治詩。這些六字輩的詩人的政治詩，以主題或題材的意識形態來分析，可簡略為這些特徵：

　　一、詩人站在人民階級的角度發言，或者透過第三者的距離來說話，以示其旁觀者的角色。

---

[11]　《那一場政治演說》，頁 193。

二、多為社會中下階層發出強烈的代言和控訴，對政策偏差投以高度的質疑或諷刺。

三、反官僚、反壓制、反社會體制的異化。

以政治詩的語言來處理，則有這些特徵：

一、採取冷嘲熱諷，戲謔嘲諷，荒誕不經的反諷態度作出針砭評價。

二、採用第三者敘事的冷靜手法，顧左右而言他，增強戲劇或諷刺效果。

三、語言文字傾向淺白、生活化、口語化。[12]

不同於九〇年代前期的「前政治詩」所表現的正義凜然感時憂國的沉痛悲憤心態，九〇年代中期以後的鄭云城、楊善勇、林金城等人的政治詩語言可視為九〇年代年輕詩人群所興起的都市精神語言。這些六字輩詩人大都在都市中長大和生活，他們對都市精神內在的感受是真實和深刻的，因此他們的政治詩已經遠離了八〇年代

---

[12] 鄭云城出版於二〇〇七年的第二部政治詩集《云城的政治詩》，延續其一貫的對政治社會現象戲謔嘲諷，這部詩集較引人注目的是全書企圖以「安華事件」作為馬來西亞政治情境的新起點，為這個馬來西亞重大政治事件及其後引起的風波效應，作為貫穿全書的反思提供一個切入點，也為馬來西亞九〇年代末到廿一世紀的政治發展提出一個全新的經緯視野。關於引起全球注目的「安華事件」，一九九八年九月二十一日，正當馬來西亞副首相兼財政部長安華的政治勢力與名聲如日中天之際，首相馬哈迪突然宣佈逮捕安華，他指出安華是一位同性戀者，並且犯下「雞姦」罪名，道德敗壞，然後下結論說：「我無法接受一位『雞姦者』成為這個國家的領袖」。事情爆發後，馬哈迪首相的親信幹部在馬來西亞發起一連串的反同性戀運動，強調同性戀違反伊斯蘭（回教）文化。對於這個全球轟動的事件，坊間社會的評論皆認為是馬哈迪與安華之間的政治鬥爭，所引發的政治風暴。在這起政治事件中，安華被法庭判刑，成為階下囚，至二〇〇五年始被釋放出獄。這方面的論述分析可參考楊聰榮：〈從安華案談馬來西亞的馬來文化、伊斯蘭教與同性戀的關係〉，《東南亞區域研究通訊》12 期（2000.12），頁 84-92。

政治動盪、民族文化風雨飄搖的憂患意識，取而代之的是一種對民主社會制度的嚮往，政策霸權和政治傾斜的戲謔嘲諷，語言刻意表現出荒誕不經、玩世不恭和非理性的政治亂象，政治主題往往在詩句中被詩人寓言化／預言化，反面角度的批判嘲諷一掃以往政治詩中慣常帶有的悲憤沉痛氣氛。當然這些政治詩的缺點是語言文字傾向散文化，甚至過度淺顯透明到張口見喉的地步，造成詩的藝術價值不高，徒然流於詩人的社會議論或政治批判文字。基本上這是政治詩一般的局限和難度，好的政治詩應該力求藝術深度和政治觀點的平衡思辨。

　　一九九八年，臺灣詩人余光中來馬，接受傅承得專訪時說出他對政治詩的看法：「它到底不是散文或雜文。它是詩，所以講究場合、場景和意象。……對主題不能太近，也不能太遠，當然也不能太直接。直接的譴責，恐在詩的藝術上於事無補，只是痛快一些而已。如果沒有藝術的感染力，政治事件過去了，時代感淡了，如果詩裡沒有更多的東西，只是為某個事件發泄而已，偶爾快語一兩句是可以的，通篇快語恐怕發泄光了。……政治詩應該突出事件荒謬、矛盾的或可笑的一面，憤怒當然可以，不過有時用幽默和諷刺等間接的手法會比較持久。政治詩往往也要由小見大，由短暫見長久，讓不同時空的讀者能夠以此類推，就是他的處境也彷彿如此。」[13]余光中對政治詩的觀點值得詩人借鑒，我們發現馬華這個時期出色精彩的政治詩一般上都具有余光中所說的那些長處，有意從事書寫政治詩的作者如果也能以此類推，相信必能避免一般政治詩的弊病。

---

[13] 傅承得：〈藏火的意志在燧石的肺裡——余光中訪談錄〉，《南洋商報‧南洋文藝》（1998.07.08）。

　　九〇年代中後期的馬華政治詩，把政治詩的語言從感傷高蹈轉向荒謬嘲諷。這種轉移和改變，對照整個馬來西亞政治時空語境也有跡可尋，更與九〇年代年輕詩人興起的都市精神息息相關。因此我把一九九五年以後的政治詩稱為「後政治詩」，基本特徵是荒誕不經、戲謔嘲諷。尤其是九〇年代末的「安華事件」，令馬來西亞社會和大眾思想觀念引起極大的衝擊，這個時期的政治詩，延續「後政治詩」對政治現實戲謔嘲諷的語言特徵，只是更多了一層探討思辯民主政治制度和人權平等觀念作為訴求的切身議題。[14]這項語言特色延續到廿一世紀，新生代詩人如呂育陶（1969-）、翁弦尉（1972-）、林健文（1973-）等，透過戲仿和解構的後現代視角策略來書寫馬來西亞政治，依然方興未艾。

---

[14] 一九九七、一九九八年發生兩個重大事件，即金融風暴和安華事件，嚴重影響馬來人政治趨於分裂，馬來人選票在一九九年的全國大選流失一半，但華人選民選擇維持現狀，給予國陣強力支持。潘永強認為這跟華人在金融風暴期間，馬哈迪以反傳統方式和強勢領導者的手法處理危機有關，由於華人社會和企業界希望穩定和發展，對他強勢穩定經濟情勢有功留下良好的印象。見潘永強：〈抗議與順從：馬哈迪時代的馬來西亞華人政治〉，何國忠編：《百年回眸：馬華社會與政治》（吉隆坡：華社研究中心出版，2005），頁 203-232。弔詭的是，馬哈迪在國內和國際的高大形象，一方面提升馬來西亞在國際上的聲望，另一方面也使得馬來西亞政治民主進程嚴重萎縮倒退。後面這一點是廿一世紀馬華政治詩書寫的關懷焦點。

第三章　馬華鄉愁詩：中國性與現代主義

前言：馬華鄉愁詩的由來

　　馬華的「鄉愁詩」與「中國性—現代主義」有著糾纏複雜的關係。馬華文學從七〇年代由天狼星詩社掌舵人溫任平鼓吹實踐開始，多管齊下以詩、散文、評論、結社、文學運動，落實具有「中國性」或文化中國色彩的現代文學理念，在馬華現代詩圈子裡形成一種集體的書寫模式。[1]這個「中國性—現代主義」的發展在邁入八〇年代，漸趨式微，原因是七〇年代末、八〇年代有一群年輕詩人崛起，無論是意象與語言的運作皆可看出變的跡象，其中最具有代表性的是子凡（後來改名為游川）（1953-2007）、葉嘯（1956-）、沙禽（1951-）、黃遠雄（1950-）、謝川成（1958-）等，他們的詩揚棄

---

[1]　有關溫任平（及天狼星詩社同人）服膺或認知的「現代主義」文學理念，其實從臺灣的楊牧、余光中及「藍星詩社」等現代詩人那裡得到不少靈感或啟發，是不容否認的事實。因此他們從臺灣引進來推動馬華現代詩的「現代主義」詩觀，除了現代詩技巧手法，也一併承襲了楊牧、余光中及其他藍星詩社的詩人對文化中國的抒情本質的一種理想精神意境。對文化中國或中國傳統文化符碼的沉溺或傾慕，加上運用現代文學的美學技巧來表達，詩的語言往往傾向理想浪漫或流露出傳統古典文學的抒情性質，我把類似現代文學的書寫模式稱為「中國性—現代主義」。鍾怡雯則在最近的論文集裡另闢蹊徑，她看到溫任平在（現代）主義與實踐（浪漫詩風）上的落差，把溫任平的詩和散文視為「馬華浪漫主義的代表」，而在馬華現代主義和現實主義兩大陣營之外、或之內，建構第三種傳統，即馬華文學的浪漫主義傳統。鍾怡雯論文見〈遮蔽的抒情——論馬華詩歌的浪漫主義傳統〉，《馬華文學史與浪漫傳統》（臺北：萬卷樓出版社，2009），頁61-115。

了現代主義過度注重意象經營的書寫模式,專注在詩技巧表現與現實(社會)感的融合,採取一種對現代主義和現實主義兼收並蓄的語言轉化運作,終於為八〇年代的馬華詩壇引出另一條可行的道路。八〇年代馬華詩人以現代語言與現實關懷求取藝術平衡的書寫特色,可以用留臺學者陳慧樺一篇論文的題目來概括:「寫實兼寫意」。[2]八〇年代末期,馬華詩人面對政治動盪和文化身份危機,產生一股強烈的感時憂國與文化憂患意識,馬華文學湧現了很多感時憂國與文化存亡意識的詩作,其中傅承得與游川是書寫這個政治局勢認同感受的佼佼者,他們所發起的「聲音的演出」及「動地吟」詩歌朗誦演出活動,得到不少詩人的助陣和響應,如小曼(1953-)、方昂(1952-)、辛金順(1963-)、林幸謙(1963-)、何乃健(1946-)、田思(1948-)等。[3]詩人面對現實政治困境、文化存亡危機、國家身份定位等思辯,他們往往借用中國性的傳統文化象徵符碼(包括中華文化傳統習俗、時節慶典儀式、中國古典文學典籍),在詩中表現出對童年鄉土和自我身份認同的渴望和懷戀,形成馬華文學的第二波「中國性—現代主義」。相比於七〇年代第一波由天狼星詩社實踐的「中國性—現代主義」,這個時期的「中國性—現代主義」更滲入了華社政治困境所形成的憂患意識的集體象徵。這個「中國性—現代主義」的書寫模式,延續到九〇年代的馬華年輕詩人,其中辛

---

[2]　陳慧樺:〈寫實兼寫意——新馬留臺作家初論(上)〉,《蕉風》419 期(1988.10),頁 3-11。

[3]　關於「動地吟」詩歌朗誦演出始末、參與活動和發表詩作的馬華詩人的身份認同,精彩的分析可參見林春美、張永修:〈從「動地吟」看馬華詩人的身份認同〉,黃萬華、戴小華編:《全球語境多元對話馬華文學:第二屆馬華文學國際學術會議論文集》(濟南:山東文藝出版社,2004),頁 64-78。

金順、林惠洲（1970-）和林幸謙具有討論的價值，他們的共同點是曾經歷過八〇年代末的政治風暴及華社集體挫敗的事件，過後於九〇年代初出國留學臺灣，不同的是負笈後林惠洲選擇回馬，辛金順留在臺灣，而林幸謙則滯留香港。本文舉他們的詩作為例，探討這些詩作書寫模式的特徵與局限，暫且把這些詩概稱為「鄉愁詩」，九〇年代的馬華鄉愁詩一般上可分為三大類：

　　一、對童年的田園鄉土生活懷念，描寫田園的景觀和童年生活的追憶。

　　二、藉中國古典文學的抒情語境（多為唐詩宋詞），抒發對田園鄉土的渴望回歸。

　　三、對中國文化的無限追思和擁抱，引發對自我邊緣化的大中國意識的全面認同。

　　基本上這些鄉愁詩中的「鄉愁」，取其詩中作者內在的情緒反應，更甚於詩主題表面的題材層次，當然這個稱號有其權宜性，它的後設性質說明詩人並不堅持寫的是否「鄉愁詩」，甚至有一些詩人可能會反對我把他列入「鄉愁詩」的隊伍。在這裡首先我們就要面對一道問題，所謂詩人童年的田園鄉土，它到底在什麼地方？是一個特殊指涉地理位置的鄉土？或是帶有普遍性超越心理版圖上的抽象鄉土？證諸九〇年代初馬華文學的詩作，「在什麼地方」對詩人傅承得（1959-）來說不成問題，翻開他的詩集《有夢如刀》，很清楚告訴我們，他的國家是馬來西亞（雖然這個國家不愛他，甚至不承認他），他的鄉土自然是馬來西亞的土地。可是對於另一些詩人來說，答案可能沒有那樣明確，詩人描寫心理抽象的文化鄉土的詩，沒有提供一個物質地理指涉的地方，卻在詩句中有意或不經意地渲

染文化憂思與中國情結的感懷心境。雖然九〇年代與七〇年代的時代語境明顯不同，但九〇年代年輕詩人似乎繼承了七〇年代「中國性—現代主義」的創作理念。我們實在感到很驚訝，「中國性—現代主義」在七〇年代後期已經式微，邁入八〇年代，天狼星詩社與神州詩社成員如溫任平（1944-）、溫瑞安（1954-）、方娥真（1954-）、張樹林（1956-）、黃昏星（1954-）等紛紛停筆或退出文壇[4]。八〇年代詩人面對國家政治與社會文化的風雨飄搖，詩語言走「寫實兼寫意」的路線，力求在現代與寫實的語言運作中轉化融會，總體來說他們的詩作頗能夠表現出那個時期的政治社會語境與詩人的存在認同。在這樣的進展格局中，八〇年代末出道的六字輩年輕詩人面對文化身份失落，或遭受侵蝕的焦慮感受，藉華族傳統文化和古典文學典故，來刻劃自身的認同危機，造成「中國性—現代主義」的歷史幽魂不請自來。八〇年代末、九〇年代初，這個「中國性—現代主義」的幽魂一般表現在詩句中充滿中國風味的田園鄉土，或者充斥中國古典意境的童年生活與甜蜜夢境。

第一節　辛金順：童年鄉土的抽象模式

　　辛金順是一個頗具代表性的例子，他的詩從八〇年代後期到九〇年代前期，題材和文字風格變化不大，一再重複相同的主題：童年生活的懷念追憶，田園鄉土的呼喚擁抱，詩的語言意象更是不斷自

---

[4]　溫任平、黃昏星（李宗舜）在八〇年代幾乎沒有發表詩作，要直到九〇年代後才恢復詩筆，而溫瑞安、方娥真離開臺灣後滯留香港，轉攻小說和專欄文字。

我複製，給人的總體印象是甜美散文化的文字，而缺乏獨創的語言。比如寫於一九九四年的〈年輪〉、〈舊照片〉、〈夢說〉、〈午後〉、〈最後的家園〉，一九九五年的〈紅豆〉、〈坐公車〉、〈相思〉，一九九六年的〈煙雲〉、〈童憶〉、〈昨夜〉，大抵在描寫童年生活的懷念感受，詩的內容離不開田園鄉野的景色，甜美可口的散文化語言讓這些詩鋪上一層淡淡的哀愁，一種欲語還休的憧憬氣氛。〈年輪〉一詩的散文化語言充斥於整首詩，讀詩如讀散文，詩的第一節：

> 這已是進入童謠的年代
>
> 我家就在溪前那片稻花的香裡
>
> 清晨時總有雞啼把我叫醒
>
> 而夢和體溫卻殘留枕上，還有星光
>
> 依偎著充滿情緒的暖被
>
> 試探和摸索，太陽剛升起來的膚色[5]

這類甜美悠閑的散文句子頗容易為讀者消化，但我們不禁要問，讀一首詩如讀一篇散文的分行，其中是否為讀者預留思考的空間。散文語言入詩的憂慮，比如對詩語言密度的破壞，詩質鬆散導致詩意被減至最低，令整首詩的深度變得不可能。對抽象心理的感覺追憶而把這份感情寫入詩中，如果只一味靠感官上的心理抽象概念來運作，其結果是詩中必然不可避免的充滿了許多概念化的意象語。我們在辛金順的詩行中讀到很多概念化和情緒化的抽象名詞，包括寂寞、記憶、孤獨、荒涼、歡悅、思念、歲月、欲望等，這些華麗的概念詞語由於出現的次數過多，而且用法又大同小異，致使

---

[5]　陳大為編：《馬華當代詩選 1990-1994》（臺北：文史哲出版社，1995），頁 105。

詩流於陳腔濫調，也造成他的童年敘事的思念耽溺不可自拔，可說是辛金順的詩中最明顯的一個弊病。茲舉一個例子：「當樹已開始明白什麼叫寂寞／時光也已超越兩地空間的中點」[6]。這樣的詩句漂亮耀眼有餘，深刻度和感染力則不足，但換另一個角度來看，詩人由於過份依戀童年的生活感受，一個在現實上已經失去永遠無法找尋回來的時空景物，因此他靠著對往事的耽溺思想上的擁抱，在運作上力求美化這些心理的追求和補償，這一切在詩人局限在自我的鄉愁視野下，欠缺穿透現實的表層，令詩中的鄉愁心態流於平面淺顯。

　　八〇年代後期馬來西亞的一場政治風暴，形成種族衝突社會國家緊張的局面，當時一些詩人如游川、傅承得、何乃健、艾文、小曼、黃遠雄、辛金順等人寫了數量可觀的「感時憂國詩」，詩的內容多為華族困境與文化危機，對一些政治敏感課題和不公的政策也勇於抒寫敘述，與此同時詩人藉中國文化象徵符碼歌頌中華文化的優越感，以此力圖在困境中的華族同胞能夠振奮自救。[7]而沉寂多時的「中國性─現代主義」幽魂在那個時候悄然返回。黃錦樹在其論文〈中國性與表演性〉中指出，燈火或是傳燈是中國性一個很重要的文化象徵符號，象徵一種文化傳承不滅的信念和責任。[8]燈火的意象是「感時憂國詩」裡最常出現的象徵，辛金順在當時也受到這個「傳火人」的文化象徵所影響，他的詩採用一種直接表白的方式，歌頌傳火或燈火燃燒的重要意義。

　　九〇年代，政治風波已然平息，至少表面上的尖銳衝突不復存在，但是有趣的是馬華現代詩的中國性，卻如膠似漆的緊緊跟著詩

---

[6]　《馬華當代詩選 1990-1994》，頁 106。

[7]　有關「感時憂國詩」的分析見本書第二章。

[8]　黃錦樹：〈中國性與表演性：論馬華文學與文化的限度〉，陳大為等編：《赤道回聲：馬華文學讀本 II》（臺北：萬卷樓出版社，2004），頁 39-74。

人從八〇年代末走到九〇年代，這些中國文化象徵符碼彷彿揮之不去，在辛金順的筆下成了定型的意象語，稍微不同的是近期的燈火意象偏向於靜態舒緩的語調，不再是種族緊張的狂焰沸騰、激昂淒切的畫面。看看他在九〇年代中的鄉愁詩的燈火意象：「雲飄去了，童年我流淚的故鄉／十五年只是一盞燈火／捻熄後，一些年月悄悄離去／再回首……」[9]，或「林那邊，燈火已經亮起／星光一樣柔和流過我底記憶／關窗，我把夢留在冷冷的杯裡／然後，讓黑夜輕輕將一切拭去」[10]，亦或「從傾斜的燈火裡，回頭漓漓的黑暗，樹和山／都化成你長髮翻飛的風／把我的思念／高高，舉起」[11]，及「只有現在，點亮一盞燈／我尋回自己，和／自己的影子」[12]。透過這些詩句中的燈火意象，詩裡行間交織出鄉思的甜蜜柔美感覺，童年的夢境抒情浪漫，如不食人間煙火的理想意境。詩句中完全沒有具體的鄉愁失落和對鄉土召喚的深刻描繪，更遑論是馬來西亞在地的歷史時空的具體性鄉愁心境。[13]

---

[9] 《馬華當代詩選 1990-1994》，頁 102。

[10] 《馬華當代詩選 1990-1994》，頁 107。

[11] 王錦發、陳和錦編：《鏡子說：南洋文藝 1995 詩年選》（吉隆坡：南洋商報，1996），頁 66。

[12] 陳和錦編：《沉思的蘆葦：南洋文藝 1996 詩年選》（吉隆坡：南洋商報，1997），頁 56。

[13] 辛金順定型的書寫模式近年有了突破，他在二〇〇三年發表的〈吉蘭丹州圖誌〉系列長篇組詩，共一百六十行，他在這首組詩中不只書寫個人（成長）生活經驗，也借助生活成長歲月的幾個地景和場所的編碼活動，回顧了他個人生活經歷感受的吉蘭丹，具有在地的具體性歷史時空想像與建構。對辛金順這首長篇組詩精彩的分析，見陳大為：〈想像與回憶的地誌學──論辛金順詩歌的原鄉書寫〉，《現代中國文學》第九期（2006.06），頁 87-101。

第二節　林惠洲：古典中國的抒情想像

　　除了運用中國性的文化象徵符碼來寄託鄉愁和童年生活，藉中國古典文學的抒情語調來表達田園鄉土的回歸或懷念，也是馬華現代詩人常表現的書寫方式，這方面最有代表性的例子是林惠洲。林惠洲是馬華七字輩的年輕詩人，開始寫詩也是九〇年代以後的事，但是他的詩風格完全沒有其他馬華七字輩詩人的後現代風格傾向，他的詩語言是散文和文言夾雜的古典詩詞抒情路線，毋寧更接近六字輩的詩人風格如上述提到的辛金順。差別的是，辛金順的詩常以童年生活回憶為抒情浪漫視角，林惠洲的詩則在抒情語調的本位中揉合了中國古典素材，形成一婉約典雅的語言風格，這或許與他的臺大中文系生涯，影響或局限了他的書寫模式。林惠洲的〈三年〉一詩其中洋溢著古典抒情風味，混合著文白夾雜的散文化詩意境，語言運作婉約飄逸，很可以代表林惠洲大部分詩作的風格路線。〈三年〉對古典素材有相當的擷取轉化，無論在韻腳、格律、句法、章法、意象等形式與構思方面，皆有嫻熟的表現。如詩第二節：

> 向南墜淚的角度
> 在深夜風雨推窗襲入
> 黃燈散潑成血
> （她說我的追尋激情與安逸
> 是生命的一種衝突和放縱
> 像燈照、急雨的交戰
> ——終成淚。

　　纖素手臂攬著我脖子

　　許久許久，她說）

　　我不停抽煙酒

　　以平撫奔湧的狂血[14]

　　很明顯地這首詩受到楊澤的詩集《彷彿在君父的城邦》的影響，兩者的詩語言所具有的古典抒情婉約詩風極為相似。另一首詩〈樵夫軼事〉根本就是古意新寫，以中國古典文學的典故來追尋回歸田園鄉土：桃花林。詩保持作者一貫的文白夾雜的抒情語調，整首詩依靠中國性的文化象徵符碼來支撐突出，以中國性的普遍意義來取得共鳴，卻也同時暴露出潛伏的危機，抽掉詩中的中國性意象，我們還能讀到其他什麼訊息？我們在這裡將面對馬華鄉愁詩最根本的問題，詩的鄉愁情結乃建立於抽象遙遠的精神古典中國，從抽象的文化符號開始，並以抽象的文化符號作結，鄉土的時空現實物質基礎不曾落實。換句話說，這類詩的中國性並不建立在現實的本土之上，詩的思考方向也不具備歷史的具體存在性質，語言文字流於唯美化和古典化的抽象名詞。〈樵夫軼事〉第一首寫尋找桃花林的文學典故，全詩對此古典風味發揮得淋漓盡致，中國性特色滿佈字裡行間：

　　是桃花？

　　在輕輕的雨聲裡沿溪溶解

　　體香忽隱忽現

　　誘你，虔誠的探尋

---

[14] 《馬華當代詩選 1990-1994》，頁 219。

遺失經久一個傳說

⋯⋯

花香滿徑佳人款款的

山曲折，雨輕重
拍打深林，濃厚不堪的綠
⋯⋯

在斧鋒敗裂
落地，遁身，無跡
水既岸，煙瘴迷離
寒氣梭航雨林
你的追尋如一溪響亮
斷續，飄渺[15]

　　這樣婉約柔美的抒情語言是林惠洲寫詩的一貫風格，他的抒情語言是建立在純粹的中國性上，對古典詩詞意境的全盤接受，對文化鄉土精神的全面擁抱耽溺，這類詩作是馬華現代詩的「中國性──現代主義」的極致展現，在地視野與存在的歷史具體性完全被抽空，不能說不是一個時空錯位的怪異現象。辛金順代表的是心理上抽象和現實上失落歷史具體感的馬華鄉愁詩，林惠洲則更進一步，極端的把抽象心理的鄉愁情結化為古中國風味的依偎迷戀。

---

[15]　《馬華當代詩選1990-1994》，頁223。

第三節　林幸謙：大中國意識的自我放逐

對鄉愁情結的自我沉溺迷戀不能自拔，對文化鄉土的抽象意識極端執著，進而對中國文化的無限嚮往，甚至認同大中國本位而自我放逐出本土的定位。基本上這個鄉愁情結的沉溺跟七〇年代天狼星詩社同人自我流放或邊緣化的「中國性—現代主義」書寫模式，並沒有太大的不同。在這一點上另一位馬華六字輩詩人林幸謙的詩可作為一個參照。

林幸謙的詩整體上透露出政治身份的游離和文化屬性的衝突流放，顯示一種不安壓抑的破滅情境。詩人中國屬性的文化鄉愁過度泛濫，形成本土現實被詩人放逐在他自己的思想意識之外，而中國屬性的民族文化情感卻被詩人的高漲意識大力渲染，精神和肉體上的雙重自我折磨方式令詩人自我流放，不斷尋找自我的身份定位，因此也不可避免地一再被（自我）邊緣化。林幸謙最可以表現自我邊緣化的詩要數〈邊界〉、〈父親的肉體〉、〈中國崇拜〉、〈處女〉等詩作，這些詩的語言意境都頗著力渲染孤絕凄慘，其中對於政治身份認同與文化屬性定位的焦慮令詩人陷入一種悲情扭曲的心態，以及由此所產生的慾求和死亡的陰影。比如詩〈邊界〉的下段：

> 邊陲的心
> 在核心爆裂
> 邊界有浪
> 擊碎荒地的邊境
> 幻滅的海水，繾綣極了
> 繾綣於自由的天空

　　　　而體內的海水

　　　　都是故國的眼淚

　　　　遠離中心的夜晚

　　　　邊界更加的遙遠

　　　　相思在異國的星空累積

　　　　過度發酵的鄉愁，和老來的愛

　　　　在文化的追思中捲來

　　　　捲來的潮水

　　　　倦去的軀體

　　　　只換來，淡化的靈魂[16]

　　這段詩的鄉愁是自我被邊緣化的異國（或大中國）思鄉心態，所謂的故國和邊界的觀點視野，其實是站在大中國意識本位的觀點來看待文化鄉愁，所謂的故鄉雨林，其實是詩人心中已經失去／死去的空虛的森林。在〈處女〉一詩中，他更進一步作出表白：

　　　　我用處女的肉體

　　　　在南方雨林的邊緣

　　　　與你結婚

　　　　用雨林的雨水

　　　　書寫隱喻連篇的傳記

　　　　婚後也有悲哀

　　　　荒涼如處女的雨林

16　《馬華當代詩選 1990-1994》，頁 89-90。

　　　　雨林也有內心

　　　　心中有淚

　　　　不曾流出心中

　　　　如此豐盛的雨林

　　　　的雨，足夠填補森林的空虛

　　　　足夠讓自己死去[17]

　　原來外表豐盛的一座雨林在詩人心目中卻是荒涼空虛，甚至死去也是很滿意的一件事。相比於南方的雨林的飽滿隱喻，詩人面對這個邊緣身份定位，只有悲哀和空虛，在地的文化屬性與自我的身份認同從來不得清晰的確認，滿佈詩句中的盡是詩人的自我耽溺於異國（大中國）崇拜的心態，而女性作為一個主體的身份位置卻被詩人放逐到她者的位置，如同被自我邊緣化的詩人，詩人自我的位置也就等同於他（她）者的位置。在〈中國崇拜〉中，詩人更加激烈的擁抱認同了大中國本位的意識形態，因為對於詩人來說，沒有中國性的思想意識將淪為邊緣的異族怪物：「我吐出我的中國／自己變回蛇體／鑽入黑暗的地獄／冬眠」[18]，這首詩深刻暴露出詩人的自我邊緣化和中國崇拜情結，詩人有意以自己的中國崇拜的中國性來對比現實中國的中國性，得到的推論卻是詩人的中國意識更加純粹和本質：「現世中國／純屬個人的私事／夢中沒有故鄉／傳統都在變體／獨嘗夢的空虛」[19]。

---

[17]　《馬華當代詩選 1990-1994》，頁 97-98。

[18]　《馬華當代詩選 1990-1994》，頁 93。

[19]　《馬華當代詩選 1990-1994》，頁 93。

　　林幸謙的大中國意識籠罩在層層龐大的歷史陰影中，顯得那麼孤絕淒厲，也充滿了疏離矛盾。這樣勇往直前的自我邊緣化／放逐心境形成綿密的夢幻、慾望、精神錯亂、顛覆扭曲的面貌，看不到在地物質性的歷史具體存在意義，而這當然不在林幸謙的思考格局當中，證諸他的詩作和散文（實為一體的兩面）的關懷格局，這樣的心理意識也是可以理解的。[20]但是身為林幸謙的詩讀者，或許在他刻意經營的綿密龐大的複雜情境當中，我們更期待他能夠從重重的陰影窄巷中走出來，耙梳詩人的身份認同與中國意識的矛盾糾結，以及歷史具體性在後殖民語境所能夠扮演的中介角色。[21]

---

[20] 讀者可對照鍾怡雯評林幸謙散文的論點：「這些反覆出現的意象，躁動的文字，『種族本身就充滿了哀愁』宿命式的認知，一再強調的『邊緣』身份，病態的敘述者口吻……只是以大量形容詞、副詞或術語雄辯抽象命題的衍繹過程，並沒有讓他接近旨意，形而上的故鄉反被推展到更遠處……」雖然鍾怡雯論文評論的是林幸謙的散文，但也同樣適合用在他的詩作上。鍾怡雯論文見〈馬華散文的「浪漫傳統」〉，《馬華文學史與浪漫傳統》，頁119-145。

[21] 臺灣評論家楊宗翰對筆者批判林幸謙詩的論點表示極度不認同，他在〈從神州人到馬華人〉一文中說我任意等同林幸謙與天狼星詩社人馬的作法顯得粗暴，我的看法是：「從馬華文學來看，無論是七〇年代的天狼星詩社所提倡的中國性─現代主義，或是八〇年代末的感時憂國詩，兩者的語言表現或許不盡相同，但文本結構中的創傷儀式和精神上的漂流心態：流放／自我流放／自我治療，從溫任平的『流放是一種傷』，到林幸謙的『中國崇拜』、『史記的春秋深入骨骸』，兩者可謂一脈相承，或一種遺緒，如符咒般的不斷降臨，於精神上的自傷流放來看，兩者的同質性恐怕多於差異。這裡也順便駁斥了楊宗翰在〈從神州人到馬華人〉裡說我任意把天狼星的中國性現代主義和林幸謙任意等同的說法，剛好相反，雖然他們表面看來如此不同，以兩種不同的語言敘事模式來表達對中國的崇拜，但是兩者的內在心理或精神心靈上的流放卻是殊途同歸。」楊宗翰評論筆者部分見〈從神州人到馬華人〉，陳大為等編《赤道回聲：馬華文學讀本 II》（臺北：萬卷樓出版社，2004），頁 156-182。筆者回應文字〈療傷的風景、流浪的樹、與文字同行──小論黃遠雄詩中的創傷／流放／文字結構〉，《南洋商報·南洋文藝》（2004.06.08）。另外鍾怡雯在〈馬華散文的「浪漫」傳統〉一文中對林幸謙亦有深入的評論，她也把林幸謙的詩文視為這整個馬華文學中國性的書寫傳統（根據她的說法

結語

　　中國性的鄉愁情結牢牢繫著九〇年代的辛金順、林惠洲、林幸謙等詩人的思考方向，也把他們的鄉土意識想像封閉在一個與地理現實毫無交集的抽象時空。一味對古典文學、中國性的象徵符碼、文化傳統、古典詩詞意境的引用和認同，對抽象心理的中國文化符碼表現沉溺的傾慕或寄託，基本上這些都是「中國性—現代主義」的歷史幽靈的借屍還魂，這一切導致馬華在地性／中國性書寫的關懷思辨陷入一團模糊曖昧的情境。這些現象在九〇年代的馬華現代詩中成為一種普遍性，是很弔詭的事，究其實是詩人過度沉溺於文化中國，而忽略主體的歷史具體性，一種本末倒置文化本位的結果，其中歷史發展的錯位，讓「中國性」的歷史幽魂得以入侵／回返詩人主體性，而無意間開展了這一切。

　　是馬華文學的「浪漫」傳統）的行列。鍾怡文論文見《馬華文學史與浪漫傳統》，頁 119-145。

第四章　馬華情色詩：從遮掩到裸裎

第一節　甚麼是情色／情色詩？

　　情色（erotica）與色情（pornography）的分別，在於前者是兩性心理的複雜渴求透過性慾的表現，達到一種兩情相悅的程度，而後者純粹是兩性交歡的暴露畫面，沒有任何心理起伏的狀態可言。以如此簡易分明的定義引申出去，所謂的情色詩，傳統的說法是情詩滲入性慾和身體器官的描寫，比如美國詩人惠特曼（Walt Whitman）著眼於身體各部分的描寫，並渲染情慾的起伏波動，透過情色的畫面而產生美感[1]。在九〇年代世紀之交的馬來西亞，工商業文明的蓬勃發展，資訊媒體的影響無遠弗屆，地球村的趨型若隱若現，電子媒體無孔不入，現代文明正面臨空前的考驗。處在這樣瞬息萬變的時代格局當中，因此本文所指稱引用的情色詩，除了以愛情和性慾交織為經緯的傳統的性愛詩，也涵蓋了那些涉及性行

---

[1]　在文學裡，情色與色情的概念並不截然界分，前者通常指 erotica，具有感情滲透情慾或身體感官的描繪特質，而後者則指 pornography，純粹的性器官或性暴力的展現。但也有人把 erotica 稱為「唯美色情」，把 pornography 稱為「暴力色情」，比如廖炳惠在〈色情文學：歷史回顧〉一文中便說：「暴力色情文學是刻意誇張性能力或器官，表達出某種性別（通常是男性）的濫用力量，去侵犯、強暴、侮辱、醜化另一個身體。唯美色情文學則把性器官視作身體與另一個身體達到圓滿溝通與解放的媒介，因此把作愛與愛撫鉅屑遺的描繪，但始終保持身體的神秘、美妙，而且往往在色情之中透露出某種意識。」但他也同時認為很難對這兩個文類作出涇渭分明的定義。廖炳惠論文見《回顧現代》（台北：麥田出版社，1994），頁 269-273。

為、性器官、感官刺激、肉體享樂等題材手法的詩，它可以是情詩，也可以不是情詩。對馬華文壇來說，將愛情與性慾熔於一爐的情色詩，雖然數量不是很多，但也有出色的表現。探討馬華情色詩的論述文章，就筆者的記憶中，似乎還沒有人以學術性的角度來處理過，馬華文學有成績可觀的情色詩而沒有論情色詩的評論文字，除了與馬華文學的評論風氣低落有關外，最大的原因乃是馬來西亞社會普遍上的傳統保守觀念，很多人還無法認同接受性觀念拿來公開討論，甚至很多作家也把情色和色情混為一談，把「情色文學」當做單純的色情文字來看待，擔心這些文章會毒害青少年的思想意識。

的確，文學作品中的情色畫面包括了社會人士所暢談的帶有罪惡墮落的性慾舉動，尤其是衛道人士所憂慮和不齒的性愛挑逗，但它卻絕不只是這些表相門面的膚淺功夫，除了罪惡與墮落，情色文學所表現的旨意還有借色情的黑暗面來做反面教材，表達野性另類的美感，企圖顛覆權威中心體制的壟斷局面。透過情色書寫，詩人表現出一種生機勃勃的創造力，愛的熱情於坦誠中爆發，成為個人或集體的心理慾望。如此的情色詩的飽滿含義，正是本文所著眼和嘗試加以討論的方向。以這樣一個廣義的角度來探討情色詩，會令我們更容易掌握詩人的書寫動機，觀察詩人們如何從傳統社會的性禁忌的遮掩閃躲過渡到近年的性觀念開放後的門戶大開，進而把情色赤裸裸的呈現出來。

第二節　政治隱喻的策略書寫

　　詩人書寫情色，以性愛和色慾為題材，其出發點並不在於渲染色情、玩弄性事，更多的是在詩中表達道德良知的醒覺，或是對道德禮教世俗觀念的反駁。寫造愛的題材，卻頻頻在詩中顧左右而言他，大談關於社會問題和人權平等的政治制度，造愛或情色的議題只是一個幌子，詩人要批判的毋寧是平日現實社會中的一些敏感課題，卻只能藉造愛的隱諱／隱晦性質和社會禁忌來透露另一個現實社會的政治禁忌課題。詩人方昂（1952-）展現其一貫嚴肅而不失詼諧的筆觸，寫下〈繼續造愛（淨版）〉，且看此詩第三、四節：

> 是的，關於平等的問題
> 棕皮膚在上，黃皮膚在下
> 誰，在欺壓誰
> 兩情相悅是造愛唯一的姿態
> 至極端的也得在寒夜尋求一溫熱的肉體
> 唯有造愛才能塑成完整的自己
>
> 是的，關於日益壯大的頹廢
> 在個性慣常早洩的今天
> 在自我已經陽痿的世界
> 獸性的激動提升為精緻的悸動
> 模糊的，形而上的，哲學的揶揄
> 在勃起中重塑夭折的雄性[2]

---

[2]　《蕉風》427 期（1988.11-12），頁 50。

對詩人來說，造愛與華社困境的壓抑陰影已經融合為一，一切在現實中無法實現的基本權利和身分屬性，只有遁逃去造愛的交媾裡得到補償與自我慰藉。詩人在「自我已經陽痿的世界」，因為政治權力運作的不公平分配、自我隨時面對文化屬性和身分認同的焦慮危機，其中的心態扭曲成為對造愛的無限佔有慾，企盼在「勃起中重塑夭折的雄性」，最後達到可能的臨界點，在高潮中大聲疾呼所有同路人：「造愛吧朋友，繼續造愛／乘造愛的意義還未模糊成隔夜的精液／且回到床上，在高潮之前／自慰：造愛是示愛唯一的方式／靈魂需要肉體的高溫融成一體／床褥的呻吟勝似戰場的呻吟」[3]。這首詩以造愛的情色舉動來反諷政治權力機制，對不公不義的國家政策提出抗議，情色在這裡卻成為真理的代言人，正是我所謂的以情色手段來顛覆政治霸權的詩例之一。

另外一個詩人楊川（1961-）的〈地獄變〉則透過求愛交媾的情色話語策略，來彰顯詩人自身對馬來西亞這塊土地的熱愛，雖然這個親愛的國家給詩人帶來重重的困惑傷感：「悄悄睡去／愛並不存在於交媾的慾望中／那晚上／誰在我睡夢中啄食那片暮色／沮喪的靈魂甚麼都不是／我高舉的山巒戀繞對岸的男子／透明是必須交還給顏色／無須悲哀或者／詫異／放肆的晃過空蕩的山徑／聽嬰啼的傷感／儘管骨骸繼續被想像捏碎／但請不要憤怒／不要掀起淪陷的記憶／不要遊行示威，或者／絕食抗議／在吻與吻之間／各自依偎在彼此的體溫吧／然後申請求愛的法定手勢」[4]。對情色性愛的困惑如同對國家政治體制的困惑，其中的矛盾心態殊無二致，國家的動盪

---

[3] 《蕉風》427期，頁50。

[4] 《南洋商報‧南洋文藝》（1991.01.24）。

不安局勢在詩人一再「不要」的期望聲中，生動委婉地表達出一種欲迎還拒的愛與不愛煎熬心理狀態，楊川同方昂的詩一樣遁逃到睡夢中、吻與吻之中以及彼此求愛的體溫裡去，如此的語言策略不只凸顯了政治的荒謬情境，也同時顯露出性愛情色的更加實質感和可靠性。

第三節　遮掩婉轉的情慾訴求

描寫情慾的詩歌和文章在一個性禁忌和保守傳統的國家社會裡，通常都以一種遮掩間接的訴求語言來呈現，一方面避開遭受衛道人士的責難，另一方面也為詩歌意境的氣氛感覺鋪上一層神秘美感。張永修（1961-）的〈化石魚〉寫一個「如魚得水」般的愛情，其中的愛慾纏綿婉轉的以一尾化石魚來傳達：

> 我在你赤裸的泥裡
>
> 掙扎成脫水的魚
>
> 吐納著生生死死的唾液
>
> 多想啊你覆蓋著我屍體的手
>
> 是水，撫我，淹我
>
> 以你所有的無情，守候
>
> 如墳上的墓碑
>
> 萬年以後
>
> 你我二合為同色的雕塑

　　　　竟難分難解

　　　　你當年的溫柔今日的頑固[5]

　　如此深情的難解難分，間接宣告至死不渝的愛情觀念，以魚和泥水的相濡以沫來交代出生生世世的定情，其中的性愛動作退為隱約的層次，但讀者還是可以在充滿愛慾纏綿的詩行中強烈的感受到情色性愛的慾望。

　　陳強華（1960-）的〈都是貓惹的〉則藉貓的行動表現來探討情慾的心理狀態，在詩行中貓的慾望也就是詩人／敘述者的慾望：「突然有火花在心中迸射／我是貓／跳出／伏下來怒視著黑夜／前方是飄浮的螢火／逗引著我／這個世界虛幻如雲絮／而確實有／有說不出來的／如肉裡的細胞／蹲伏在心臟／靜默地／瘋狂地／卻圍困那顆火熱的心」[6]。一隻貓撩起的情慾令敘述者也隨著蠢蠢欲動，靜默和瘋狂兩面矛盾的心理掙扎，焦慮的心開始燃燒火熱。貓在西方文學傳統中多比喻為性愛的象徵物，波特萊爾數首以〈貓〉為題目的詩對此有令人激賞的發揮，詩句裡的貓容或沉默神秘之感、叫聲柔和幽深、傾訴仰慕之情、美眸和身段的視覺聯想，火熱的觸發感官氣氛，皆與情色和性慾有不可分開的關係[7]。失眠的人移情為失眠的雄貓，對貓的神秘矛盾個性勾起詩人左右為難患得患失的心情，因

---

[5]　《蕉風》448 期（1992.05-06），封面內頁。

[6]　陳強華：《幸福地下道》（吉隆坡：大馬福聯會，1999），頁 64-65。

[7]　詩人白靈在《一首詩的誕生》一書中也點評波特萊爾三首以〈貓〉為詩題的作品，著重在貓的主意象與感官特性分析，與本文的側重點不盡相同，讀者可自行參考比較。白靈著《一首詩的誕生》（台北：九歌出版社，1991），頁 171-172。

為詩人面對著心理訴求和道德觀念的兩難折騰。陳強華寫雄貓的
心聲：

> 這時候失眠
>
> 難免有些尷尬
>
> 鼓脹的慾流衝上咽喉
>
> 火熱的舌尖想席捲甚麼？
>
> 不禁挑剔起蚤子
>
> 撕裂夜紗，以銳利的趾爪
>
> 癢，癢，癢
>
> 隱匿在樹梢的月啊
>
> 為甚麼不沿著夜的背脊滑下呢？
>
> 響著煩躁的熱帶天空
>
> 緊貼著屋脊，有人問起
>
> Mahu，tak mahu？[8]

馬來文的擬聲擬義頗貼切的表現出貓擺盪在要不要性愛或現實
需求的矛盾情境中，如此的困境也是身為詩人的陳強華以及所有的
馬來西亞華人所共同面對的兩難。同貓的西方傳統象徵一樣，月亮
也是情色詩中所常被引用的主意象之一。月亮的完美聖潔形象在文
學家的筆下竟成為性事交歡的象徵物，表面看起來很奇怪，其實認
真思索是有跡可尋的，把月亮和性事拉上關係，因為月亮盈虧與女

---

[8]　《幸福地下道》，頁 63。【按：馬來文「Mahu，tak mahu？」意即「要，不要？」】

人的月事有關，而在保守傳統的思想觀念裡，女人做愛懷孕都與月亮的上弦下弦有著極大的關係，男女做愛也被西方激進的女權運動人士當做是男性侵略女性的暴力手段。這一類以月亮或貓叫的情色詩在西方極為普遍，在文學史的累積發展之下，隱隱成為一脈相承。而在馬華文學，情色詩還不算非常普遍，以貓和月亮為性慾主題的詩，數成績最可觀的詩人要推艾文（1943-）在七〇年代出版的詩集《艾文詩》，詩集中有很多首詩觸及病態隱晦的性愛，並採用大量的月亮／圓月和貓的陰森詭異氣氛來表現。[9]

第四節　文明與自然的性愛辯證

　　情色的體驗範圍即是肉體上的，也是心理層面上的。大部分傳統的抒情詩或情詩，把男女交歡愛撫時的慾望訴求壓抑在語言表相的背後，尤其是在肉體上的生理需求，更加被作者有意避開不談，只表現心理感情的美好浪漫假面，真正的兩性心理起伏狀況比這些要複雜得多。從情色文學的角度來看，傳統的抒情詩語言無論如何情真意切，山盟海誓掏心挖肺，其實它充滿了虛偽空洞的假道德和世俗觀念標準。美國心理學家馬斯洛（A. H. Maslow）分析愛情的狀況時說：「這種想親近的願望不僅是肉體上的，而且也是心理

---

[9] 關於艾文詩作裡的性愛隱喻與病態特色，我在〈現代性與文化屬性——論六〇、七〇年代馬華現代詩的時代性質〉略有提及，基本上艾文運用超現實語言和感官體驗來處理性愛的題材，形成一種異化的個人色彩，更與傳統中國的象徵符碼大相逕庭。張光達論文見《蕉風》488 期（1999.01-02），頁 95-105。

上的」[10]。也就是說馬斯洛同時承認性愛是包括了肉體和心理兩個層面的意識狀況，一般上無論是肉體或是心理上的慾望，在動情的狀況之中最需要的是撫慰、擁抱、親昵、示愛等刺激動作，靠著這些條件來尋求快感，繼而達到一種靈肉交融的舒適狀態。快感會帶來性高潮，而對於傳統兩性觀念來說，性高潮與傳宗接代當然是密不可分，這些都是人類生理上和心理上很自然的一部分，所以所謂的情色思想並不是什麼毒藥害物，本來就沒有甚麼好遮掩隱瞞閃閃躲躲般見不得人[11]。我們應該大大方方的表現描寫性愛色慾的語言文字，如果這是與文章內容或題材旨意有必要掛鉤的話，尤其是時時強調表現「真」的文學藝術，更是不必去在意世俗觀念或道德意識。但我們也不得不承認，文學作品既然是某個時代某個時期某個特定社會的產物，詩人作家無論如何灑脫超俗，那個時代的社會輿論和思想觀念或多或少侷限和引導了文學作品的趨勢和表現方式。

　　方昂的〈大廈 VS.河邊貧民區〉藉男性陽物的隱喻，諷刺了發展蓬勃的現代都市的陰暗面：

　　　　高高地勃起
　　　　那是都市的雄性

---

[10] 詳見馬斯洛著，許金聲等譯：《動機與人格》（北京：華夏出版社，1987），頁214。

[11] 當然這是比較樂觀的說法，整個社會主流體制和道德批判依然穩固霸道，性與色情的禁忌污名深透民心，很多時候這些主流的意識形態觀念已經深深內化（internalised）於社會群眾的思想認知，成為一種不辨自明理所當然的「普遍常識」。晚近的性別論述對這些議題有深刻精彩的剖析和批判，主流思想觀念的合理性和正當性正開始受到動搖。主要專書可參考傅柯著，尚衡譯：《性意識史》（台北：桂冠出版，1990）。

　　驕傲地抵著天空

　　宣佈：我

　　成熟了

　　他的尿道開始潰爛

　　梅毒日益擴散……[12]

　　都市文明的高度發展，一幢又一幢的建築物大廈競相朝著天空升起，這個驕傲的景觀與男性的陽物勃起，展現雄性的風光同樣值得驕傲？詩人方昂的意圖顯然是反面評價，因為我們只看到男性／都市繁榮的一面，另一面不為人知的墮落腐敗才是本詩的主旨。這首詩反諷了作為一個充滿英雄氣概的男人其實也有失敗黑暗的一面，大廈作為男性的陽物崇拜情結，自有其象徵隱喻的普遍意義，它在短短數行中鞭辟入裡批判了都市情意結的男性沙文主義，顛覆了男詩人慣常表現的男權至上觀點。

　　同樣以都市景觀——建築物的意象語來描寫性愛動作，都市的發展和男性的性交動作交替翻騰，頗有電影蒙太奇的視覺效果，這是陳強華的〈震盪〉：「那些建築／趁著我們睡眠時／明目張膽地勃起／一抽／一縮／緊緊地捶入椰林／一些椰林轉身，逃逸／椰子擊碎夢中的玻璃／想想廣闊的明天／除了歡呼／沒有其他選擇／那些建築／舉起勝利手勢／（你插得太深啊）／把頭挺得更高／閃出初夜的喜悅」[13]。在這裡建築／男性對比椰林／女性，男性的進攻侵略性質與女性的默默接受被動性質成為一種宿命，椰林代表柔弱無

---

[12] 《星洲日報・文藝春秋》（1991）。
[13] 《南洋商報・南洋文藝》（1998.05-16）。

力的女性軀體，對於代表男性的都市建築的侵略性（陽物的一抽一縮動作），她們顯得那麼無助，逃走或歡呼，都是沒有選擇的地步。最後的喜悅勝利是所有男性男權主義的勝利，女性只有淪為男性的發洩物。這首詩的男性扮演主宰者的角色，卻巧妙的藉都市／椰林（文明／自然）的辯證關係遮掩隱匿了起來，情色的描寫常常不是處在兩性對等的地位，這點尤其在保守傳統的國家社會，女性的身體被佔有，男性處於主導地位，剝削女性的身體自主權。

　　在詩中描述性愛而曲盡隱晦之能事，都市建築發展侵吞田野椰林的大自然景色，成為男性向女性性侵略的動作象徵，雙方的強弱實力高下立分，令情色性愛蒙上一層文化控制權爭霸的陰影，無疑是閱讀情色詩一件意外的收穫。除了文明破壞自然的隱喻批判，情色的隱喻也展現在山水的盡情醞釀中，比如張光達（1965-）的〈山水・潑墨〉：「一場兵荒馬亂／踐踏我不住顫動的胸口／袒露的軀體輾轉成／四處奔竄的山水／／山水中／烽煙四起／花朵飄零／一點點殷紅／是最後一道淋漓盡致的／潑墨／／我在波濤起伏的白床單中／看到他正喃喃捲起／一張揉皺不堪的宣紙／一片片龜裂剝落的容顏」[14]。通過山水畫中的烽煙戰場來映射性愛交歡的激烈場面，渲染交疊性事和戰事的悲壯淒慘局面，到第二節的性事高潮，也就是山水畫的最後成敗的一筆，頗有對藝術感情抱著破釜沉舟的勇氣決心。此詩在描寫情色方面，不免也採取一種遮掩迴避的隱約美感來呈現，詩中的山水畫就是表現美感的比喻手段，來達到性和藝術同步同理的目的。

---

[14] 《星洲日報・文藝春秋》（1991）。

第五節　靈肉享樂的情色快感

　　傅柯（Michel Foucault）說：「對真實的肉體享樂感興趣，瞭解它，介紹它，發現它，一心要看到它，講述它，把握住它並且用它去迷住其他人」[15]。由於社會不斷進步發展，傳統的性觀念也不斷受到衝擊修正，造成性在社會層面上不斷被提出來公開討論，報刊媒體也開放對性觀念問題的思考辯論，況且九〇年代的馬來西亞正邁向跨國際多媒體的世界潮流，網際網路電腦資訊時代的降臨更加令人們的傳統性愛觀念受到動搖，人們對性有更進一步的瞭解和新的詮釋，不再以躲閃遮掩的態度談論性和情色議題，男女雙方都勇敢果斷的對性愛暢談感受，對做愛的滿足享樂也不再羞以啟齒，而是如傅柯所言的講述它和把握住它。

　　看看張光達的〈愛情 1988〉如何講述和把握住肉體的享樂滿足：

> 在平坦的河床一隅
> 我們隨著流水
> 游魚般滑入對方的體內
> 復流出體外
> 就是這般舒爽
> 雖然水的溫度是冷了些[16]

　　詩句中帶有一股喜悅亢奮的性生命力，如此自信滿足的做愛講述在八〇年代的馬華詩作中並不多見。這樣的性表達方式更是勇往

---

[15] 《性意識史》，頁 63。
[16] 《蕉風》421 期（1988.12），頁 38。

直前永不言悔的:「你把蠟燭移過來:／一件完美的設計／必須在燃燒中形成／愛也一樣」[17]。蠟燭的陽具象徵並不是獨創,中外的詩人多有觸及,比如臺灣的詩人羅智成的名句「一支蠟燭在自己的光焰裡睡著了」。這裡的引述不在於貼切的蠟燭意象,而是性愛的動作顯得果斷俐落,性享樂成為詩的意義核心。

兩性肉體交歡的激烈動作在夏紹華(1965-)的〈末日前書〉有更直接奔放的描述:

> 骨骼在煙火裡爆裂的聲響,血,劇痛地狂嗥著
>
> 朝向鏽黃色的圓月,而他,遊盪於她胸脯間的氣味裡
>
> 在黑夜猙獰的眼瞼下,用貞操射精,呢喃道:
>
> 我們將沿靠單行道遠去,為了叩悼昨日的眷戀
>
> 讓我們生個孩子[18]

詩句中的男女敘述者面臨一個歷史性末日沉淪的悲慘局面,在這樣危急淒慘的時候格局當中,造愛卻成了重要的一件事,唯有造愛的痛苦享樂矛盾心態,才能釋放一切重擔,傳宗接代更是性觀念的原始起點,這首詩的科幻語言運作使詩中的性愛描寫顯得詭異而深具爆發力。

夏紹華的〈末日前書〉的語言運作雖然顯得艱深異化,但對兩性之間的情感頗為看重,字裡行間仍隱約透露感情的真摯保守。當情色的焦點不再凝集於「情」,而只是渲染「色」的誘惑時,性的動作表現得更為詭異,如沙河(1946-)的〈舞2〉:

---

[17]　《蕉風》421 期,頁 38。

[18]　《南洋商報·南洋文藝》(1996.04.17-24)。

雄性的火開始在兩股燃燒

大理石地板的反光

在香水味中死去

多麼狡黠的旋律都會死去

當叛逆的酒精在體內計謀著

一張失貞的床

而沿著你傾斜的雙肩

必是我每一寸失守的

城池[19]

　　這裡詩人要探討的是現代都市資本主義中，軟性娛樂與色情意識的共謀關係，情慾在都市裡每一個空虛寂寞的心靈燃燒，人性存在的迷惘瀰漫在每一個外表鬧熱的都市角落，詩裡行間對身體感官與情慾訴求帶有隱約婉轉的批判意味。

第六節　身體器官的顛覆力量

　　情色書寫，女體通常是被動的一方，男性主宰著一切滿足慾望的地位，比如上面提到的陳強華的〈震盪〉裡男性對女性的性初夜侵略，女性根本沒有發言權，一切全由男性的觀點來看待性愛。但嚴格來說，馬華情色詩的描寫還是相當保守的，至少它在某個程度上還是講述傳統的浪漫情感的，又如夏紹華的〈末日前書〉中還是

---

[19]　《南洋商報・南洋文藝》（1996.09.18）。

相當保守的，因為它在艱澀詭異的詩句裡含有浪漫遐思和傳宗接代
的傳統觀念。九〇年代馬華文學出現的後現代風格，基本上已經與
上述的詩作有明顯的不同，雖然夏紹華、陳強華等人也在詩中描寫
情色性愛的激烈畫面。情色詩越來越露骨大膽，性器官不再是寫詩
的禁忌題材，詩人正視情色的本質意義，不再理解為生殖交易的傳
統觀念，情色描寫的範圍包括了同性戀、偷窺癖、自戀癖、手淫、
易裝癖、受虐／施虐等傳統上被視為變態心理的戀情。許欲全
（1972-）的〈身體語言〉企圖顛覆傳統的性觀念和道德觀：

> 如果可以，手寧願選擇
> 削掉頭顱戮穿雙眼剁斷二足
> 連軀幹也嫌棄不要
> 顛覆大腦中樞操控的庸俗程式：
> 抽煙、愛撫、自慰、書寫
> 打揖、掌摑、挖鼻屎……[20]

　　詩人採用庸俗的程式來顛覆虛假的道德意識，用身體上的六個
部分去挑戰和挑釁傳統的性愛觀念，以背德來反道德，以猥瑣來反
清高，以冷靜的筆觸來解剖現代生活的情色困境，在〈唇〉一節中
詩人這樣宣告：

> 唇說：卸下我
> 歇下我善變的糖衣
> 別在你不經意的脖子上，抑或

---

[20] 《星洲日報·文藝春秋》（1997.02.16）。

　　　　領角小小的腹地

　　　　這是我今夜盟誓予你甜蜜、堅貞的

　　　　咒語：讓全天下妒嫉的媚眼

　　　　統統缺氧死去[21]

　　許欲全藉顛覆手法來正視肉體的意義與性愛的嶄新觀念，這首組詩可以情色詩的思考格局來看待，更能夠從各章各節中掌握其深層意義，其中有種種傳統上視為病態的性愛情慾描寫，如唇裡大啖刺激的感官享樂，乳房的享樂依戀，心臟的男同性戀心理錯亂病症，腳的思想和行動的分崩離析，都很自然而然的在詩句中流露出來，彷彿不費吹灰之力。

　　關於〈身體語言〉的深入探討分析，筆者在〈走出自己的聲音〉一文裡這樣說：「現代人的生活現象和感情性格被長久壓抑，心理上產生一種扭曲，精神上失去平衡，遂產生一種錯亂狀態，女人以性愛作為填補這些空虛，男人則集體挫敗、萎縮、窘困、變態……。新生代的年輕詩人，身處現代／後現代高度文明的都市情境，面臨臺北／吉隆玻滿目虛假墮落的情色困局」[22]。我是這樣覺得這首詩必須透過情色文學的觀點來論述，方能凸顯它的意義。陳雪風在〈讀詩的期待〉裡透過傳統保守的道德世俗觀念來看許欲全這首詩，無怪乎他會認為整首詩顯得肉麻和低級趣味，掌握不到新生代詩人的後現代語言傾向和情色語言的顛覆意義，更使他失去讀〈身體語言〉

21　《星洲日報・文藝春秋》（1997.02.16）。
22　張光達：〈走出自己的聲音〉，《星洲日報・文藝春秋》（1997.02.16）。

的焦點所在，只能夠擺出道德禮教的思想意識斷言許詩粗俗錯亂[23]。〈身體語言〉的詩語言無疑具有後現代觀念的影響，尤其在最後一節〈腳〉中的思想和行動的嚴重分離，更是緊緊的把握住後現代所津津樂道的「無知覺的意念」[24]，把它單純的看作「詩想」非常錯亂反而暴露出讀者的僵化意識形態，捉不到詩作者／敘述者思想意識的核心深層意義。至於作者是不是有意後現代的問題，我倒不會感到有什麼問題，有時候作者閱讀寫作所受到影響在作品中不經意的流露出來，就連作者本人也是始料不及的。

　　情慾的解放是個人自由享樂的重要方向，這與個人追求自由自主有著極大的關聯，身體即是構成情色主題的一個很重要的部分，追求自由也意味著追求身體的解放和自主性，不受他人擺佈和控制，這本是女性主義的重要論述，今天的情色文學也挪用來指「身體的自主權」。控制他人的身體含有濃厚的政治權力爭霸意圖，性事和權力的糾纏不清會令身體的自主性消失，因此要求情慾的解放和權力脫鉤，就要從審視瞭解自己開始。傅柯討論身體權力的複雜關係時指出要支配和察覺自己的身體，唯有通過身體權力的審閱貫徹，最終導向對自己身體的慾望[25]。後現代出現的文學感性，賦予藝術趣味更勝於意義詮釋，佛克馬（Douwe Fokkema）認為後現代無深度無崇高點並不表示就是沒有意義，如同其他文學主義觀念，

---

[23] 陳雪風：〈讀詩的期待〉，《星洲日報・文藝春秋》（1997.02.16）。

[24] 詳見馬樂伯撰，蔣淑貞譯：〈處在邊緣上的後現代主義：衍異論宣言〉，《中外文學》第 17 卷第 8 期（1989.01），頁 31-61。

[25] 詳見 Foucault.（1980）"Body／Power", *Power／Knowledge: Selected Interviews & Other Writings,* Colin Gordon. Ed. New York: Pantheon Books, 1980 . p.56

後現代的遊戲方式在文學和藝術中都有其支持點，它們具有一種更廣泛的文化意義，其實是含有顛覆改造本質的深層意義[26]。類似的思想觀念可在趙少傑（1976-）的〈那個濕潤的夜晚〉中透露一些「無意義」的意義：

> 在那一個夜晚
> 我驚然發覺實在而濕潤的
> 虛無感與挫敗
> 沒有父親在旁
> 沒有母親在旁
> 並且重覆像是支離破碎的鏡頭
> 高聳豐裕的誘惑以及
> 唾罵的成績單[27]

詩中的敘事者面對一個虛無與實在的矛盾情境，他手淫自慰只是心理和生理上的需要，以審視察覺自我來尋求性慾的解放，追求身體的自主性，詩句裡頗多對手淫詳細描述的感受和體悟，坦誠不猥瑣的支配了自身的慾望：「除了快感／以及餘溫／我彷彿跌入時光的防空洞／恍惚地越過了幾個散亂的年代／思想情緒／我站在醒覺的大鏡子前／洗滌每一條牽動視覺的神經線／細察／自己的／每一部分」[28]。九○年代的年輕詩人採取一種截然不同的態度審視自我，

---

26 詳見佛克馬、義布思著，俞國強譯：《文學研究與文化參與》（北京：北京大學出版社，1996），頁96。

27 《南洋商報・南洋文藝》（1996.08.16）。

28 《南洋商報・南洋文藝》（1996.08.16）。

赤裸裸的絲毫不遮掩躲藏的敞開身體來與讀者坦誠面對，令那些假道德衛道人士感到無地自容，所有的身體權力歸還給身體的自身擁有人，撕破了虛假的道德謊言。

第七節　嘉年華遊戲的多元性

性解放的意義在於顛覆傳統的虛偽道德觀，解構了以道德假面來霸佔他者的身體擁有權的謊言。新生代如許欲全、趙少傑等人不再循規蹈矩，安分的接受主流霸權來擺佈自我的身體屬性。對傳統虛偽的道德觀念進行調侃，以及對同性與異性的情感慾望一視同仁看待，試圖打破傳統的二分法概念，張光達的〈一生〉有生動精彩的描繪：

> 他對我的愛顯得那般熱烈
> 俯下身動作小心翼翼
> 輕輕地吻舐我的乳房
> 我不是一個隨便的現代男子
> 對於忠貞的世俗觀念我有時堅持
> 配合他切入投射的角度
> 欣喜發現一片茂密的原始叢林[29]

---

[29] 此詩寫於一九九八年，曾投寄給馬來西亞某大報，編者不採用所給予的理由是題材過於敏感和超越報館的色情界限尺度，過後未發表。

　　這裡所謂堅持忠貞的世俗觀念，其實是反話，顛覆傳統的語言策略，把性愛情慾投射入大自然的和諧意象中。一種新的交合模式取代和解構了傳統的性交歡模式，揉合了遊戲、歌詠、調侃、抒情、辯證等嘉年華（carnivalesque）的多元化風格[30]。詩第三段：「他有時因此遷就我的愛／俯下身調整一些細節／改換另一個全知觀點的位置／營築最奔放的水乳交融／在遼闊疲軟的原始叢林中心／四肢旋轉頭顱唱歌／兩顆堅挺的乳房毫無保留地攤開／我在上面移植逐日萎縮的盆栽／他在下面演習風水學／死亡是再生的唯一管道」。遊戲和開玩笑的書寫方式，比如詩第二段的「我想有些事必須交代清楚／以免天線的磁場遭受干擾」，忽然又一本正經的轉換嚴肅的口氣：「索取彼此豐饒的內涵本質／是兩個人一輩子的事」，迂迴轉折之間第三段的充滿自信快樂奔放的性愛場面：「四肢旋轉頭顱唱歌／兩顆堅挺的乳房毫無保留地攤開」，情色享樂的極限往往與死亡牽連在一起。情色和死亡的糾纏關係，古今中外的文學作品不勝枚舉，尤其是在小說中的佈局描寫，更是充滿著愛恨交織的情慾象徵。在這首詩中，情色性愛與死亡並時並存，但它在享受性愛的同時雖然意識到死亡的在場，卻沒有產生對死亡的絕望恐怖感覺。死亡對詩人來說是再生的唯一管道，人類經由情色經驗，體悟和通向死亡，再由意識死亡的意義而超越自身的存在意義，這種超越自身的存在

---

[30] 我嘗試利用俄國文評家巴赫汀（Bakhtin）的嘉年華會觀念來推銷給馬華讀者。王德威給嘉年華會的定義：「要求我們暫時拋棄或逆轉平常的繁文縟節和禮教秩序，是故癡駘卑賤者得於此時一躍而為萬人之上的聖王，而諸般身體器官和性的禁忌亦成嘲謔誇耀的目標。嘉年華式的場面充滿了生命原始活力與光怪陸離的想像。」王德威論文見《眾聲喧嘩》（台北：遠流出版，1988），頁 244。

形成一種「超自我」的透徹頓悟，也就是以情色與死亡去撞擊那道禁忌和生命的無限潛能，獲得充實和昇華的生命力。

〈一生〉最後一段把性愛的包容和解放通過身體快感的語言運作，表現得「任性盡情」：「我想有些話可以讓人銘刻在心／足以承載形體遭電擊間的震痙／他不是一個禁慾的現代男子／憂鬱的體味散發強烈的訊息／我在情慾高漲的風暴中理解純熟溫柔／那是他輕輕地吻舐我的乳房／我用一生一世的乳房佔據這片叢林／靈魂和肉體不斷解散復又迎合／一切顯得任性盡情／任一個陌生人輕輕吻舐一生」一生一世陪伴在側交歡裸裎的枕邊人竟是一個陌生人？如此荒謬的現實情境無疑是二十世紀末人類的集體真實感受，在自身與他者之間，我們只能任選其一，其他的都是不切事實的虛幻假像，成為漂流在空氣中現實裡的陌生符號。事實證明，我們常引以為榮的瞭解對方和通過意識形態來控制對方的身體權力，其實是一種片面的認知，一種普遍預設的強制性的教育機制。唯有以叛逆來把握自身的具體存有，否則在身體的權力操作中逆來順受失去自我，壓抑自我而喪失主體性和多元性。

第八節　廿一世紀馬華情色詩的方向

檢視馬華文學近年來的情色詩，八〇年代的詩人對性愛情慾書寫採用大量的隱喻象徵，語言文字傾向保守含蓄，九〇年代後期的新生代詩人漸漸改變這種書寫方式，以截然不同的嶄新面貌較激進自信的語言策略來應對時代的變動和思想觀念的多元化格局。可以

預見的未來廿一世紀的馬華七字輩和八字輩新生代詩人會把世俗保守的道德觀念揚棄，在詩中藉情色性愛的坦誠解放表達出一種嶄新的身體快感。當然一些詩人仍然會繼續採取政治隱喻的書寫策略，來反映政治政策的不公不義，社會資源的不均壟斷，教育文化的打壓變質，只要這些現象繼續存在的一日，詩人作家活在「失身恐懼」的焦慮心態裡，性愛無疑是詩人失去自我屬性心理上不得已的補償，或是採用更積極尖銳的語言來企待「收復失地」。從本章提到的六種情色詩的風格發展來看，有一點倒是令人欣慰的，雖然馬華情色詩產量比不上歐美或臺港的情色詩，但它所呈現出來的多元化的觀念和風格，也算是涵蓋了情色詩的各式各樣的層面意義，包括了傳統和前衛的思想意識。又本章沒有引用女詩人的作品作為例子，倒不是我對女性帶有歧視，或是男權至上的因素作祟，而是很遺憾的說我手頭上找不到適合的女詩人情色作品，她們寫很多的抒情詩，但那絕不是情色詩，我想女詩人在這個議題上保持沉默，可能是保守的心態有關，也或許是其他原因。

　　站在世紀之交的歷史門檻，如何從馬來西亞的本土來面對世界大潮流新文化，來建構情慾的新感受和新定義，繼而讓情色文學的「身體語言」與政治文本產生對話交會，這不僅是我本人的思考方向，也是所有馬華詩人可以發揮的書寫策略，向廿一世紀宣告一種文學詩歌的嶄新格局。

第五章　陳強華論：
後現代感性與田園模式再現

前言

　　評論家陳慧樺在〈大馬詩壇當今兩塊瑰寶〉一文中說陳強華（1960-）的詩風抒情而浪漫，從早期的詩集《煙雨月》的活潑開朗、青春稚嫩色彩，到《化妝舞會》中的都市現代化、文明與自然的衝突等大我主題，到八〇年代末期的《那年我回到馬來西亞》中的社會關懷和政治批判，陳慧樺一針見血指出：陳強華的抒情節奏甚至浪漫都還在那裡，仍那麼濃烈。[1] 這是頗見勁道的說法，展讀陳強華從臺灣負笈畢業返馬後的兩本詩集《那年我回到馬來西亞》（1998）和《幸福地下道》（1999），詩中的語言文字無論是寫實明朗、後現代技巧或淺白溫和的鄉土語言，這個抒情而浪漫的本質始終不離不棄，如影隨形的隨著陳強華的「前中年時期」跨入詩人的中年時期作品中。

　　詩人陳強華，一九六〇年生於馬來西亞檳城州，臺灣政治大學教育系畢業，出版詩集《煙雨月》（1979）、《化妝舞會》（1984）、《一天、一天》（與趙少杰、黃麗菁合著，1997）、《那年我回到馬來西亞》

---

[1]　陳慧樺：〈大馬詩壇當今兩塊瑰寶〉，江洺輝編：《馬華文學的新解讀》（吉隆坡：馬來西亞留台聯總，1999），頁 70-75。

（1998）和《幸福地下道》（1999），曾創辦「魔鬼俱樂部」詩社，主編《金石詩刊》、《向日葵》文學雜誌等，曾獲星洲日報花蹤文學獎詩歌組推薦獎，是馬華詩壇上重要的詩人之一。我在本章裡主要檢視詩人陳強華於九〇年代出版的兩本詩集，探討詩人的語言文字特色從浪漫抒情轉向後現代主義觀念、社會關懷與政治批判的剖白式抒情語言、前中年時期的幸福生活浪漫色彩、童年與鄉土的緬懷浪漫想像。作為一個融合了現代詩技巧、後現代觀念與鄉土寫實的詩作者，陳強華詩中的後現代語言透過對鄉土家園緬懷、社會現象省思，表達出一種浪漫而抒情的本質，從中展現出後現代與本土性在現代詩裡的辯證式對話。陳強華詩在馬華現代詩的發展脈絡和文學史定位中的重要性由此可見一斑。

第一節　返馬時期：後現代遭遇本土現實

　　陳強華早期的作品明顯的深受臺灣詩人楊澤和羅智成的影響，尤其是他在語言文字和氣氛的經營上，詩裡行間的浪漫抒情、婉約修辭、現代知識份子的淑世襟懷，以及詩行中透露出來的文化鄉愁和生命告白都是他早期詩作的特色，也在在印證他深受楊澤羅智成的抒情詩風格的模仿。

　　誠如陳慧樺指出，陳強華在八〇年代留學臺灣時深受臺灣現代詩人如羅智成、楊澤、苦苓和夏宇等人的影響。[2]我們幾乎可以這麼

2　《馬華文學的新解讀》，頁 70-75。

說，他的抒情浪漫風格深受楊澤羅智成的影響，而他的後現代觀念
和技巧手法卻深受夏宇的啟發，他的後現代技巧返回馬來西亞之後
還有更極端的發展，例如他在《那年我回到馬來西亞》詩集中的「類
似時期」部分的詩作，大都寫成於返馬後的一九八五至一九八八年
間，其中的〈類似愛情走過〉直接表明詩人師承臺灣後現代詩人夏
宇，詩的語言文字很明顯的模仿夏宇的《備忘錄》：

> 你抄寫夏宇詩句
> 只是為了安慰自己
> 「寫你的名字，
> 只是為了擦掉。」
> 微笑，裝著是個好天氣
> 驚訝於這許多
> 來不及留意的雲霞[3]

　　這些詩句一反傳統現代主義的力求博大精深，採用一種生活
化／口語化／平庸化的語言文字，半開玩笑又似乎漫不經心的調侃
玩樂，來面對日常生活中任何單調乏味的現象和事物，企圖捕捉心
靈上一剎那間留下的意識痕跡。類似在漫不經心平靜的語氣中帶著
一股隱約的嘲弄反諷式質疑與模擬，在陳強華這一輯詩集中俯拾即
是。這種後現代主義反深刻反強調理性的美學觀念，投射到文字作
品中變成口語般散漫零碎的思維意識，取代了傳統上視詩為貴族血
統文體的地位，在〈類似散文情懷〉中陳強華用白描明朗的文字來
抒寫他對詩的嶄新觀念：

3　陳強華：《那年我回到馬來西亞》（新山：彩虹出版社，1998），頁 65。

漸漸不喜歡濃縮的詩句

　多層的含義

　透不進閉塞的思維裡

　隱藏著的目的斷翅

恐怕你不再喜歡詩

　貴族血統的文體

　逐漸消失，再過若干年

　我們隨著歷史學家

　在風中追尋殘缺的韻腳[4]

　　陳強華的後現代技巧手法在〈類似詩的質料〉中更為極端，這首詩企圖呈現出前衛詩的形式概念，其中有講求形式設計的具象詩，意象拼貼的後設詩和文類泯滅的語言形式。詩第一節中「筆記 1：書櫥」，左邊是「層層寂靜的塵埃，還有老掉的蜘蛛」，右邊是「螞蟻悠閒地爬過，成群的螞蟻」排成斜梯形，表現螞蟻在書櫥上活動爬行，呈現螞蟻的動態畫面，對比於塵埃和蜘蛛的沉靜寂寞，中間則以上直下排了大小詩人的名字，還有一些生活中的物體列於最底層。詩人很明顯的是在用文字來繪製書櫥的圖像狀態，陳慧樺說詩人陳強華企圖以文字直逼（approximate）現實。[5]這首詩表面上看來詩人是在以圖像入詩，利用詩文字的排列設計來表現描繪物體的外在形象狀態，這是第一層次的讀法。但是我們不要忘了，詩人選擇

[4]　《那年我回到馬來西亞》，頁 72。

[5]　陳慧樺：〈寫實兼寫意──馬新留臺作家初論（上）〉，《蕉風》419 期（1988.10），頁 8-10。

的材料無論是經過精心汰選或是任意並置，意象與意象之間的排列無論是有意或是偶然，我們在詩的名單裡面讀到一些潛在的訊息和暗示，詩句中浪漫主義的大詩人如拜倫、徐志摩高高在上，潛意識中彰顯出陳強華的浪漫主義傾向和師承其來有自。而臺灣現代派大將余光中、楊牧、瘂弦緊接在後，與臺灣的年輕詩人楊澤、羅智成隔開於一道屏風，表示文學典範的轉移和交替，詩人陳強華自己的名字處於羅智成楊澤之後，暴露出詩人的傳承和對自我的定位。這種後現代觀念的物象任意並置倒不經意透露出後結構主義對權力話語在文本內的隱喻，絕不可單純視作傳統現代主義所主張的「純詩」（poésie pure），要求詩人「以詩思想」（Penser en Poésie），追求詩形式設計來達成一種完美獨特的純粹藝術效果為主。[6]

---

[6]　純詩（poésie pure）是法國象徵主義詩派的觀念術語，於一九二六年伯雷蒙（Henri Bremond）發表《純詩》（La Poésie Pure）一書與論述，闡述關於純詩的思考。基本上伯雷蒙的純詩理論有以下幾點：一、詩是神祕的、一致的。二、詩外在於理性知識。三、詩外在於含義。四、詩是音樂。以這些觀點來對照陳強華的詩作，尤其是詩集《那年我回到馬來西亞》的〈後記：出發〉裡的觀點，陳強華似乎頗認同這種純詩的詩觀念，但他在該詩集裡沒有提到純詩和伯雷蒙，我的這個觀察有待陳強華本人求證。我這裡的意思是指詩的純粹性，如同伯雷蒙說的：「詩的純粹特性應在於一種神祕真實，即我們所謂純詩的存在、放射、變換而一致的行為之上。」後來中國詩人穆木天由此發揮提出：「我們的要求是純粹的詩歌，我們的要求是詩的世界。」穆木天據此主張「以詩思想」（penser en poésie），詩人必須先找出一種詩的思維術，寫詩時得用詩的思想方法來作出形式上無限的變化。這些象徵主義詩人排除了寫詩（寫作）作為一種社會文本參與活動，其中所可能與當代的政治語境和權力體制結構產生的互動性質與心理（無）意識。關於純詩的詳細論述，可參考金絲燕：《文學接受與文化過濾》（北京：中國人民大學出版社，1994），頁 281-289。有人在文學評審會議上強調說陳強華的詩多屬於以詩論詩的詩類，也就是作者純粹用詩本身的觀念來寫詩，在生活中思考詩的存在意義，然後用詩把它記錄下來。這個概念頗似我上面所提到的純詩，但它沒有象徵主義所具有的文化語境和意識，基本上來說並非這個看法不能成立，而是我

　　〈類似詩的質料〉第二節「筆記 2：備忘錄」已不只是單純的圖像詩或具象詩了，西方的前衛詩把這種看似任意羅列名詞物件的寫作概念稱為拼貼性格（collage），透過這些物件的羅列，打破內容與形式的藩籬，凸顯語言（文字排列）是一種不確定（uncertainty）的素材，具有多重指涉的功能，擺盪在虛實之間，要求讀者積極運用自我的意識感覺介入文本內。陳慧樺用後現代理論家哈山（Ihab Hassan）所提倡的副詩（para-poetry）或後設詩（meta-poetry）來指認這首詩。[7]我倒認為後結構主義的語言詩（languange-poetry）也不失為一種閱讀方法。語言詩派的先鋒麥尼克（David Melnick）和蕭笛雷（Raphael J. Schulte）認為詩句的任意羅列造成詩句裡的敘事斷裂，形成許多障礙，有待讀者自由填補連接空隙，充滿各種可能的文本意義。[8]

　　同樣的詮釋角度也可引用在這首詩的第三節和第四節中，之所以在這裡大量引用後現代主義和後結構主義對語言敘事的斷裂拼貼性格，以及要求讀者參與創造文本意義，目的是想指出陳強華這個時期的詩作充滿了鮮明的後現代技巧和風格。[9]陳強華在這本詩集的〈後記：出發〉中也透露出他對後現代觀念的執著：「後現代主義根

更關懷的是詩人書寫的文學體制和文化語境，如何透過書寫行為被滲透到所謂一個純粹性的文本內。

[7]　《蕉風》419 期，頁 9。

[8]　關於語言詩派的代表人物 David Melnick 和 Raphael J. Schulte 的論點，可參考焦桐：〈前衛詩〉，《臺灣文學的街頭運動》（臺北：時報文化出版社，1998），頁 88-91。

[9]　陳強華的後現代詩還可以包括：一、任意羅列名詞，例子有〈試擬己巳年計劃〉、〈預告〉。二、遊戲化的語言，例子有〈淺薄的規則〉、〈攝影進行曲〉。三、精神分裂式的平面化語言，例子有〈類似空白記憶〉、〈淚雨〉、〈現在〉。

本否認意義的存在，因而拒絕闡釋。後現代主義文學藝術文本強調表演和形式甚於意義和內容，拒絕對語言或其他元素作有意識的選擇，因而其作品力避首尾一致的安排，而訴諸感官的直接性。有時覺得自己在寫詩時，強調表演和形式，甚於意義和內容。現代詩一定要強調意義和闡釋嗎？這是見仁見智的問題。你讀不懂我的詩沒關係，請不要強硬闡釋。我的詩拒絕闡釋。」[10]

拒絕闡釋的陳強華在〈類似鐵的柔情〉中模擬四種通俗音樂版本入詩，比臺灣女詩人夏宇的〈某些雙人舞〉更大企圖心，他企圖把四種音樂，即抒情搖滾、重金屬搖滾、卡拉 OK 和狄斯可恰恰提煉成詩，讓詩的意象、形式、格律、節奏與歌的意境情感作出完美的結合，他在搖滾頹廢的語言文字中仍有嚴肅積極的一面：「唉，生活本是燒熱的熔爐／靈魂是不易熔化的物質」[11]因此他的後現代主義觀念本身竟也充滿了自我解構的行為，在另外一首〈和 Blue 的電影記憶〉中存有戲謔嘲諷與認真嚴肅兩股相反的意圖，共時共存的自我解構傾向尤其強烈：

> 我沿著繽紛街景走下去
> 存著破壞性傾向
> 甚於創作衝動
> 規範、傳統、成見
> 踢向天邊的石子
> 褒揚是率性真情

---

[10] 《那年我回到馬來西亞》，頁 129。
[11] 《那年我回到馬來西亞》，頁 85。

> 我一直堅持的美德
>
> 運用黑色幽默
>
> 對神祕莫測事物多一份關注
>
> 維護那一切被侮辱的[12]

　　詩中「維護那一切被侮辱的」的認真嚴肅與「存著破壞性傾向」的戲謔嘲弄同時並存在於字裡行間，顯示陳強華的後現代主義雖然在形式技巧上可以去到盡頭，但是他的思想意識對後現代的虛無頹廢仍有所保留。

　　當陳強華在一九八三年回到馬來西亞，其後幾年剛巧碰上和經歷國內一連串的政治風波與社會動盪。在一九八五年至一九九〇年間，這段時期是馬來西亞國家社會捲入一連串政治風暴的非常時期，其中有政黨爆發激烈的黨爭、華社面臨合作社經濟醜聞、國家司法界面對一場司法權自主性危機、華文教育與文化的合法性地位受到衝擊、種族衝突和政治白色大逮捕。當陳強華帶著他那類似後現代主義的詩風回到馬來西亞，馬上面臨這塊土地國家的政治現實和社會公理問題，本土的社會現實議題衝擊他的心靈，也衝擊著他的後現代觀念視野，因此在這個課題的思考上他顯然調整了以往的前衛技巧手法，改為一種抒發個人理想情懷、省思族群前途與嘲弄現實國家體制交織成的自我剖白的詩形式，即是說他以個人的抒情語言來思考心中所關懷的正義、公理、愛情、理想。這些種種有時因為透過外在的現實社會政治現象來渲染和編織，形成這些詩作的

---

[12] 《那年我回到馬來西亞》，頁 18。

寫實性強，關懷面向極廣，但是其詩想卻是靠著抒情語言的浪漫本質來支撐。

　　陳強華在《那年我回到馬來西亞》的「藍色時期」作品中自成一種獨特的抒情揉合寫實色彩，這些詩從陳強華把它編排放在詩集的第一個部分，就可見出詩人對這些作品的重視程度。這些「藍色時期」的詩都以抒情筆調寫給一個名叫 Blue 的女子，Blue 是陳強華筆下最忠實的傾聽者，以便他把自己慷慨激昂的陳詞、熱血沸騰的心和憂患愁苦的情緒赤裸裸掏出來。當然這個名叫 Blue 的受眾，並不一定指涉某個真正存在的女子，她（他）可以是任何一個與詩人一起生長在這塊土地上的大馬人。採用第二人稱的敘述對象，只是為了方便詩人自我剖白其憤怒不滿和失落憂慮，這個自剖式的抒情語言，透過其感傷兼孤寂的氣氛裡很容易感染給廣大的讀者群眾，讀者頗能夠感染到詩人在字裡行間的情懷和理想，於整體上來說陳強華處理這些「藍色時期」的詩在氣氛的營造上可說是成功的。

　　他在同名詩題為〈那年我回到馬來西亞〉中寫道：

> 那年我回到馬來西亞，Blue
> 再開始策劃著另一次的遠遊
> 街上霓虹燈暗淡
> 在怒謗指陳的風雨處
> 正如預期使我理想冷卻的因素
>
> 正如預期必須愁坐斗室
> 在稀疏的社會廣告分類版上

尋找繽紛色彩的遐想

而我熾熱的情緒

隨著鉛印的墨字高漲

經濟不景、黨爭、種族極化……[13]

　　詩中的社會背景正是八〇年代中後期馬來西亞所面對的一連串政治風波效應社會動盪非常時期，其中「風雨」一詞指涉的是當時華社在政經文教方面所面臨的集體挫敗與憂患意識。如同馬華另一個詩人傅承得（1959-　）在他的詩集《趕在風雨之前》裡藉大量的風雨暴雨的意象，來經營他對馬來西亞近代這個非常時期的政治史提出控訴和批判，陳強華同傅承得一樣，兩者都是以一個忠實傾聽者為敘述對象，來抒發詩人心中的苦痛和複雜情感，兩者同是以抒情語調來對這個社會現象作出省思。但不同於傅承得詩語言的激烈悲憤的深切痛苦，陳強華的抒情語言較為溫婉兼流露一股無力感，帶有嘲弄現實且自我反諷的浪漫氣質。[14]

　　這個「藍色時期」的詩作揉合了現實觀點和浪漫抒情語調的表現手法，其詩語言的質地受到楊澤的啟迪可謂相當明顯，其他如寫生活沮喪與對現實不滿情緒的〈每句不滿都是愛〉、〈告訴你失業的況味〉、〈1990 年初寄給 Blue〉等詩溫婉地對現實作出抨擊，自剖了

---

[13] 《那年我回到馬來西亞》，頁 15。

[14] 有關傅承得詩的評論與陳強華詩作的比較論析，參見陳慧樺〈大馬詩壇當今兩塊瑰寶〉一文，又評論傅承得詩集《趕在風雨之前》時期的感時憂國憂患意識的寫實語言文風，可參見本書第二章及張光達：〈風雨中的一枝筆──有關傅承得及其政治抒情詩〉，《風雨中的一枝筆》（吉隆坡：大將出版社，2001），頁 104-113。

詩人內心的焦慮和無奈，在詩句的字裡行間流露出詩人內心衝突的愛（理想）與不滿矛盾心態。對現實體制和政治社會的不滿抨擊，在這幾首詩中有更為直接表白的書寫形式，如〈他媽的不公平〉、〈繼續做愛〉、〈日益壯大的頹廢〉和〈讀《鳥權》直喊他媽的〉等詩中，直喊「他媽的不公平」的詩人用一種白描寫實的呼聲寫下如此散文化的詩句：

> 管它許多人是否在意
>
> 關懷社會，用詩見證
>
> 在卅歲後逐漸喪失勇氣前
>
> 仍有深深莫名的憂愁與憤懣
>
> 還時常提醒你
>
> 這真他媽的
>
> 不公平[15]

但是詩人對這個國家這塊土地畢竟存有一份深厚的感情，因生活不斷擠壓受到挫敗而顯得空虛的詩人猶有如此的堅持執著：「生活停滯不前／要證實生命流暢，真的／讓我在無塵的風中舒發吧／像一朵雨後綻放的木槿花」[16]詩人陳強華對於自己在現實與理想之間的衝突尷尬處境，有著一份自覺，就是這份自覺意識支撐起他的愛和理想。他追溯現實人間與詩魂屈原的辯證關係，也是對這份愛與理想的堅持執著混雜憂患意識的必然結果，他藉端午節的典故來傾瀉他的文化憂思：

15　《那年我回到馬來西亞》，頁 108。
16　《那年我回到馬來西亞》，頁 110。

> 關於愛，詩人
>
> 一襲自溺的楚楚衣冠
>
> 甦醒後，靈魂仍舊感時憂國？
>
> 沿著露溼的路徑
>
> 日常迷你巴士，在紅綠間
>
> 反反覆覆地停止與前進
>
> 我穿過紛擾的唐人街流域
>
> 密集的軀肉，疏遠的心啊
>
> 吆喝起落，空洞如蟬鳴
>
> 找不到佩蘭帶玉之士
>
> 不死的詩心絞成一團痛[17]

　　唐人街名存實亡，在熙來攘往的人潮中，詩人遇不到任何一個可以溝通的人或管道，他的心情絞痛可想而知。在抒情語調的浪漫情懷背後，我們讀到詩人陳強華師承楊澤羅智成的古典中國與文化憂思的唯美浪漫，這些原來不曾在陳強華的詩作裡消失，它穿越中國古典文化的凋零失落與現代感懷的惆悵失意，行吟於吉隆坡的巴生河流域和已然變質的唐人街角落。

　　陳強華在〈離騷七章〉中對詩人屈原愛國情操的憑弔與詠嘆，對詩人屈原被流放的心靈世界與政治語境的緬懷追思，其中所產生的文化意識和理想抱負凝聚為一份愛，這份愛或感情正是陳強華在其詩中一再傳述和始終不變的信念。詩人這一份愛貫穿他的思維與詩維，護持他那於現實生活中的傷痛苦悶的意志：

---

[17] 《那年我回到馬來西亞》，頁 37-38。

關於我的愛，詩人

一雙疲憊的腳，還未停歇

一顆發燙的腦，仍須轉動

一團滾熱的愛，繼續流傳

五月的詩魂啊，我呼喚你

我傳述著你的真理

我繼續寫著我的詩[18]

　　在這裡屈原（或楊澤等抒情浪漫詩人的代言人）成了傳遞文化薪火的重要管道，在詩人陳強華抒情語調略帶傷感失控的情緒中，對本土現實和社會現象作出含蓄的嘲諷與批判。[19]

第二節　前中年時期：幸福生活與公式化人生

　　陳強華出生於一九六〇年，邁入九〇年代就剛好是三十歲了。這個時期以後的詩人把他自己的創作稱為「前中年時期」，他在《蕉風》454 期的「陳強華詩輯」裡說：「面對著中年時期的到來／我已揚棄了青春的激辯／詩已經很少晦澀了。」[20]，但是這並不表示他

---

[18] 《那年我回到馬來西亞》，頁 39。

[19] 關於端午節慶與詩人屈原在現代中文詩裡的書寫現象，陳大為曾對此母題作過詳盡的論析，他以「流放母題」、「殉國母題」、「召魂母題」、「節慶母題」四個面向來概括現代詩人膳寫屈原的內涵。基本上陳強華數首書寫屈原的詩作也不能跳脫出這四個層面範圍，侷限在傳統認知和價值觀裡的一種典型化摹寫（陳大為語）。陳大為論文：〈膳寫屈原──管窺亞洲中文現代詩的屈原主題〉，《亞細亞的象形思維》（臺北：萬卷樓出版社，2001），頁 197-238。

[20] 見《蕉風》454 期（1993.05-06），封面內頁。

不再堅持寫詩，他說：「人到中年，可是也不見得要寫好詩，因為好詩句並不容易獲得。但我勢必還要努力去寫，窮一生去寫好詩。」[21]

　　步入九〇年代，馬來西亞的政治局勢從動盪尖銳演變到變革平和，政經文教表面上開放樂觀，詩人面對這樣的社會大環境，再加上結婚以後的生活和步入中年時期後，他的後現代語言技巧有漸趨寫實淺白的改變，嘲諷現實的書寫習慣也逐漸由幸福甜蜜和浪漫溫和的語言文字取代。閱讀陳強華在「前中年時期」的作品，在語言文字上給予人一種非常強烈鮮明的色彩，那就是詩句裡的幸福浪漫兼溫和淺白的遣詞用字，在主題的取向上有兩個重要的面向：一、幸福浪漫的生活剪影。二、對鄉土與童年生活的緬懷。

　　幸福生活的主題無疑在詩集《幸福地下道》中佔有舉足輕重的地位，除了書名取「幸福」一詞以外，詩集中多首詩都在抒發詩人的幸福生活片段，浪漫溫柔的筆觸洋溢字裡行間。他在〈你可以和我談詩〉中這樣積極看待生活：「或許你不見得要懂詩／感覺會長大成型／美、浪漫與愛情／請堅持積極生存下去／讓我知道你正喜歡詩／這樣可以嗎？」[22]詩中洋溢著一股溫柔甜美的浪漫語調，在日常生活化的語言文字裡，讀者很容易感染到詩人對平凡生活中一些感懷和省思。幸福的聲音在〈現在〉一詩中與敘述者的妻子一致和諧，如此美好：

　　　我正準備寫首詩

　　　捨棄繁複的後設技巧

21　《蕉風》454 期，封面內頁。
22　陳強華：《幸福地下道》（吉隆坡：大馬福聯會，1999），頁 106。

> 編輯先生會喜歡的
>
> 近似於充滿生活氣息
>
> 全世界慶祝森林日
>
> 妻說：「我感到我們是一致的，
>
> 正確的心理表達，
>
> 是永遠幸福的理由。」[23]

　　詩人在公園裡觀察植物和人生百態，內心充滿幸福的感覺移情投射到植物的身上，詩人所觀察的物象遂也有了幸福美好的色彩，如〈公園〉一詩第二節：「在薔薇叢林深處／隱藏著幸福的花瓣／露珠在百合的指尖上／三四個老人喝茶奕棋／放衣懸掛在竹叢裡／音樂把陽光隔開／植物們把臉朝向黃昏」[24]這些詩行不單只是反映詩人的生活剪影，而且還透過詩人對生活的觀察思考來審視生命的意義。比起《那年我回到馬來西亞》詩集中的詩，這些詩少了一些前衛技巧手法的錘鍊，卻多了一份冷靜溫和而不失浪漫甜蜜的色彩。國家政治現實社會的轉變，詩人個人生活的幸福安定，使到詩人逐漸對一切不公不義的現象有所保留，詩人陷入一種理想與現實的衝突困境，最終他寫下〈結構簡單的愛〉，企圖以一種冷靜抽離的心態角度來淡化這個現實體制的不滿：

> 面對著中年時期的到來
>
> 來唱一首抒情慢板的歌
>
> （嗚，嗚，嗚）

---

[23] 《幸福地下道》，頁 122-123。

[24] 《幸福地下道》，頁 151。

我已揚棄了青春的激辯

在我日益晴朗的想法中

對不可切斷的血緣

對容易挫敗的族群

對逐日茁壯的國家

對永不完美的世界

已經

絕對

沒有

憤怒

真的，

真的。[25]

陳強華甚至直接以〈幸福〉為詩題，把幸福擬人化：

我餵幸福

這豢養的幸福

日益肥壯

繞著房屋奔跑

汪汪叫

暴躁地踐踏庭院草地

嗅聞、抓搔、喘息

當風已退避

---

25 《幸福地下道》，頁 104。

　　　　匿藏在青春期鼓脹的膀胱

　　　　幸福狠狠撒一泡尿

　　　　迷失在歲月圍筑的欄柵

　　　　幸福終將衰老

　　　　生命也有孤獨無助的時候

　　　　我只想聽到幸福的聲音

　　　　幸福是一隻狗[26]

　　幸福被詩人比喻為一隻狗，在詩人的生活裡緊密跟隨，成為詩人親密的伴侶。詩人的幸福生活被樂觀的形象化和浪漫化之餘，卻因為詩中有意無意的疑惑，暴露出詩人對幸福甜蜜生活底下所潛藏的不安憂慮，現實體制的壓制從來就沒有在詩人那甜蜜幸福的生活裡消失不見，詩人在孤獨無助的時候只能發出一句微弱的聲音。此詩在追求和擁抱幸福生活的面向，把幸福比擬成一隻狗，字裡行間洋溢流露的甜蜜可愛語氣，反諷地卻因為採用狗的譬喻而產生自我解構的可能。把幸福比喻為一隻狗，無論如何都令人想到「寧為太平犬，不做亂世人」的心理寫照。意味著詩人的生活雖然安定，家庭作業雖然美滿幸福，但是被詩人抽離排拒在生活重心之外的現實政治或社會環境何曾消失在詩人的視野內，詩人所面對的社會環境依然充滿了不公不義，在幸福生活的背後隱匿著另一種悲哀，他在〈床上詩〉中對此有所感觸：「夜晚真的很漫長啊／長久以來，姿勢僵固／這隻手應是風濕痛的俘虜／也許還另有未成形的象徵／隱匿在悲哀的枕裡」[27]詩人的生活起居雖然充滿了幸福美滿的色彩，但

---

[26] 《幸福地下道》，頁 35。

[27] 《幸福地下道》，頁 61。

是白天過去夜晚降臨時，詩人面對孤獨自我的省思，意識到現實社會有太多的束縛和壓制，對幸福的認識自也產生一種宿命的觀點，這種對幸福既嚮往渴望又猶疑害怕的矛盾複雜心理在陳強華這個階段的詩句中多得不勝枚舉：「右手陳舊的睡衣已褪色／愛情學習腹語術／如果失手變不出白鴿／如此意外地到達幸福／總是宿命，我不敢推開」[28]在床上睡覺的詩人猶自不肯放棄思考幸福生活與現實束縛的兩難處境，一方面他的家庭生活的幸福美滿近得伸手可觸及，另一方面他身為一個現代詩人的敏銳思考和感受，又讓他體會到現代人生活在現實體制裡，雖然政治體制看似在家庭生活之外，但是這個外在世界的枷鎖卻無時無刻反過來牽制束縛脆弱的幸福生活。幸福在這樣的大環境氣候下，自然是產生似近實遠的矛盾焦慮。這種對幸福充滿兩難困境的焦慮感受在〈沿著虛線〉一詩中有精彩生動的描述：

> 因握有虛無而逐漸壯大
>
> 與日膨脹的狂妄
>
> 沿著虛線
>
> 義無反顧地撕下
>
> 翻越過生活的斜坡
>
> 幸福是伸手可及的
>
> 幸福也是遙不可及的[29]

---

[28]　《幸福地下道》，頁 61。

[29]　《幸福地下道》，頁 80。

　　陳強華的詩吸收了早期浪漫抒情的語調，因此他在書寫現實社會的題材時，常有對社會體制作出含蓄的嘲諷批判，更多時候呈現的是對現實不滿的焦慮無力感。在《那年我回到馬來西亞》時期的詩大致如此，雖然如前所述，有一部分的詩作已經有對現實社會作出嚴厲激烈的控訴，但是這類的詩畢竟不多，而在《幸福地下道》裡的詩也大致如此，或者也因為其秉性使然，陳強華所擅長書寫的詩風格語言屬於較含蓄委婉，它的批判力道帶有反諷嘲弄的面向，而不是激烈的抨擊吶喊。

　　他在〈魚群〉一詩中對幸福生活背後的環境社會束縛壓制有更為深刻的體認，詩中藉魚群的生活處境來影射現實社會中的人群，以及人作為現實主體的侷限和荒謬困境：

　　　　魚群快樂地生活

　　　　魚群誠實地生活

　　　　等待糧食定時投下

　　　　隔著堅實的現在

　　　　透過良好的打氣系統

　　　　看見透明的未來

　　　　在水缸中展開漫長的旅行

　　　　無休止地游動，翻身

　　　　滑過塑膠海藻

　　　　想看一看

　　　　望不到的海群[30]

---

[30] 《幸福地下道》，頁29。

　　生活在水族箱裡的魚群表面上看來似乎優遊自在，充滿了快樂和幸福，其實認真思考的話，這些魚群被水族箱的環境侷限在一個充滿束縛和壓制的處境，敏銳的詩人從中看到了自己的生活困境，在幸福生活的背後有著重重的限制和無奈，只能在其中有限度的重覆一種無聊的動作，流露出詩人面對無力改變的人生困局。詩人對現實人生的失望已是不言而喻，他並沒有在詩中作出沉痛的控訴或譴責，但是他的書寫行為本身已具體的表現出身為一個詩人的自覺意識和反思能力。

　　在面對公式化人生時，陳強華流露出另一種不同的態度來面對這個無力改變的現實困境，他在〈排列詩的碎片〉中說：

> 在如常的生活辦公室中
> 我常常暗自咀咒
> 每天來回同樣的路途風景
> 上班打卡下班打卡
> 上班打卡下班打卡
>
> 讓我出點差錯吧
> 期待一粒被拋出的石子
> 落入生命平靜的湖面
> 激起漣漪，無數漣漪
>
> 讓我出點差錯吧
> 讓我是一列前進的列車

在轉彎處意外出軌

偶爾誤班，遲到也好[31]

　　詩人是刻意的期望出差錯來面對極度刻板的現實生活制度，甚至採取一種不同主流體制的觀點來抗衡這個人生公式化的無奈困局，這種書寫策略表面看來是一種逃避，但實際上可算是一種「詩化的抗衡」（poetic resistance）。對現實體制含蓄的批判，採取另一種不同於主流的觀點態度去面對（或逃避）現實生活的束縛限制，類似「詩化的抗衡」反應在詩人陳強華的童年與鄉土的緬懷情境中，尤為熾烈。

第三節　田園模式再現：童年歲月與鄉土情結

　　童年書寫可說是一種回到過去式的逃避，但同時也可看作是另一種抗衡，作為前依底帕斯（pre-oedipal）階段的童年，其所對抗的是成人那充滿理性、計算和制度化的世界。詩人作家藉童年經驗或回憶童稚歲月的純真可以凸顯成人世界的虛偽和現實體制的束縛，藉此批判了俗世體制運作的僵化意識形態和虛偽建制。從這個角度來看，童年書寫自也有其積極的一面，絕不是一般人所認知的消極的逃避。

　　張漢良在〈現代詩的田園模式〉一文中提出「田園模式」（pastoralism）的文學概念，他認為田園詩可分為狹義的與廣義的兩

---

[31] 《幸福地下道》，頁58。

種，狹義的田園詩指田園的或鄉土的為背景，以及謳歌自然的題材。廣義的田園詩還包括了詩人對生命的田園式關照與靈視，諸如對故國家園、失落的童年，乃至文化傳統的鄉愁。田園模式的追求，其立足點是現世的，詩人的觀點是世故的，他身處被科技文明摧殘的現實社會，懷念被城市文化與成年生活取代的田園文化與童年生活，於是藉回憶與想像的交互作用，透過文字媒介在詩中再現一個田園式的往昔。[32]

　　採取這樣一個角度來閱讀陳強華的詩作，我們發現到詩人一再透過詩作來緬懷過去的浪漫歲月，其中隱含著一種渴望時光倒流的願望。他在〈稻米〉一詩中以童稚歲月的稻田土地來對照眼前疲累的城市生活，童年歲月在詩人的記憶和想像裡，充滿斑斕的色彩，而城市生活卻令人感覺疲累不堪：

> 行走在童年的阡陌上
> 在歲月與記憶之間
> 觀察打架魚斑斕的色彩
> 時間的嘴唇像水蛭緊貼傷口
>
> 月亮比較瞭解我們
> 我們還有美好的想像
> 如今我們比泥土還累
> 住在城市的情人還沒睡

---

[32] 見張漢良：〈現代詩的田園模式〉，《中外文學》五卷三期（1976.08），頁 80-93。

眼前晃動著

故鄉起伏如浪的稻香[33]

　　在上引的詩句中，童年歲月的稻田泥土、打架魚與月亮等景物充滿了美好可愛的回憶，是詩人用來對比成人世界生活的俗世沉悶公式化的映照面，童年的緬懷與鄉土的記憶想像交織融合在一起，顯然的是詩人陳強華以此來抗衡成人世界現實體制的書寫策略，詩句中沒有任何激昂或悲痛的控訴，卻處處流露一股對生活反思的含蓄語調。如同張漢良指出，田園模式反映詩人的回歸原始狀態，但它絕非逃避文學（escapist literature），田園詩清晰地照出詩人的存在危機，因此任何對現實的消極批判，都是詩人對田園理想積極的追求。[34]陳強華的詩句看似不對現實社會作出任何批評，實則以這個間接婉轉的修辭策略手法來提出詩人的反思。另外一首〈打架魚〉則更推前一步，把自己對童年歲月的回憶，全面投入耽溺在記憶與想像的世界之中，完整呈現出詩人二十年前童稚歲月的純真活潑：「時間的唇印／像水蛭緊貼傷口／童年滴下又積聚／流下的血／一定會撫慰／我的傷痛」[35]童稚歲月的純真美好有時也以少年的執著感性出現，效果其實與童年的心境相似，詩人寫他年少時期的理直氣壯和堅持自我的風采：「斑斕的色彩／因為驕傲／通過憤怒的血管顯現／年少時／可以橫衝直撞／可以焦頭爛額」[36]對比於二十年後的中年時期的詩人在現實生活中屢遭挫折：「血淋淋的頭顱／在現實

---

[33]　《幸福地下道》，頁 136-137。
[34]　《中外文學》五卷三期，頁 80-93。
[35]　《幸福地下道》，頁 124。
[36]　《幸福地下道》，頁 125。

的輾轉下／垂頭喪氣／佝僂，頹廢／或再不信任自己」[37]詩人在這首詩的最後透過對童年的緬懷，寫出自己對少年時代理想的執著感性，以便讓自己永遠保持年輕的心態銘刻在書寫的當下時刻：

> 打架魚
> 魚打架
> 魚架打
> 這樣的下午把打架魚
> 組成幾個可能的排列
> 紀念那些遙遠的童年
> 我們曾是永不言輸的
> 打架魚[38]

這種堅持永遠年輕和永不言輸的心態，可說是與上述以童稚歲月作抗衡的詩作相互呼應。童稚歲月或年少青春時期是詩人再現為抗衡現實生活體制的精神泉源，也是另一種將過去理想浪漫化的方式，其詩語言帶有抒情浪漫的本質。在〈鬆脫的水龍頭〉一詩中詩人明知童年的歲月已消失，一如鬆脫的水龍頭滴達流失的水聲，逐日侵蝕詩人的記憶，但是過去作為一種抗衡現存體制的精神泉源，卻時時提醒詩人這些美滿甜蜜的記憶，以便詩人能夠把這些過去浪漫化為理想的狀態：「當告別新村的亞答屋時／那蹲在水龍頭下的印度婦人／已消失在黃昏中／這一路的街景／刻烙在我童年的心版

---

[37] 《幸福地下道》，頁 126。
[38] 《幸福地下道》，頁 127。

上」[39]浪漫主義詩人常在他們的詩中呈現浪漫理想（romantic ideal），浪漫主義的代表詩人華滋華斯（William Wordsworth）便認為通過回憶昔日童年的時光和鄉土自然的情懷，將現在已經失去的光輝（epiphanies）在詩中藉緬懷想像捕捉下來，形成一種浪漫主義的昇華（romantic sublime）。解構主義論者已針對此書寫現象作出諸多批評，他們認為這些浪漫理想是對已失去的源頭的天真懷念。在解構主義論者眼中，浪漫主義者的做法是逃避現實兼自欺欺人，變成將理想永遠投射於不能重現的過去。[40]的確，現實中的童年鄉土固然是永不再復返，然而在心靈上，它卻已被刻烙成永難磨蝕的版圖，因此在詩人心靈上童年永遠都沒有消失掉，它可藉回憶來重建和保持永遠的年青，並在一再重覆的書寫行動中，記憶的童稚歲月已含有某種程度的虛構想像成份在內，並非真實完整的過去。如同後現代主義論者詹明信（Fredric Jameson）所觀察到的那樣，「懷舊」（nostalgia）是後現代文化的通常現象，個人的記憶往往呈現支離破碎的狀態，因此詩人在回憶與想像的交織情形下，童年記憶無可避免會產生片斷與跳躍的現象，真實與虛構的敘述混合在一起。[41]這種田園模式的追求不是詩人記憶或童年往昔的恢復（restoration），而是一種再現（representation）。再現，對於後現代或後殖民（post－colonial）時期的文化批評理論來說，包含了再詮釋與再定位的政治立場，它有兩層意義，一是指政治上的「為誰說話」（speaking for），

---

[39] 《幸福地下道》，頁 100。

[40] 有關解構主義批評家對浪漫派詩人的批評分析，可參見 Harold Bloom，*Poetry and Repression*，New Haven：Yale University Press，1976.

[41] Fredric Jameson，Nostalgia for the Present，South Atlantic Quarterly 88.2（Spring），1989，p. 517-537.

一是指藝術美學上的「再呈現」（re－presentation）。[42]從這個觀點來看，詩人的童年記憶與想像，就不是往事史實的復原，而是詩人為了回應現實體制政治束縛，所採取的書寫策略，從中開發被壓抑的情慾、欲望、思想等價值觀，這些都具體的在童年往事的追憶中表達出來。於是我們讀到上面引詩中的「已消失在黃昏中」一句，其中透露出詩人在緬懷童年的純真歲月時，他清楚明白這些記憶中理想的一面已經成為過去，這一切追憶只是詩人自身的回憶與想像再現的一種錯覺。

在〈翻閱舊作〉中，陳強華讓時間雙腳倒退回原點，然後開始沉緬入他的童年歲月和年少生活。這首詩寫詩人童年時期的生活片段，一再緬懷過去的美好日子，詩的語言文字如同詩人的記憶那般優美細膩、流暢鮮活，無論是寫景敘物，意象取喻或節奏氣氛的營造渲染，表現出詩人駕馭文字的巧思才氣，新穎貼切與抒情造境的書寫能力。我們看到詩人陳強華在意象和情境上的出色表達：

> 我穿著童年的雨衣
> 到草叢去亂嚷
> 煙霧裡堅挺的大鳥
> 飛翔
> 划過
> 淺藍單調的天空封面

---

[42] Gayatri Chakravorty Spivak，Can the Subaltern Speak？in Patrick Williams ＆ Laura Chrisman，ed. *Colonial Discourse and Post-colonial Theory：A Reader*，New York：Harvester Wheatsheaf，1994，p. 70.

我親眼看見
一顆索淨的露珠墜落
如一顆巨大飽滿的愛
暗藏著瘋狂，打嗝[43]

　　詩中流暢優美揉合抒情浪漫的語言本質令整首詩充滿飽滿豐富
的情感，也在詩人悠然自得出神的童稚視野內將他那明淨理想的自
我空間完整的呈現出來。比克林（Michael Pickering）在談到西方民
間音樂的發展時，指出民間音樂隱含著一種將過去理想化的傾向，
但是其中也不是不可以帶出批評力量：

　　一個已經過去的世界的「回溯式理想化」會阻礙進入未來的建
設發展而形成危機，但它同時也可以通過對當前現實施予更加迫切
的壓力，幫助建構及維持一種帶抗衡性的自尊，藉以對抗支配階級
體制的羞辱，而這本身已是創造思想和存在的努力方式的最好和重
要部分。[44]

　　換句話說，只要每一個人可以在現實社會中的壓制困境裡找到
心靈理想的空間，形成一種肯定自我空間的思考方式，就可以如比
克林所說的「抗衡支配階級的羞辱」，因此在詩人陳強華這些書寫童
年歲月與鄉土緬懷的作品中，便是「一種帶抗衡性的自尊」，體現出
比克林所說的抗衡成份。

---

[43] 《幸福地下道》，頁 78-79。
[44] Michael Pickering，The Past as a Source of Aspiration. *Popular Song and Social Changes in Everyday Culture : Popular Song and the Vernacular Milieu.* Philadelphia：Open University Press，1987，p. 39-40.

　　童年歲月與鄉土情結的書寫，可以被視為詩人開啟自我心靈空間的鎖匙，打通現實支配體制和理想精神泉源的橋樑，這些俱可以轉化為面對現實桎梏的力量與自覺。可以肯定的是由此所產生的力量足以令詩人洞察社會現存的問題，進而在詩句中或含蓄委婉或強力批判既存體制的運作方式和意識形態。

結　語

　　在八〇年代中後期，剛從臺灣返馬的陳強華帶著他的抒情浪漫感性與後現代主義風格的書寫手法，引起馬華詩壇的注目，頗受馬華年輕詩作者群的歡迎。這個時期的詩，前者主要表現在他以一個名叫 Blue 的傾聽者為傾訴對象的一系列「藍色時期」的詩作，詩中的抒情浪漫與憂鬱敏感語調有著楊澤羅智成的影子，而後者的後現代前衛藝術觀念可追溯上夏宇的聲音，主要表現在一系列「類似時期」的詩作。當然無論是後現代或是抒情感性，這本詩集《那年我回到馬來西亞》中的作品對於本土現實和政經文教的省思與探討卻又是那麼實在本土，詩中所潛在含蓄的憂患不安意識也是與上述臺灣現代詩人不同的。這類揉合後現代與抒情浪漫的聲音，我在這裡姑且稱之為「後現代感性」，乃是陳強華詩的一項特色。在其後的詩集《幸福地下道》裡這個特質透過幸福生活的片段抒寫、對童年與鄉土家園的緬懷表達得更為凝練飽滿，形成馬華現代詩發展脈絡裡一種鮮明獨特的聲音。

　　詩人陳強華獨樹一格的後現代抒情感性語言色彩，以介入本土現實社會和文化憂患意識為其詩想所在，力接九〇年代馬華社會的普遍舒朗的政治環境和生活態度，無不顯現出詩人陳強華書寫的時代訊息。陳強華是馬華詩壇上重要的代表性詩人之一，我們從他的詩作中風格與世界觀的變異，得以探測出馬華詩人作家與馬來西亞國家社會整個文化環境、政治變遷之際的互動關係，這也是馬華現代詩發展上值得考究的現象和意義。陳強華自有其不易的根本個性，那就是他那抒情浪漫感性的本質和後現代前衛藝術的觀物態度，在詩人的整體作品中道出了詩人與生活（世界）的辯證關係。

第六章　從國家大論述到陰性書寫、文本政治
——林若隱、呂育陶的後現代視角

前言

　　八〇年代後期，馬來西亞社會面臨一場政治風暴，無論是政經文教各領域，幾乎都深受其衝擊和影響，而對馬來西亞華裔來說，這個時期乃是國家獨立及五一三事件以來，華族史上所經歷過最嚴峻的政治身份認同危機和考驗。馬華作家普遍上都意識到這個現象並把它反映在作品中，馬華詩中的感時憂國與民族文化憂患意識在這個時期因應而生，過後迅速達到最高點，詩人紛紛以一種「寫實兼寫意」的語言技巧來抒發（或發洩）心中對現實憤懣的塊壘，如傅承得（1959-）、方昂（1952-）、游川（1953-2007）、小曼（1953-）、黃遠雄（1950-）等人的「感時憂國詩」或傅承得的「政治抒情詩集」即是這個時期的產物。[1]幾乎同一個時期，也就是在八〇年代末期，馬華詩壇浮現一些嶄新的詩觀念，如都市視野、科幻領域、電腦語言、消費文學、本土／邊緣意識、環保意識、意識形態論述、多元種族的多元文化觀、文明衝突與整合，這些觀念引導九〇年代的馬

---

[1]　見本書第二章。

華詩方向，有更多姿多彩的表現，膽大心細的嘗試，顯示馬華詩壇
不甘於被現實主義文學所壟斷的新局面。以上所提及的種種嶄新觀
念和語言意識，其實正標示著馬華詩人，尤其是一群六字輩以降的
年輕詩人的詩語言，正轉向一個後現代主義觀念的道路前去，有別
於現實主義與現代主義的語言結構，後現代觀念無論在詩的形式、
思想、表現、語言各方面都有翻新出奇的成績。這些詩在當時的政
治社會大環境中冒現，看起來似乎與社會現實格格不入，其實不然，
仔細探討這些詩的社會脈絡早已有跡可尋，馬來西亞的工商業領域
成功轉型，城市人口激增，大型都會崛起，國家邁向電子電腦的先
進領域，上述種種現實客觀現象與這一時空的詩作所形成的交互關
係，是緊密相隨的。而在文學集團方面，八〇年代末期一些年輕作
者的文學刊物如《椰子屋》、《青梳小站》開始引介後現代主義，介
紹一些臺灣的後現代詩人，而採取開放創作風氣的《蕉風》也陸續
翻譯和介紹海外的後現代理論與文學作品，在這些文學刊物上，不
少年輕詩人寫了後現代風格的詩作，其中林若隱（1963-）、呂育陶
（1969-）、蘇旗華（1969-）、翁華強（196?-）等人是其中的佼佼者。

　　在這方面，無疑的林若隱的詩具有代表性，她的詩揉合政治局
勢的危機意識與社會變遷裡一種後現代的語言視角，也重新檢討了
文學和現實之間的虛實關係。但本章的重點是在探討林詩中一個更
為深層的結構，即其詩在面對國家民族大論述大題材時，如何思考
女性主體性在這樣一個時代結構裡的佔據位置，利用國家論述與傳
統文化的縫隙中，實踐一個女性詩人獨特的陰性書寫與瑣碎政治，
從中建構出女性自我的主體身份認同。林若隱這個書寫的面向使她
有別於當時其他馬華詩人的後現代作品，筆者肯定她身為一個（女）

詩人的語言自覺和身份認同，她在九〇年代馬華詩裡的重要性自是不言而喻。另外本章也一併探討呂育陶詩的後現代語言與文本政治相接合的最佳示範，呂詩擅長精心設計多重後現代的表現手法與語言結構，企圖解構傳統政治觀念的盲點，顛覆主流霸權體制的話語概念，營造出一個多元多音多變的後設表現形式，讓各個不同的意識形態或話語觀念產生對話或質疑彼此的正當性合理性，甚至藉以瓦解傳統政治與美學的二元對立模式，釋放出文本中語言所存有的異質性與流動性。而在歷史向度上，呂詩的語言形式和敘事結構因為其混雜的性格，具有多重矛盾的聲音或視角，可見出詩中的後殖民與後現代觀念兩相接合又排斥的擺盪立場，無疑的詩人對現實社會變遷的觀視角度和反思起著極為重大的作用。筆者肯定呂育陶在詩中展現高度的文學語言自覺，他的後現代詩作可視為馬華六字輩詩人中的集大成者，也對後來的七字輩詩人的後現代語言轉向奠下基礎，其在九〇年代以來的馬華詩壇的重要性由此可見一斑。

第一節　林若隱：
從國家大論述到陰性書寫、瑣碎政治

　　林若隱寫詩的起步很早，早在七〇年代後期的天狼星詩社時期就開始嶄露頭角，到八〇年代中後期的成熟詩藝表現，在在令人注目，以及九〇年代初的驟然停筆，令人惋惜懷念女詩人那獨特凝練的語言視角。我們幾乎可以說，林若隱是馬華詩壇八〇年代以來最重要最出色的女性詩人，是繼七〇年代的方娥真（1954-）、梅淑貞

（1949-）、淡瑩（1943-）、李木香（1954-）等人過後最具有代表性的女詩人之一。這樣一個頗為出色的詩作者，卻在整個八〇年代的馬華文學評論中不見深入的討論，毋寧是一件令人感到遺憾的事。我在這裡想針對林若隱在八〇年代後期、九〇年代初停筆前的詩作，以一個嶄新的角度來評論和詮釋林詩中的女性意識與語言特色。

　　八〇年代中的林若隱詩語言顯然深受臺灣詩人楊牧、楊澤與羅智成的影響，最明顯的莫過如〈落雨了，城落了一地鱗瓦〉（1987）和〈這一輯是關於愛的〉（1988），其他如〈貓住在五十七條通的巷子裡〉（1989）、〈看畫記〉（1988）、〈橫街記〉（1989）的抒情覆沓句基調與迴旋斷句運用得當，承繼的也是楊牧、楊澤一貫的抒情風格和富含象徵意義的語言意象。這裡暫且撇開林若隱的詩語言意象不談，先就林詩在馬來西亞八〇年代中後期的文本脈絡來看，當時的國家社會正面對一連串政治風暴的動盪時期，其中有政黨爆發激烈的黨爭、華社面臨合作社經濟醜聞、司法界面對一場司法權自主性危機、華文教育與文化的合法性地位受到衝擊、種族衝突和政治白色大逮捕，林若隱的〈貓住在五十七條通的巷子裡〉顯然是在這個歷史脈絡下產生的文本。這個當年華社在政經文教各領域所面臨的集體挫敗與憂患意識的文本脈絡，八〇年代後期的傅承得、游川、小曼、方昂等人的「感時憂國詩」對此現象作出直率的抗議，語言上除了部份承襲中國左翼文學傳統的「批判現實主義」，道出華族普遍上的不滿憤怒，但詩句中充滿理想感性的民族文化憂患意識與身份認同的省思，仍不脫「中國性─現代主義」的餘緒。[2]幾乎在同時期發表的〈貓住在五十七條通的巷子裡〉，卻呈現出截然不同的語言

---

[2]　承襲中國左翼文學傳統的「批判現實主義」論點見黃錦樹〈東南亞華人少數民族的華文文學：論大馬華人本地意識的限度〉，《香港文學》221 期（2003.05），頁 58。「中國性－現代主義」的觀點見本書第三章。

面向，不同於馬華政治詩主流的感時憂國與憤懣激情，林這首詩的敘述語言避免了激情和悲憤的「干擾」[3]，借著藝術的處理流露出一種冷靜理智、對現實保持某個距離的藝術觀察力，不直接批判現實社會從而避開了「意識形態的妥協」[4]。從這個角度來看，這首詩可能隱約印證了黃錦樹的期待，政治上意識形態的不妥協，形成馬華文學天生處於流亡的狀態（diaspora in born）。[5]詩句中的「也不用爬牆，也不用敲門／也不用大聲吶喊／移民這種事／私奔一樣／傳得最快／『那年南來／是慌張的……』」[6]，刪節號暗示移民流離的狀態永遠持續、未嘗停止的時刻，從身體地理上的移民到心靈意識上的流亡，一種馬華（後）現代主義流放詩學的浮現，在一個政治非常時期、民族大敘述的憂患意識高漲時期，類似的語言視角在當時被視為極「政治不正確」也是可以理解的，這種不附和主流意識形態的政治詩除了我的一篇評論文字〈和歷史一樣憔悴──讀林若隱的一首詩〉[7]，幾乎被排除在馬華文學評論的討論視野外，它／她的命運如同自身──和歷史一樣憔悴──見證了主流大敘述（grand narrative）的話語暴力（沉默往往是一種極大殺傷力的語言暴力），不然就是把它歸劃入政治詩的範疇，只談詩的語言風格和文字功力。[8]

---

[3] 劉育龍：〈詩與政治的辯證式對話──論 80 和 90 年代的兩本政治詩集〉，《馬華作家》9 期（1999），頁 121。

[4] 《香港文學》221 期，頁 59。

[5] 《香港文學》221 期，頁 59。

[6] 林若隱：〈貓住在五十七條通的巷子裡〉，《掀一個浪頭──第三屆全國大專文學獎專輯》（吉隆坡：馬大華文學會，1989），頁 80。

[7] 張光達：〈和歷史一樣憔悴──讀林若隱的一首詩〉，《大專青年系列》3 期（1990），頁 138-141。

[8] 類似的論調見劉育龍：〈詩與政治的辯證式對話──論 80 和 90 年代的兩本政治詩集〉，《馬華作家》9 期，頁 121。較令人欣慰的是這首詩當年奪得第三屆全國大專文學獎詩歌組第一名，評審之一的方昂在〈詩歌組評後感〉中如是說：「參賽作品以家國民族作為題材的佔相當比重，年輕作者對家國民

　　林若隱另一首詩〈在黃紅藍白色如夢的國度〉中對心靈的流亡
狀態有更為深刻細膩的敘述：

> 我以為經歷將帶領我跨越成長
>
> 但我的不安持續加重，迷惑加深
>
> 在新興的河域來回奔走
>
> 找不到突圍的出口──
>
> 在黃紅藍白色如夢的國度
>
> 我的朋友甲，他住在季候風自北往南吹颺
>
> 的通道上一生命，他常說
>
> 就像蒲公英花傘務必浮離散落
>
> 一旦飄越最後一座防風林
>
> 就是海洋[9]

　　在這裡弗瑞蒙（Susan Stanford Friedman）的「身份地理」
（Geography of Identity）理論可以提供我們一探林若隱詩中的心靈
上的不斷遷移現象，弗瑞蒙指出，身份不是單一、純粹的，而是充
滿了多元、多變、暫時性、相互衝突和矛盾的，她將這種身份交會

族的關懷、省思與焦慮躍然紙上，這是令人鼓舞的現象，畢竟華族精英關心
的不只是一紙文憑，他們的觸角也探及象牙塔外的國情民生，他們表達的方
式容或粗疏淺顯，但年輕的心靈確實是呼應著時代的脈搏的。」方昂：〈詩
歌組評後感〉，《掀一個浪頭──第三屆全國大專文學獎專輯》，頁 90。把這
一段話放置在當年的時代語境與主流文學中來看，正好呼應了我上面的論
點，「感時憂國詩」的主流論述觸角（這裡是馬華文學頗有代表性的男詩人）
伸及文學每一個角落，就連那些還未涉及實質政治和社會工作的大專學生寫
作者群也不放過，總動員為這個民族憂患意識非常時期積極建構一個想像社群。

9　陳大為、鍾怡雯編：《赤道形聲：馬華文學讀本 I》（台北：萬卷樓出版社，
　　2000），頁 87。

互動稱為「身份地理」，是一種歷史性的位置，多重知識的交集點，是一種不斷辯證的地域，是一種活動性的對抗空間、接融區、中介帶、邊境、前線。[10]換句話說，身份地理可以是一種空間，一種確實存在的地理位置，如上面引詩中的馬來西亞國度，幾百年來即面對各種西方文化（葡萄牙、西班牙、荷蘭、英國、美國）、東方文化（印度、中國、阿拉伯、日本）及在地土著文化的交流折衝。同時它也可以是一種想像空間，或心理上的意識空間，如文本，提供不同意識形態對話或對立。馬來西亞一直都是衝突強烈的身份地理，尤其是在八〇年代後期的政治時空，在動盪不安的時空底下，各種身份的張力、衝突更加明顯激烈，個體對自己各種身份的對立和認同也會充滿焦慮。在面對國家霸權、男性論述和族群主流話語的權威強制規範，林若隱詩暴露出女性身份地理中的矛盾張力，身處弱勢位置的她只能遊走在兩種或數種身份交會對抗的邊境，造成其身份地理上的不斷遷移，形成其思緒上的困惑與矛盾，然後選擇（身體或心理上的）出走、流放、越界、再越界，期望能夠找到一個身心安頓的歸宿。但是如同弗瑞蒙所說的，身份地理的後現代或後殖民處境，並沒有所謂「最初」和「最後」的定點，有的只是吉普賽人的遊歷或遊牧方式。林若隱最大的困惑在於，在國家霸權論述與（男性）族群主流論述間思考身份、遊走突圍，卻找不到一個可以安置己身的地方，無論是國家霸權或是族群論述，都沒有女性主體性的領土疆域，因此出走是唯一的選擇，夢是心靈上的一扇窗口供

---

[10] Friedman, Susan Stanford, *"Beyond" Gender: The New Geography of Identity and the Future of Feminist Criticism, in Mappings,* Princeton: Princeton University Press，1998，p. 18-20.

她逃逸。類似對身份地理的困惑和追索在〈Notes of Confession〉一詩中藉吉普賽女子的存在思考形而上的辯證:「當我重複辯證以一物追擊另一物／以一抽象併吞另一抽象,以波濤／拍擊龐大無際的循環,我深知／我必落敗如一轟然倒塌的巨人／我的不安是否延自對於未知的透徹?」[11],詩人的女性主體性意識讓她同時充滿信心與恐懼去面對外界的巨大侵略:「所有外來自信對於我都是巨大侵略／(我深知,這是唯一擊敗命運的機會)／是否我能帶笑勇敢地面對／一狡黠冷漠的吉普賽女子?」[12]。女詩人透過書寫敘述,在詩中盡情地思辨和爭辯各種衝突、矛盾、認同,主體在這個暫時的書寫行動過程當中,既可自我審視、瞭解己身的被壓抑的慾望,又可鬆動逃脫現實中穩定結構的邊緣弱勢處境。

　　身為馬來西亞華裔,八〇年代後期的政治風暴把他們的主體性排擠到邊緣與被壓迫的位置,感時憂國詩的(男)作者標榜一種民族與文化的身份危機和認同困境,集體在詩句中建構一種民族主義的文化身份與想像社群,這種傾向主流知識份子大敘述的思考方式,在國家政權主導的壓迫和邊緣化之下,基本上以中華文化為主要取向,強烈滲透了國家民族、道德正義與文化血統等等大規模、大格局的價值觀念。如果說,「國家」是一個以男性群體為根本的一個單位,而「國家主義」如許多女性主義學者所說的是一個男性群體所製造建構的一種意識形態,女性在其中的角色是相當令人質疑的,在國家主義和民族主義的號召下,男女需要團結以捍衛國家和民族的權利,可是在這樣一個國家主義和民族主義裡的男權制結構

---

[11]　林若隱:〈Notes of Confession〉,《椰子屋》14 期(1989),頁 37。
[12]　《椰子屋》14 期(1989),頁 37。

卻從未被要求檢討或受到挑戰，女性的選擇權永遠受制於傳統男權制下的性別歧視而無法彰顯女性主體性或自我意識。身為馬華現代女詩人，林若隱的女性身份顯然構成其詩語言在主流（男）知識份子論述所強烈強調的民族文化意識之外，另有其他一樣重要，構成其心理、知識、情感、追求等因素，在詩中有意識或無意識的表達出來。林若隱詩的語言顯然不接受八〇年代後期主流詩美學傳統與批判寫實的同化，她從男性的歷史知識與華族歷史記憶切入，卻在有關民族主義、道德傳統、文化情境與政治糾葛的大敘述、大題材中呈現或凸顯女性一己的聲音。就算是上面提及的〈這一輯是關於愛的〉一詩雖然詩語言象徵深受楊澤的薔薇學派影響，但是她在襲用臺灣（男）詩人的語言形象時，我們也發現林若隱亦企圖在語言視角上轉化和顛覆男詩人的經典詩句，如詩第一首〈薔薇花開的季節〉就是最好的例子，她翻轉楊澤膾炙人口的薔薇意象，重塑了自我對薔薇（愛情）的看法：

> 在印度廟宇外頭的花檔子
> 我嗅到薔薇花香
> 然而我必須立刻推翻這想法
> ——我是已學習抬起頭的
> 而事實上天空並沒有飛鳥
> 只有幾片浮雲，或者說
> 一朵薔薇的幻影[13]

---

[13] 林若隱：〈這一輯是關於愛的〉，《蕉風》419 期（1988.10），頁 32。

　　我們無從得知，究竟是林若隱的女性身份與角色，讓她警覺到自我身份無論是在男性文化大論述或是國家霸權的定位敘述裡，往往被安置在邊緣或從屬的地位，在這樣一個雙重邊緣從屬的位置上來抒發與尋找女性的聲音，是一項極其困難卻也是一個有自覺的女性詩人不得不採取的書寫策略。我們從她的詩作如〈馬來西亞和我的夢〉（1990）、〈八月三十一日凌晨〉（1989）、〈在紅黃藍白色如夢的國度〉（1993）等可以輕易看見一個女性主體從男性的國家論述與歷史知識切入，揭露傳統大敘述與霸權論述的空洞與假象，以女性自我的身份換另一個角度去觀察、去自我呈現（self-representation），而不是處於被呈現（represented）的位置。為了自我呈現，為了表達女性生命自身，女性主義詩歌往往回到女性自身而抒寫個體生命體驗，林若隱多首詩也致力於生命體驗的表現。因此，林若隱的詩中常常出現「夢」的隱喻，夢是一個難以言喻、難以把握的廣闊空間，其中隱藏著女性自我的情感、理想、慾望與生命，同時也隱藏了女性的所有限制與困境，這個模糊難以規範的意象可以容納下女性的生命意識，詩人在〈未結束前我在臺上開一場露天演唱會〉一詩中以夢破題，思考生命、理想、慾望和愛的種種命題，呈現出詩人主體的內心世界與生活態度：

　　　在夢，在苦，在愉悅，
　　　在生命。在未結束前我站在臺上
　　　開一場露天演唱會

　　　唱我凋謝前的水仙瓣瓣
　　　唱我醒轉前的隔世紅樓

唱一切未來我來不及唱的悲苦

唱一切未來我怕趕不及懊悔的懊悔……

我唱不出來的

你高喊出來好不好

你用大海的聲量湧激成山好不好

你用愛容涵著我好不好

因為愛，我才能快快樂樂如風疾走

高唱時間、歷史、人類、自由如火如荼

滾滾的長流[14]

　　這個夢的隱喻在〈在黃紅藍白色如夢的國度〉中一再出現：「夢中，飛魚形體一再出現／在倒退的海岸線，與迅速遠離的／跳躍姿態之間──／我發覺，每一個夢／都處於尷尬邊緣。」[15]法國女性主義學者克莉絲蒂娃（Julia Kristeva）在論文中即肯定文學創作裡女性的潛在慾望可以被呈現或顯示出來：「文學揭示了一個受到壓抑的、夜間的、隱祕的潛意識的世界的某些知識，乃至有時是真理本身。……它從抽象的、壓抑性的社會符號、日常交流用語之中構築幻想和愉悅的園地。這種認同顯示出婦女從肩上挪開社會契約的種種獻祭重負，以一種更為靈活、自由的話語來養育我們這個社會的『慾望』。這種話語可以命名那些至今尚未成為社會循環之中的事

---

[14]　林若隱：〈未結束前我在台上開一場露天演唱會〉，《蕉風》428 期（1989），封面內頁。

[15]　《赤道形聲：馬華文學讀本 I》，頁 90。

物：第二性的身體、夢、隱秘的快樂、羞恥及憎恨之謎。」[16]可見女性書寫是一處可掙脫男性秩序規範，逼視女性真實的潛意識自我，女性主體性在上述林若隱詩中盡情表達，展現了女性深層潛在的慾望壓抑。

　　西蘇（Hélène Cixous）在她著名的「陰性書寫」（écriture féminine）理論中採取解構理論的角度來重新界定女性主義論述，打破傳統男性的二元對立的思考模式，提出女性書寫主體意識充滿顛覆與救贖意義的場域，解放與追求那個二元對立中被壓抑排斥的原型──陰性形式，不同於陽性形式的依賴掌控與征服，陰性書寫帶來對陳舊的成規、一言堂的論述形成顛覆的能量。西蘇在〈美杜莎的笑〉（The Laugh of the Medusa）一文中說，陰性書寫對男性霸權造成翻覆，「揚長一笑，打破一切真理」[17]。林若隱的女性詩人身份，形成她對此現象頗為敏銳、時有省思，如〈魔術戲一場〉中的「真的不知道那樣尷尬的男人怎會／是承接一生一世的衣口袋」[18]，這裡林若隱有意打破和質疑男主動女被動的傳統秩序，透過觀看一場魔術表演來釋放自我主體的慾望想像，從中尋求一種陰性書寫的動力和泉源。

　　這種陰性書寫的動力，造成林若隱詩無論是在處理家國或政治的題材時，這些國家大敘述成為詩人思考女性自身的襯景，她的語言視角更多時候投注於自己生活的空間和女性的思維感覺，比如在〈八月三十一日凌晨〉與〈馬來西亞和我的夢〉兩首詩的時事背景皆與國家獨立建國的千秋大業直接相關，可是詩的語言敘述卻環繞

---

[16] 克莉絲蒂娃（Julia Kristeva）著，程巍譯：〈婦女的時間〉，張京媛編：《當代女性主義文學批評》（北京：北京大學出版社，1992），頁 365。

[17] Cixous, Helene, *The Laugh of the Medusa*, New French Feminisms，1981，p. 258.

[18] 林若隱：〈魔術戲一場〉，《金石詩刊》2 期（1988），頁 39。

致力於詩人自我的感覺和情緒的表現上，如本能的體驗、對生活的熱愛感受、對生命本體的內在神秘性探索，走向詩人的下意識層面狀態，徹底告別了因為國家大敘述慣常帶有的載道路線。林若隱詩的觸角轉向女性生活自身的時候，必須努力在男性話語的主流論述體系中尋找和建立自己的聲音，因此首先就要拒絕「感時憂國詩」的規範用語，有意通過一種陰性書寫來確立自我的語言。「感時憂國詩」的寫實載道文風或批判寫實主義必須被徹底揚棄，以便能夠放手表現女性書寫的心靈體驗、詩化情感的模糊性、形象思維的神秘性質等內心世界。在八〇年代後期、九〇年代初被引介到馬華詩壇的後現代理論適時提供了林若隱一個語言的嶄新表達方式。在〈八月三十一日凌晨〉一詩中，詩人筆下的國慶日只是眾多日子中的一個平凡日子，「馬來西亞萬歲」的口號淪為空洞虛假的承諾，充滿調侃無聊、乏善可陳的生活片段：

> 八月三十一日凌晨我在狂鬧的城市中心
> 點起一根菸，男人說：賽車是不可錯過的
>
> 有人飛駛過時拋來一堆嗚嗚哇哇吶喊
> 馬來西亞萬歲 I love you，但男人沒有說過
> 任何承諾。他說：你淋溼了？[19]

　　國慶日的國族論述和宏偉大敘述意義在這首詩中被詩人稀釋解構掉，換來的是一種生活化口語化的詩語言來處理生活中的瑣碎情景，其中自有後現代詩人自身存在的普遍體認。因此毫不誇張的說，林若隱後期停筆前的詩，尤其是發表在《椰子屋》14 期上的大部份

---

[19] 林若隱：〈八月三十一日凌晨〉，《椰子屋》14 期（1989），封底內頁。

詩作如〈Notes of Confession〉、〈浮在海上的教堂〉、〈空中花園1989樣本〉、〈世紀末交響曲〉、〈八月三十一日凌晨〉等都是詩人有意識的「自覺」,「用自己最把握的形式」,「以後現代主義的概念玩一個十分漂亮的形式」[20]。無論是有意識的取經或是受到後現代主義的影響,上述這些詩中的後現代語言轉向是很明顯的,尤其試比較之前那些深受楊澤、羅智成的抒情婉約的詩語言,這個改變造成林若隱的詩告別現代主義講求技巧結構的文風,走向日常生活的平庸、個人化片斷化的生命感受、私密的女性主體意識、以及極為瑣碎平面的角度切入男性話語主流論述的政治場域。〈八月三十一日凌晨〉與〈馬來西亞和我的夢〉二詩把國家論述置之腦後,在瑣碎的日常生活中充分的表現出女性思維和女性的語言形式,寫出一種無序、非邏輯、清醒的思考與下意識的流動,其中現實與夢幻交織在一起,詩語言流放著一種陌生異樣的光彩:「遠方朋友回來了,說:怎麼更瘦了?/是嗎?我想說:不是應該說『馬來西亞我回來了!』的嗎?/那樣子很陽光的樣子……/總有一個可以種植口口以及夢的/好地方──如果」[21]。這種語言心靈的流放狀態既是陰性的、同時也是後現代的特質,構成一個後現代女性對主體感受與生活空間的反思,某種程度上實現/實踐了女性主義理論所追求的陰性書寫與瑣碎政治。至此可以我們作個結論:林若隱詩中的(女)敘述者行動(mobility)除了受到國家論述、民族論述和文化論述的箝控,還深受其性別面向的影響。林若隱拒絕主流大論述,轉而擁抱小敘述(petits recits),進而在心靈和精神上遊走或逃亡,不只挑戰了傳統

---

[20] 莊若、桑羽軍訪問:〈解構林若隱〉,《椰子屋》14期(1989),頁35-39。
[21] 林若隱:〈馬來西亞和我的夢〉,《椰子屋》18期(1990),封底內頁。

男／父權視角和家國體制，並因此可能帶出解放女性行動限制的無限潛力，成為後現代或後殖民時期女性行動政治最具顛覆性的位置。

第二節　呂育陶：
後現代的政治／美學、文本政治的解構策略

　　呂育陶是馬華新生代詩人中的佼佼者，出生於一九六九年，馬華六字輩詩人的尾巴，時間上可說是標示著馬華文學／新詩一種嶄新的語言的到來，位置上卻帶有承先啟後的意味，既承襲六字輩詩人所擅長的文本結構，又往往出人意表的在詩語言中表現出後現代詩的文本解構策略，這個林若隱在九〇年代初期停筆前所孜孜建構未竟之業的後現代風格，卻在呂育陶那裡看似不費吹灰之力得以貫徹實現。可以毫不誇張的說，如果說林若隱念茲在茲的是開拓一個時代風貌與（女性）主體性在現代詩中的思考對話，呂育陶則顯然對這個時代的政治社會變遷展現了一個高度成熟的文學自覺，成功將馬華新詩的語言轉向，朝向一個後現代書寫的表達模式。

　　呂育陶的詩無論在表現形式、技巧手法、語言結（解）構、思（詩）想各方面，都是他熱衷探討的書寫場域，其中多元、拼貼、解構、後設傾向等形式手法成為他作品常見的特色。這些嶄新的話語形式和表現手法顛覆了馬華文學傳統的寫實文風，也告別了馬華現代詩所孜孜追求的深刻圓融的完整結構藝術概念，呂育陶在九〇年代的馬華文學位置標示出一種嶄新話語形式的來臨。馬華文學讀

者必須拋開傳統上寫詩讀詩的線性時間觀念，嚴正看待這個馬華後現代詩潮的冒現。呂育陶的詩集《在我萬能的想像王國》（1999），可以看出詩人向後現代取經（徑）的明顯意圖，無論就語言或形式結構，詩人在作品中玩弄拼貼、後設、遊戲、解構等今天看來已經習以為常的書寫策略，在九〇年代初期發表時令人刮目相看，也令人對他有更多的期待。《在我萬能的想像王國》證實了呂育陶身為詩人的能耐與自覺，在詩文本中藉一種後現代的視角，面對全球化時代裡資訊文化與都會的高度發展的不可逆向性，詩人的書寫意念與都市精神的多元多向度息息相關，也積極與時代語境展開對話。都市書寫的題材與精神意識在早期的呂詩中成為一個鮮明的特色，論者多以這個都市書寫的角度，指出呂育陶的詩作深化了馬華的都市詩。[22]我在《在我萬能的想像王國》的序中曾經指出，基本上呂育陶的後現代觀念積極建構於都市、科幻、歷史這三個層面上，而在都市與科幻題材的處理上，受到臺灣詩人陳克華、林群盛的影響頗深，無論是詩語言的習仿或文本互涉等方面，都是不容否認的事實，如陳大為明確指出呂的〈G 公寓〉（1996）與林群盛〈那棟大廈啊……〉（1988）的血緣關係：從較宏觀的詮釋角度來看，呂詩三分之二篇幅不免陷入林詩的陰影當中。[23]下面我要探討的是呂育陶詩另一個

---

[22] 這方面的論述可參考張光達：〈詩人與都市的共同話題──序呂育陶詩集《在我萬能的想像王國》〉，呂育陶：《在我萬能的想像王國》（吉隆坡：大將出版社，1999），頁 1-18。又見陳大為：〈感官與思維的冷盤──九〇年代馬華新詩裡的都市影像〉，《亞細亞的象形詩維》（台北：萬卷樓出版社，2001），頁 147-168。

[23] 陳大為：〈感官與思維的冷盤──九〇年代馬華新詩裡的都市影像〉，《亞細亞的象形詩維》（台北：萬卷樓出版社，2001），頁 147-168。

相當重要的面向：後現代的政治／美學觀念辯證、文本政治的解構策略。

　　傳統的觀念是，只要詩作的題材或文本中涉及觸及政治事件，論者便很自然不假思索的把這些詩作歸劃入政治詩的範疇。[24]這樣的看法顯然很容易窄化一些含有政治題材作品的深度與複雜性，也容易忽視作品文本中的文本政治的異質性面向，這也是為何我在論述八〇年代末、九〇年代中的馬華政治詩時，刻意不提及林若隱、呂育陶、林健文（1973-）等人的原因。這裡並不是要一概否定論者對馬華政治詩的關懷探討，而是希望我們在對一位極富創意的詩人的詩文本作出分析解讀之時，不會造成買櫝還珠，或是對作品的創意結構視而不見，產生本末倒置的論述盲點。[25]在幾首書寫關於政治隱喻或政治事件的詩，如收錄在詩集《在我萬能的想像王國》中的〈後馬來西亞人組曲〉（1991）、〈資本主義國民宣言〉（1993）、〈在我萬能的想像王國〉（1992）、〈獨立日〉（1999），收錄在《有本詩集》中的〈造謠者自辯書〉（2002）、〈只是穿了一雙黃襪子〉（2001），這

---

[24] 這樣的論點可參考劉育龍：〈詩與政治的辯證式對話——論 80 和 90 年代的兩本政治詩集〉，《馬華作家》9 期（1999），頁 111-121。

[25] 一般而言，「政治詩」這個次文類廣為馬華詩壇所接受，近十年來馬華政治詩創作的質量亦甚可觀，但是論者對於政治詩的嚴格定義卻少深入討論，似乎詩人及評論者都把它視作一個不證自明的東西。關於政治詩的定義，因為牽涉到各家對「政治」一詞的分歧看法（比如可分為廣義的與狹義的兩類），而且論者的政治意識形態也深深影響定義的莫衷一是。臺灣學者孟樊認為要辨析「政治詩」與「非政治詩」的分別，除了詩人創作時帶有的政治眼光，另外一個因素是意識形態評論家依據自身的政治立場來解讀作品，也可能使一首非政治詩變成政治詩。孟樊對政治詩的定義和解讀相當有啟發性，可供有意研究馬華政治詩的評論者參考借鏡，見〈當代臺灣政治詩學〉，鄭明娳編：《當代臺灣政治文學論》（台北：時報出版，1994），頁 315-353。

些詩穿插政治事件、歷史事跡、社會變遷的文化／文本脈絡，大體上都呈現了文本政治的意圖，絕不是直接複製社會新聞、片面議論政治事件、激昂批判霸權體制的政治詩／政治文本。

　　八〇年代崛起的新歷史主義學者如葛林伯雷（Stephen Greenblatt）、蒙特羅斯（Louis Adrian Montrose）在評論文學藝術作品的時候，已經無法接受文化、藝術、政治活動只「反映」（reflect）底層經濟生產模式的說法，相反的他們認為文學、藝術也「參與」了當時的歷史演變，與社會相互推動（interact），對社會的變遷演化，發揮其潛移默化，甚至挑戰刺激的功能。換句話說，政治文本是作者站在官方意識形態立場或當權體制的優勢位置，單向的以政治事件和社會記錄來複製鞏固主流話語的正當性，粗暴的向讀者灌輸一套主流政治意識形態。而文本政治則不然，它的書寫文本中雖然不免觸及社會政治題材或時代脈絡意義，但更重要的是文本中所欲藉政治事件來達成文本的政治性意圖或策略，進而提出作者對某個政治現象的反思，或解構某個威權體制所欲鞏固建構的霸權話語的正當性和合法性。這裡的文本政治當然含有文本的互文性意圖，所謂的「文本性」就是透過批判的閱讀或解讀的方式，將文本的脈絡及其批判的意義加以釋放，因此透過文本的分析，也就是詮釋的作用，文本發展成為一個未來的歷史或在社會實踐上形成其文本的歷史效驗（effects），透過這個方式，將讀者帶到文本的想像空間，透過論述的實踐而將它實現，並展伸它的意義，這即是「文本性」。[26]德希達（Jacques Derrida）認為文本裡頭的文字和概念交互指涉的觀念，也

---

[26] 廖炳惠：《關鍵詞200：文學與批評研究的通用辭彙編》（台北：麥田出版社，2003），頁255-256。

就是交互指涉的意義形成一種現實（reality），在解構批評中，針對傳統的二元對立觀念的對照方式，提出文本內在就有一種互文和衝突的矛盾邏輯，利用這個方式，把文本內在的互文與其中遭到壓抑或彼此糾纏的成份釋放出來，因此許多文本與身體的內在分類與矛盾，形成許多互文的現象。文本政治所實踐或釋放的文本性與互文性，在文學文本中產生一個開放而非封閉的系統，這種文本形式既是解構的書寫策略，也是一種關於後現代或後結構的文本脈絡解讀方式。

在這一點上，呂育陶的詩示範了一個接合後現代觀念與文本政治的精彩例子，在〈造謠者自辯書〉和〈只是穿了一雙黃襪子〉二詩中展現出高度的文學自覺。〈造謠者自辯書〉一詩的形式結構存有多重可能性，在文類（genre）上它可以是詩、供詞、散文、作者手記、互聯網符碼、政治寓言的混合體，這種設計造成文類之不確定或非單一性，或抗拒任何將其定位為傳統詩歌形式的傾向企圖。這個「文學混種」（literary hybrid），讓文本擺盪在數種文類形式之內，帶有「反詩」（anti-poetics）的策略手法，常常被傳統批評家視為形構上的缺陷，而呂詩正是要利用這個「缺陷」來旁徵博引，再加上天馬行空的想像及遊戲嘲諷的語調，來大力擁抱這個多元多變多音的風格，基本上是運用巴赫汀（Mikhail Bakhtin）的「多音」（polyphony）觀念，讓文字的內在聲音，彼此展開對話，形成一種網絡關係，在語言觀念上呈現不同意識形態的針鋒相對，在敘述形式上則產生「降格諷刺」（parody）等作用，其中也貫穿了後現代的後設語言和書寫的解構形式（a deconstructive form of writing），打破傳統上將政治／美學（politics／poetics）對立之理論架構，成功地

瓦解政治文本的單一視野和權威話語，建立一個文本政治的多重觀點。因此，此詩的解構文本凸顯了兩個問題，首先是政治／文類之關聯，亦即政治語境之不定即文類之不定，政治現象由不同或特定的角度來敘述時會產生截然不同的認知，而這個政治語境的變換不定也藉書寫文類的轉換得以貫徹顯現。其次是政治／文本之關連，亦即政治語境與文本一樣變動不定，當政治議題由一端擺盪到另一端時，文學語言也由一種轉換為另一種，此種政治議題／文本政治的緊密連結，遂造成了政治語境的產生可視為文本式的，如同意義之產生，沒有一種政治現象是自然本質的、單一詮釋的、理所當然的。呂詩不只解構了霸權話語的「真相」、「真理」、「正當性」，也同時釋放出那些被傳統主流或當權體制所一再加以壓抑排斥或企圖邊緣化的話語敘述。

在〈造謠者自辯書〉中，經由每段供詞中的拼貼轉換的語言風格，與後設戲仿的敘事結構，這首詩成為一種不定的「雙重敘述」（double discourse），既開放又擺盪，既宣稱又質疑，既悠閒又嚴肅，既遺忘又難忘，既引述又諷刺，緊密結合文本政治的政治化文本（politicize the textual）與文本化政治（textualize the political）之方式，使詩文本的政治議題（或廣義的政治詩）成為一種創造性的書寫策略與閱讀活動，而非局限性的批評活動或單一視野的詮釋方位，瓦解了傳統正經八百的政治書寫。比如此詩的〈供詞 II〉一節：

> 檢驗我的唾液，它比全部國有報刊的專欄更甜蜜
> 檢驗我的血液，它比國花的花瓣更鮮紅艷麗
> 檢驗我的骨骼，它比高掛國旗的旗杆更挺直

　　　檢驗我的毛髮、肌膚、肝膽心肺

　　　統統架構自椰漿飯、炒粿條、拉茶

　　　道道地地本地建築器材絕無舶來品

　　　在空調機管理得草木繁盛的新興都市

　　　如果，設若，假定真有謠言

　　　那一定是過境的颱風強行扯倒燈柱、電杆木

　　　留下的瘀血[27]

　　但是此詩最具自我解構顛覆作用的，則非最後一段的〈捏造的供詞〉莫屬，詩人在其中設計一個「不可信賴的敘事者」，建構出誇大、偽裝、戲耍種種敘事策略手法，充滿了反諷的後設疏離與高度的文學自覺，不斷干擾讀者的觀視角度與政治認同，藉以凸顯敘事、意義與認同之間建構過程和再現機制。然而這些理論上的形式試驗必須置放在該詩文本中的歷史社會脈絡來審視，也就是在馬來西亞上個世紀末的一場政治變天的「安華事件」疑案，這個政治事件所引起的回響效應至今猶未消退，也唯有從國家社會的脈絡語境（con-text）才能進一步看出這首詩的文本政治意涵，也才能幫助我們深入瞭解〈造謠者自辯書〉為何有別於一般刻意標榜的馬華政治詩書寫。

　　同樣的〈只是穿了一雙黃襪子〉也是經由文本政治的「拆解」與「重組」，從中暴露出政治／歷史話語的虛妄，與官方意識形態勾結，再現國家體制的刻板形象與權力干預，如「逼視歷史課本」一節中所敘述：

---

[27] 呂育陶：《黃襪子，自辯書》（吉隆坡：有人出版社，2008），頁 60。

國民同色的血液總安排在 5 月 13 日流出體外

場地換在海對岸赤道上真理被騎劫的島嶼

陽具上膛的暴民踢開法律的鐵柵

把無政府主義的精液播種在

一個不允許野狗般使用自己母語的少女子宮裡

僅僅，是為了她母親穿過一雙黃襪子？[28]

　　根據後結構主義理論的說法，「再現」（representation）不只是一種修辭行為，更是一種政治性的活動，如後殖民理論家史碧瓦克（Gayatri C. Spivak）站在底層人民與弱勢者的地位來替他們設想，來再現他們的想法以替他們發聲。這往往與再現的策略有關，如呂育陶將表達國家歷史的方式以一個弱勢者或普通平民的身份視角來發聲敘述，而不是從當權體制的官方版本來強化主流論述。因此在文本政治的檢視下，所謂「歷史」、「國家」、「族群」、「和平」等傳統大敘述也在後設之形式再現中被解構稀釋，達成拆解知識與權力的迷思。這裡對主流體制透過支配與主導的「大敘述」的暴力提出批判，採取一種後現代的書寫方式來與之抗衡，倒是與林若隱詩以女性主體性的關懷視角來否定傳統男性主流觀念有不謀而合之處。詩人往往不惜自我解構，成就了文字（論述）的虛構與幻覺，也暴露出文字（論述）的虛構與幻覺的面向。

　　整體而言，呂育陶的詩大致上展現了後現代主義觀念與文本政治相結合的最佳例子，無論是書寫都市現象、政治社會或國家歷史，呂詩都表現出後現代所強調的多元、流動、邊緣、差異與混雜等特

---

[28]　《黃襪子，自辯書》，頁 68-69。

色，質疑和揚棄了傳統現代主義美學的二元對立結構，更重要的是
把國家與霸權大敘述加以揚棄解構，強調文本敘事的不穩定性和顛
覆能量，因此其詩語言看似不對現實社會作出任何批判，其實卻在
文本政治的運作下提出相當多而發人深省的批評和意見。這種後現
代的書寫方式和觀視角度，在二十世紀末全球化時代的跨國資本主
義文化形式席捲全球之際，其中科技、影像與生化時代的快速到來
和高度發展，使它對現代人的生活習性與文化消費產生重大的影
響，歐美世界的文學語言在經歷一連串的後現代主義洗禮過後，如
今大都對後現代的語言特色有所共識，但是東方第三世界國家如馬
來西亞的歷史現實因為本身具有的多重後殖民社會色彩，使得在談
論這些國家的後現代文學時形成複雜的局面。[29]同樣的在閱讀呂育
陶大部份的詩作時，除了對詩中鮮明設計的後現代語言形式和政治
社會議題有所認識，讀者更不可忽略的是詩文本中以馬來西亞作為
一個後殖民社會的歷史語境和文化脈絡，在這方面〈獨立日〉一詩
無疑提供了一個佳例，這首詩必須把它置放於馬來西亞（馬來亞）
政治、社會、經濟與文化的歷史時空和結構體制的大環境背景來檢
視，這個後殖民國家的歷史現實與文化生態的演變發展，與詩文本
彼此之間形成一種若即若離的交互作用。其中有對馬來西亞這個殖
民地遭受多重殖民經驗的省思：

　　獨立日，微雨細細佈置早晨如秋。統治城市的國營電臺
　　如常透露建設中的美好。幸福恍若永在，香腸與火腿

---

[29] 關於馬華文學的後現代與後殖民的混雜局面，可參見張光達：〈文學體制與六
〇年代馬華現代主義：文化理論與重寫馬華文學史〉，2002 年臺灣暨南大學
主辦《重寫馬華文學史》國際學術研討會論文。

安然等待刀叉分析。高溫的理想已然冷卻成手中的咖啡。
殖民地的咖啡香從哥倫比亞，穿越大西洋印度洋和雨林遊走在
英式飯廳。獨立日，之前的無數夏日，殖民地的官員揮起
季候風揮起南下的草鞋，把我們七百年的安寧踩踏成
礦湖幫派娼館賭宅，把這土地隱藏的亮光匯成
他們救國的彈藥妻兒的衣裳。把瘦瘠的日子留給我們與子孫。
獨立日，之前的某個冬日，武士刀的寒氣凍結
他們臉上的笑容，狠狠插入他們生命的核心
把他們匯去北方抗戰的火炬兌換成花花綠綠虛擬盜版的香蕉鈔。[30]

　　呂育陶詩的語言形式和敘事結構往往很難單純的被歸類為後現代或後殖民，而是成功巧妙地揉合混雜了兩者，在〈在我萬能的想像王國〉一詩的結尾處詩人如是說：

一名後馬來西亞人如我
已荒廢想像的旅途許久了
（更沒參加文學獎）
如今我準時上班、寫情信、翻閱早報
以石英鐘的頻率生活
小心地避開各類思想的戒嚴區
在口號與等號間走鋼索
趁經濟的暖陽未涼前多摘幾顆水果
（且努力地，和錢幣造愛）[31]

<hr>

[30]　呂育陶：《在我萬能的想像王國》（吉隆坡：大將出版社，1999），頁128。
[31]　《在我萬能的想像王國》，頁12-13。

　　無論就文本形式上或社會脈絡上的，詩裡行間都見出詩人調度歷史敘事／虛實與社會反思的關懷面向。

結　語

　　本章探討了九〇年代以來馬華詩中的後現代語言轉向，以八〇年代末期的林若隱與九〇年代的呂育陶詩為例，分析她／他們詩文本的語言特色與結構形式。馬華新詩的後現代語言轉向，及其後在九〇年代末的新生代詩人群中蔚為潮流，是在上個世紀最後十年間的事，時間上可上溯至八〇年代末期的林若隱、呂育陶。「茅草行動」時期的政治局勢使到詩壇湧現大量的感時憂國詩或「中國性—現代主義」，然而林若隱獨排眾議，在政治隱喻的陰性書寫中投注了女性自我的主體意識，同時利用個人生活空間的瑣碎政治來反思或質疑國家大論述和政治大格局的書寫策略，為當時主流政治詩的感時憂國與批判現實的文學氛圍中，呈現出一股異質的聲音，也為後來的馬華詩語言轉向試探出一條明路。馬華後現代詩的語言轉向，到了呂育陶手裡，得到充分的發揮和發展，種種後現代的書寫策略，如後設、拼貼、擬仿、解構、降格嘲諷、語言遊戲等等，在呂詩中的政治關懷／顛覆、歷史探尋／虛構、文化憂思／戲仿、國家定位／擺盪、及社會變遷中的後現代與後殖民混雜性格，盡情得以在呂詩中並置呈現，常常是揉合滲雜兩者，而顯現出文本政治的複雜多音面貌，也成功的質疑和顛覆了文學與現實的虛實建構關係。呂育陶的後現代與文本政治的語言特色，使得他有別於其他一味模仿或抄襲

臺港的後現代詩句的作者。他的後現代觀念與後設形式設計，有其文本政治的文化脈絡和社會語境為支撐點，可謂九〇年代以來馬華後現代詩形式設計與文本政治策略的集大成者。

第七章 論陳大為的
南洋史詩與敘事策略

前言

　　關於歷史與文學的種種對話，經過七〇年代以來新歷史主義（New Historicism）的開拓與反思，早已脫離了單純「文學中的歷史」主題學研究的巢臼，對史學與文學研究的新視野可謂貢獻良多。在史學的研究方面，新歷史主義揭示了傳統歷史論述中的敘述模式之文本特質，說明歷史並非一套固定不變、客觀自然的事實，而是一個有待詮釋與賦予意義的流動體。在文學的研究方面，對文學文本進行「厚描」（thick description）的歷史性（historicity）分析，利用文本中的歷史敘事探索主體性和文化語境，並且深入探討文本在社會中發揮作用的過程。[1]如同蒙特洛斯（Louis Montrose）對新歷史主義的經典定義：「對文本的歷史性與歷史的文本性的雙向研究」[2]，文本性（textuality）乃是透過批判的解讀方式，將文本的歷史脈絡

---

[1] 福克斯－杰諾維塞（Elizabeth Fox-Genovese）在〈文學批評和新歷史主義的政治〉一文中說：「這種『新歷史主義』乃是一種採用人類學的『厚描』方法（thick description）的歷史學和一種旨在探尋其自身的可能意義的文學理論的混合產物，其中融匯了泛文化研究中的多種相互趨同然而又相互衝突的潮流。」，譯文見張京媛編《新歷史主義與文學批評》（北京：北京大學出版社，1993），頁 52。

[2] M. H. Abrams. "New Historicism," *A Glossary of Literary Terms* （Texas: Harcourt Brace College Publisher, 1999, 7th edition），p. 183.

及其意義加以釋放，因此透過文本的詮釋作用，文本成為社會實踐和歷史效驗的延伸意義。本章就有關馬華詩人以南洋歷史題材為主題的詩作而言，主要以陳大為（1969-）的「南洋詩」為論述對象，並參照馬華新世代詩人兼評論家許維賢的「南洋」歷史主體性觀點，提出一個不同於本章的論述角度，可謂馬華詩界近年來最具有歷史意圖或歷史意味的作品。本章以新歷史主義的角度出發，佐以晚近文化理論與後殖民弱勢族群論述的參照點，企圖將詩文本中的歷史性與南洋歷史的文本性來一次閱讀馬華詩人的「歷史文本」（historic text），不只挖掘歷史美學的文學元素，更要指出詩人在歷史主體的建／解構中生成新的話語形態和精神現實。簡言之，本章所判定的「歷史文本」，在內容上對南洋過去的事件的具體描述，並包含詩人的探索與見解，探視歷史時刻中歷史元素如何為詩文類賦予文本性，以及詩人如何回應、掩藏、或至自覺不自覺地抵抗大歷史、宏大敘事的隱性視野。

第一節　陳大為的南洋史詩：
歷史主體、文本語境與敘事策略

陳大為的詩，貫穿三部詩集《治洪前書》（1994）、《再鴻門》（1997）、《盡是魅影的城國》（2001）中的神話、歷史、南洋主題，其實可統稱為「後歷史」的敘事，這裡權宜採用「後歷史」，方便我把陳大為的歷史敘事（詩）與臺灣詩壇七〇、八〇年代盛行一時的古典抒情詩（神州、風燈詩社）與長篇敘事詩（前有余光中、楊牧，

後有楊澤、羅智成為代表）區別開來。[3]詩人陳大為頗自覺地有意揚棄長篇敘事詩以史實情節線性發展的語言慣例，而把現代性歷史模式／神話模式的元歷史宏大敘述（grand narrative）的初始文本結構加以改寫或重組，將人類歷史發展的抽象宏偉結構和基本公式還原到生活中細節瑣碎的具體建構，在其中詩人「引用」了歷史古典素材為其詩文本的骨幹，適時加入後歷史的語言視角和書寫策略。在陳大為的詩裡，這個舊題新寫的工程主要表現為歷史／神話話語本身與一寓言化的歷史主體的衝突，比如陳大為的代表作〈治洪前書〉、〈曹操〉、〈再鴻門〉諸詩，都讓我們看到詩的敘事者並不是站在歷史洪流的過程之外來發聲，他是置身其中的主要角色，具有啟動情節發展與評議針砭的雙重作用，如同民間說書人的敘事者身份角色般，既藉一歷史主體的有利發言位置來揭破歷史的虛妄和無可挽回（或得以搬演「歷史理性」），卻又同時因為其後見之明的當下歷史語境，令這個敘事者有意無意間暴露了自我本身的尷尬位置或立場，如是歷史／神話主體與敘述主體的相互滲透和曖昧姿態，看似自然和諧的展現於詩裡行間，形成詩的語言魅力和繁複結構，這一切是以詩人高度專業的戲劇性語言和布局策略來達成的。[4]

我們知道，陳大為既然視寫詩讀詩為事業或志業[5]，他對讀者的閱讀水平與期待視野自然有一定程度的要求，而他大部分的詩作也

---

[3]　有關陳大為「歷史敘事詩」更詳盡的論述，可參見筆者論文〈臺灣敘事詩的兩種類型：「抒情敘事」與「後設史觀」——以八〇～九〇年代的羅智成、陳大為為例〉,《中國現代文學》14 期（2008.12），頁 61-84。

[4]　徐國能在〈十年磨一劍：論陳大為詩作〈在南洋〉〉一文中已提及陳詩中的「史詩」類型，以「文人史詩」的態度與方法重構、再寫歷史。徐國能文見《南洋商報・南洋文藝》（2001.04.10）。

[5]　黃錦樹在〈論陳大為治洪書〉一文中以「詩的事業」與「詩的志業」為切入點，探討《治洪前書》，討論陳大為詩創作中存在的潛力及可能的流弊、特

的確需要一個具備中國古典文學及現代文學認知的（專業）讀者，
才能有效的執行「解碼」或得以與詩的敘述者進行深層的對話[6]。就
這方面來說，無論是神話或歷史（包括以下將論及的南洋歷史），作
為舊題新作的詩篇，詩人所營造建構的時代氛圍乃是融合了歷史感
與現代感，一實一虛，或出虛入實，都有跡可尋有史為憑，在其中
許多歷史的詞彙和意象，巧妙地嵌入現代或時代感的語言意境當
中，盡量減低對歷史典故的外緣題材的依賴，避免再度陷入前代詩
人僵化制式的寫法，尤其是對某些歷史人物的典型刻板看法和書寫
模式，更是詩人書寫相關題材時的一大考驗。我在想，陳大為在評
述羅智成的詩時所說的一番話：「他首先面對的是歷來無數文學文本
所累積起來的人物形象，以及讀者具有繼承性的期待視野，他都得
一一顛覆或超越。但不同的敘述主體迫使他作出許多敘述語態上的
調整，並以強大的說服力修改了局部的角色個性，然後稱職地演出
他所扮演的人物。」[7]。印證這番話與詩人的〈曹操〉、〈再鴻門〉、〈將
進酒〉中的狀寫歷史人物，揣摩典籍的時代氛圍與人物心理變化，
並且採用種種文學語言的後設手法如虛擬、解構、反諷、互文、重
寫來達到修改或重構歷史人物的局部角色個性，以及如說書人伶牙
俐齒般作出巧妙轉折、然而卻令人信服的敘述語境上的調整。這些

色及限制。黃錦樹文見《馬華文學與中國性》（臺北：元尊文化出版社，1998），
頁 379-403。

[6]　比如辛金順從陳大為在語匯組合、意象淬煉、語義構成方面的企圖來解讀，
非專業讀者不能為之。辛金順文見〈歷史曠野上的星光——論陳大為的詩〉，
收入陳大為、鍾怡雯、胡金倫編《赤道回聲：馬華文學讀本 II》（臺北：萬
卷樓出版社，2004），頁 537-549。

[7]　見陳大為〈虛擬與神入——論羅智成詩中的先秦圖像〉，《亞細亞的象形思維》
（臺北：萬卷樓出版社，2001），頁 16-17。

種種讓我們相信，陳大為在寫羅智成的詩論時，所見所思其實也是在反思自己未來詩創作上的種種技術／藝術上的操作問題，及歷史典籍舊題新寫的種種可能局限或轉機。由此我們可以理解，陳大為對詩人羅智成的細緻深入解讀應非一偶然事件，而是一文學觀念的「共振」現象（套用陳語）[8]。但必須指出的是，兩者雖然都同樣書寫歷史典籍與虛擬歷史（神話）人物，以舊題新作的敘述姿態贏得讀者注目，但兩者的敘述姿態或書寫策略卻是截然有別的，實不可混為一談。簡短來說，陳大為的詩語言多採用後設的書寫策略，來藉此（局部）顛覆讀者對歷史的刻板印象，及有意還原一些歷史上可能被史筆醜化扭曲的人物細節，藉歷史或情節的多重轉折和敘述聲音，來改變讀者僵化慣性的歷史觀念和古典想象。在這方面來說，陳大為無疑是非常成功的，他所期許羅智成書寫歷史圖像的創作路向，已經很有自覺的在他自己的詩作中做出最佳的示範演繹。而一般上羅智成比較注重渲染歷史的時代氣圍，擅長鋪陳細緻的地方文化情境，並不刻意書寫後設的歷史提問和人物再造。

之後陳大為一系列書寫南洋歷史的詩，整體表現在詩集《盡是魅影的城國》系列六中的〈南洋史詩〉，這些詩「以更大的篇幅和用心有計劃地整理了熱帶童年的記憶，重寫了在僑鄉的家族史，重現了一個被忽略、被湮沒的南洋移民史觀。」[9]。基本上這些南洋史詩也是延續上面提及的舊題新作的歷史書寫，所不同的是它不再沉溺於歷史知識的拆解或從閱讀史料的無盡想像出發，它卻很巧妙地以

---

[8] 《亞細亞的象形思維》，頁 250。

[9] 見羅智成序文：〈在「邊緣」開採創作的錫礦〉，陳大為《盡是魅影的城國》（臺北：時報出版社，2001），頁 13。

敘述者個人小我的觀點來試探、試圖把握南洋歷史上從中國移民（逃亡）南來的華裔族群的集體潛意識心理狀態和生活處境，如同羅智成敏銳指出的：「他繼續以一個當代的小我來和歷史的大我對話。」[10]。辛金順在談陳大為的「南洋詩」時也注意到了這一點，但他主要的論點是試圖釐清詩人的語言意象和創意結構，他沒有指出的是這些「南洋詩」的另一個面向（或作者企圖？），藉不同身份背景和家族史的重建（寫），讓我們看到多重差異的華族歷史視野，有別於國家官方版本或馬來西亞華社主流話語的聲音。[11]當然陳大為對歷史的真實與虛構性質的辯證是深為自覺的，從外篇〈歷史的刀章〉到序曲〈在南洋〉到內篇〈我的南洋〉的詩裡行間，都可令讀者強烈感受到詩人對歷史的真實與虛構面向的試探調度，他不忘在詩句中藉一後設提問與自我反諷的姿態頻頻省思和詰問，而他那強烈的自覺意識又令他頻頻回首詰問可能面對讀者有意的詰問（並不排除詰問的正當性），這一切後設的後設語言書寫策略本身必須看作詩人由對抗記憶出發，而發展出個人、家族及族群的「對抗敘事」

---

[10] 《盡是魅影的城國》，頁 12。

[11] 辛金順在〈歷史曠野上的星光──論陳大為的詩〉中說：「這三首詩（指〈會館〉、〈茶樓〉、〈甲必丹〉）之所以重要，是因為它不再盡全沉溺於歷史知識的拆解，或完全產生自閱讀本身。就創作的意義而言，它不再掛空於史料的處理上或獨抒個人小我的情懷，而是延伸入族人集體的潛意識裡，以詩去書寫馬來半島上華裔民族歷史文化的生命情景，詩中所審思的，直逼現實的課題。」，此文收入陳大為、鍾怡雯、胡金倫編《赤道回聲：馬華文學讀本 II》（臺北：萬卷樓出版社，2004），頁 544。另外陳慧樺在〈擅長敘事策略的詩人──論陳大為的詩集《治洪前書》和《再鴻門》〉一文中也探討了陳大為的〈甲必丹〉、〈茶樓〉、〈會館〉等詩，認為詩人以後設的模式來書寫甲必丹葉亞來的歷史與傳奇，詩人企圖顛覆歷史的意圖亦昭然若揭。陳慧樺論文見《華文文學》31 期（1997.12），頁 71-73。

（counter-narrative），以對抗敘事來體現「對抗記憶」（counter memory）[12]——烙印於族群歷史記憶的符號架構，共享一個滲透真實與虛構、已經不具本質源頭的印記，這個對抗敘事既可用來暴露出馬來西亞國家歷史對華人的有意抹煞或漠視，又可用來質疑和瓦解官方主流話語對南洋華人的刻板簡化印象。詩人頻頻在詩文本中採取這個「對抗敘述」的言說和表意方式，使詩的敘述者獲得一種自由出入個人敘事與歷史宏大敘事文本之間的便利，在這裡個人小我的敘事與歷史宏大敘事之間關係的疏離，因為詩人或敘述者童年的關照視角和記憶言說方式，而顯示出詩人或知識分子個體敘事的文本性與官方宏大敘事的歷史性之間巨大的張力美學，我覺得這無妨看作是詩人藉助新歷史主義的歷史美學，來企圖暴露出潛藏在主流意識形態背後的民間記憶和主體形構。在敘事姿態上，詩人遊走於童年視野記憶與民間說書人的敘事者身份之間，在〈在南洋〉中的敘事主題上，民間記憶與主流敘事的主題常常重疊在一起，但是民間個人化或童年視野的小我心靈是對主流意識形態控制下的宏大敘事之重述，並通過個人化的重述實現對後者敘事合法性的質疑、瓦解和顛覆，詩人筆下這個來自民間的童年聲音在詩文本世界中恢復了個人作為「人」的具體存在感性。換句話說，這個個人小我的民間記憶和聲音，並不是如馬來西亞官方或華社主流話語那般由抽

---

[12] 「對抗記憶」一語見傅柯的論點，他認為「對抗記憶」有別於被官方接受、批准、銘刻的連續性歷史與知識觀念，提供了一種替代式的「對抗敘事」，傅柯觀點見 Michel Foucault, *Language, Counter-memory, Practice：Selected Essays and Interviews.* Ed. Donald F. Bouchard. Trans. Donald F. Bouchard and Sherry Simon. Ithaca：Cornell UP，1977.

象的「人民」或者「大眾」的名義下被粗暴與劃一看待,而是在歷史的文本性與文本的歷史性中具體呈現了個人的心靈、精神和意識在民間文化記憶中的多重性與互動性。這些詩在敘事話語和文體風格上,除了陳大為有意向民間說書人的敘事體借鏡,也同時藉一南洋歷史的敘事策略不同程度背離了主流的南洋歷史敘述模式。陳大為南洋詩的敘事文體和書寫策略,即在展現他那一套「說故事」的拿手本事。〈在南洋〉一詩即是一部帶有強烈自傳性色彩的長篇敘事詩,其中詩人「說故事」的方式,無論是自己的故事、聽來的故事、歷史教科書的故事,或甚至想像的故事,容納多重敘事和角度,整體形成了詩(歷史)文本的基本敘事策略與書寫脈絡。詩人在這裡有時如同一個歷史學家,首先是一個說故事者,運用「建構的想像力」(constructive imagination),在努力使一連串的「事實」與支離破碎、不完整的歷史材料中,製造出一個可信的故事的能力之中,也因此為歷史片斷提供了可行的解釋。[13]

　　〈南洋史詩〉系列是陳大為至今最為人(尤其是馬華詩界)所熟悉的作品,除了輯中的南洋詩頻頻得到臺灣大型的文學獎的肯定,也因為這些詩作予人總結一個大時代的歷史的力作之感。根據詩集中的詩人自言:「九五年十二月落成的〈會館〉,是第一個試寫的篇章;接二連三,我的南洋詩作頻頻得獎。四個獎座兌換成十個大氣壓,我耗盡所有的技藝,所有的氧,方完成〈我的南洋〉。時間是千禧年的十二月,這十首大汗淋漓的詩,發表在馬來西亞《南洋

---

[13] 見懷特(Hayden White):〈作為文學虛構的歷史文本〉,譯文收入張京媛編:《新歷史主義與文學批評》(北京:北京大學出版社,1993),頁 163。

商報‧南洋文藝》副刊。」[14]。詩人從開始構思到整體完成，前後長達約五年的時間，因此詩人特別強調：「我總算完成了那個屬於我的，最後的南洋。」[15]，南洋詩系列以外篇〈歷史的刀章〉、序曲〈在南洋〉與內篇〈我的南洋〉來層層遞進，內容橫跨南洋（馬華）幾個重要的歷史時刻，這些重要的歷史事件都可在書末的〈六百年的大事札記〉（頁 199－207）找到互相對應或彼此指涉的關係。然而全詩的敘事方式，卻與這些歷史札記或主流歷史記敘有著不同的敘事模式，形成一種很獨特的感性敘述與歷史視野的揉合。如是來看，陳大為的南洋／歷史書寫凸顯了兩大問題。首先是歷史／文類之關連，亦即歷史之虛構不確定面向即是文類之不定，於是陳大為的南洋史詩或歷史書寫成為一混雜多重的文類建構，形成一「文學雜種」（a literary hybrid），在其中揉合了歷史傳記（葉亞來、鄭和）、史料徵引（馬來亞六百年大事札記、半島殖民史）、虛構的寓言體（麒麟、鼠鹿）、個人的自我觀（〈還原〉、〈簡寫的陳大為〉、〈在臺北〉）、說書人的能言善道（〈我的南洋〉第 1－3 首）、孩童的視角（〈我的南洋〉第 4－8 首）等多重手法，質疑了任何視詩本身為自主自足的文類的批評企圖。再者是歷史／文本之關聯，亦即南洋史詩的文本與南洋華裔的歷史一樣是變動不居，當詩文本的敘述聲音由多個不同的角色來帶動時（詩中由敘述者「我」──一個童年的視野或聲音來帶動，穿插「我」的家族成員如曾祖父、祖父、父親、舅公、爺爺各種視角來更動轉換敘事聲音），大寫的南洋歷史也開始動搖崩解，而釋放出那些長久以來被壓抑的多重差異的聲音，改寫了我們

---

[14] 《盡是魅影的城國》，頁 121。
[15] 《盡是魅影的城國》，頁 121。

習以為常的南洋刻板印象，抗拒了任何企圖將南洋定位為一封閉單一的文化想像與歷史認同。因此歷史札記與文化想像的交融轉換平行於文學文類、歷史敘事與敘述聲音的轉換互動之間。乍看之下，詩人的歷史敘事與童年的敘述聲音似乎採取線性時間來開展與鋪陳六百年的南洋（馬來亞）歷史，細讀之下其實不然，詩人的敘述聲音因為其童年的視角與現代人的「我」的不斷強行介入，全詩語調頗有撫今追昔、借古喻今、古今對照的強烈色彩，而（歷史）時間的流動也形成一個古今交錯、回環往復的敘事模式，讀者在閱讀過程中因為時間之流的不斷（被詩人）干擾，而必須要調適閱讀歷史真相、歷史敘事與歷史記載的了解與落差，唯有對此現象有所警覺，才能看到詩人這個後設書寫策略的用心。而在時間交錯的敘事模式之餘，陳大為更注意到歷史「空間化」的策略作用，如同評論家王德威指出的，最令史家關心的是「空間化」的作用——將道德或政治卓著的事件或人物空間化以引為紀念[16]，陳大為的南洋詩同樣見出以空間化敘述取代時間流的用心，但此處詩人要紀念的，不是國家官方主流的道德話語，而是被國家政治主流話語排斥邊緣化的南洋華人的空間場景如會館、茶樓、華人公墓、同盟會，還有以空間意象為軸、隱沒其間的時間隱喻或痕跡如橡膠園林、錫礦場、公墓。

　　南洋史詩系列的敘事主幹在大歷史、傳記、官方主流話語間流動轉換，穿插其中的是詩人小我（童年）至現在的「我」的插足干擾敘事風格的一致性，又不時將時空從遙遠六百年拉到當代的九〇年代末，抹平了時間的差異，比如這些詩句的穿插：「把時代壓縮到

---

[16] 見王德威：《想像中國的方法：歷史・小說・敘事》（北京：三聯書店，1998），頁 303。

組詩可以承載的 byte 數」[17]、「我的滑鼠差點跟丟了爺爺」[18]，一來這個重疊交錯的寫法可以避開平鋪直敘式的線性時間觀念，二來這個古今交錯的敘事視角可以透露出詩人從自身現在的位置來如何理解歷史，如同新歷史主義學者懷特（Hayden White）對歷史寫作的看法：「一種以敘事散文形式來呈現的文字話語結構，意圖為過去種種事件及過程提供一個模式或意象。經由這些結構我們得以重現過往事物，以達到解釋他們的意義之目的。」[19]陳大為的南洋史詩書寫讓我們看到兩項功能：第一，它讓我們了解歷史書寫的認知，可能不是出於過去的事實存在，而是出於其敘事的形式所造成的意義。第二，歷史書寫不單是將經驗（包括閱讀經驗）組織成形，同時也是在「賦予形式」的過程中達成某種意識形態或政治策略的作用。詩人不忘提醒讀者：「史料消化了我整個夏季／在中壢　某個河濱／我開啟南洋書寫之大門安排角色／設計情節」[20]詩人有意藉詩的敘事策略和形式設計來交代歷史書寫的政治功能，在重大的六百年南洋歷史事件中多番引述史料傳記，幾乎每一節詩本身都有一個「史實」（可參照書末的六百年大事札記），但交錯其中的是敘述者童年與長大後對爺爺父親等家族成員的回憶和想像，以及一些小時候個人的經驗與記憶：「譬如該怎樣在史詩裡勾勒爺爺／怎樣省略其餘的親戚／繞著史籍我邊散步／邊推算他何時融入殖民地的風俗／學馬來語看皮影戲」[21]。這個敘事策略書寫的重要性如前所述，在

---

[17] 《盡是魅影的城國》，頁 158。
[18] 《盡是魅影的城國》，頁 180。
[19] 轉引自王德威《想像中國的方法：歷史‧小說‧敘事》，頁 299。原文見 Hayden White, *Metahistory*, Baltimore：The Johns Hopkins UP，1973（2）。
[20] 《盡是魅影的城國》，頁 174。
[21] 《盡是魅影的城國》，頁 174。

於見出詩人藉歷史時間流與空間座標來處理文本的歷史性的同時，也提醒讀者注意歷史的文本性的多重角度與複調交鳴。歷史事件的殘酷辛酸與個人記憶的溫馨感動並置並存，標示出一種時代的見證和社會民間的聲音的參照，令人感到歷史的「在場」，從來不曾遠離我們而去。個人記憶的小我瑣碎事件與歷史事件的磅礴厚重形成一鮮明的對照，或詩人藉歷史與文本的一場精彩對話。

詩人陳大為為個人的童年記憶注入一種瑣碎生活的民間氣息，與史詩中的歷史大人物（鄭和、葉亞來、陳齊賢）或以官方政治權力為中心的「大敘述」（master narrative）截然不同，這個由詩人以孩童視角來敘述其家族成員史的「小敘述」（petits recits）或「小歷史」，目的在於拆解官方版本或主流話語的「大歷史」（grand history）的權威性，重組瑣碎、軼聞式的敘述視角來建立一己的文學觀。[22]詩人試圖重現被政治權力話語和主流道德掛帥的宗法觀念所抹煞消音的歷史內涵，改寫那已被一再書寫得到強化的正史，透過個人化的敘述視野來解讀歷史的含義，通過詩句的敘述語調來展開歷史的辯證，讓歷史的血肉更加真實而充實，更加接近普羅大眾的生活經歷與感受。這種提供另一種角度的歷史書寫，最明顯表現在〈還原〉、〈在詩的前線行走〉、〈簡寫的陳大為〉等詩中，其中對「大歷史」的解構或反駁的態度，詩人的立場鮮明，不忘在詩裡行間告訴讀者，詩人對這份歷史意識的自覺和書寫動機。而陳大為的南洋史詩最具歷史敘事的解構顛覆與再建構作用的，則是詩末兩首〈簡寫的陳大為〉與〈在臺北〉中強烈的自我解構／重構傾向，〈簡寫的陳大為〉

---

[22] 關於「大敘述」與「小敘述」的對比分析，可參見廖炳惠：《關鍵詞 200：文學與批評研究的通用辭彙編》（臺北：麥田出版社，2003），頁 160。

一詩中的敘述者一心為自身的主體認同和文化身份建構立傳，敘述者在歷史認同與政治現實間取捨進退：「在怡保我讀著簡化的『中國文學』／走進書店書籍簡化成文具和字典／我的世界被字母圍剿／卻常常聽到：五千年的文化／『文化』僅有空洞的八劃／連儒家都簡化成演講者的口頭禪／這裡頭沒有誰讀過四書／……崇尚簡寫的華社需要一部／繁體的文化大辭典／精準的文字學」[23]，最後以虛實相交的手法回溯與叩問敘述者自己的寫作歷史，混雜敘事語言的解構和建構的半自傳性質：「我不願被姓名簡寫／尤其蠢課本和那條虛脫的龍／從辭海我結識一匹／無從簡寫的麒麟／跨越文言與白話／都市和城池／用先秦散文和後現代詩／來填飽我的聖獸／我保證／不會讓南洋久等」[24]。詩人這個半自傳的反思創作與詩人身份主體來結束詩行，並自我指涉的書寫過程，除了道盡詩人對個人歷史的思索和專注，我以為不妨將這個敘事策略看作詩人對大歷史的大膽叩問，以自我的成長歷史為主要內容，將個人經歷放入政治現實與歷史敘事的角色中，與之對照來試探歷史在自身之外存在的可能，其中充滿了顛覆解構的意味，即歷史在經過文學敘事（書寫）的加工轉化之後，還是「歷史」嗎？正如歷史在經過文學的轉化之後，這個詩人書寫的新歷史觀即延續又質疑「歷史」，又在一個新的目光角度下建構或重構歷史象徵，提出社會的、政治的大歷史以外，詩人個人的小歷史可以對大歷史產生什麼新面貌，來印證文學與生活的辯證多元關係，作家（詩人）的歷史敘事注定構成一種嶄新的歷史意識。〈在臺北〉一詩從自身現在的位置出發，提出一個作家可能

23　《盡是魅影的城國》，頁 192-193。
24　《盡是魅影的城國》，頁 193-194。

與（南洋）歷史發生的種種關係，其對歷史命題之探索，為寫實的家族史打開混雜想像與理想的一筆，作為南洋史詩整體的壓軸之作，詩中展示的「私語體」書寫方式彷彿在建構、在叩問南洋史料的歷史真實感，卻也在詩人一再想像和記憶的話語意象系統的對照下，消解了詩中的南洋歷史感。對歷史真實感的探問：「在赤道邊緣歷史大隱／隱於詩生活小隱於靈光一閃的椰子」[25]、「我苦苦追尋半島上輩子的履歷／它們在遺忘的角落等我」[26]，對歷史材料的消解和重寫：「噸重的敘述在史實裡輕輕翻身／斗膽刪去眾人對英雄的迷信」[27]、「弔詭的條碼／列印在臺北的第十二個盛夏／我一次啟動了十首／南洋的史詩外加兩頭鹿部的獸／像暴雨／泛濫所有馬華故事的上游」[28]。所有這些歷史材料片斷、文化記憶想像與詩人內在的感情交織成為一部心靈的歷史，以文學語言和書寫意識思考歷史，提出歷史「可能的」面貌和限度，「成就了他個人獨特的詩風與特殊的感性史觀」[29]。

---

[25]　《盡是魅影的城國》，頁 196。
[26]　《盡是魅影的城國》，頁 196。
[27]　《盡是魅影的城國》，頁 197。
[28]　《盡是魅影的城國》，頁 198。
[29]　見辛金順：〈歷史曠野上的星光──論陳大為的詩〉，陳大為、鍾怡雯、胡金倫編：《赤道回聲：馬華文學讀本 II》（臺北：萬卷樓出版社，2004），頁 538。

第二節　南洋史詩的歷史主體性：
政治現實的再定位或缺席的觀者？

　　馬華新世代詩人兼評論家許維賢曾經以書寫本身的焦慮現象來心理分析論斷詩人陳大為的恐懼源頭，運用拉康（Jacques Lacan）的「鏡子理論」來批判陳大為南洋詩中的歷史主體的缺席。這個論點自有其理論上的依據，許維賢質問：陳大為不斷通過後設的「反敘述」來抵抗那種恐懼，詩人恐懼什麼？焦慮的源頭在哪裡？[30]但我們不妨換一個角度來看，這個焦慮本身的語言展現毋寧是詩人書寫策略和語言操作的一部分，敘述語言與心理機制的互動糾葛不也可作如是觀？許維賢要批判的是，陳大為的南洋書寫事實上並沒有觸及南洋這個歷史主體，詩人只是在觀賞電視螢幕上的歷史紀錄片，手上操作著遙控器，歷史（紀錄片）可隨自己後設的操作選擇性的調速和刪略，詩人在歷史的面前變成純粹的一個觀者，昭示著詩人本來就在這段歷史裡面缺席。[31]陳大為的南洋書寫造成主體在想像中的異化情況，也就是沒有觸及南洋歷史的核心，很多歷史事件也以「來不及」或「忘了」或「不在場」來處理[32]，刻意（或因為認知上的不足、沒有深刻的感情之類的泛想像）回避某些歷史政治現實（如513政治事件），因此形成詩文本中處處瀰漫一股焦慮，

---

[30] 許維賢：〈在尋覓中的失蹤的（馬來西亞）人──「南洋圖像」與留臺作家的主體建構〉，吳耀宗編：《當代文學與人文生態》（臺北：萬卷樓出版社，2003），頁267。

[31] 《當代文學與人文生態》，頁271。

[32] 《當代文學與人文生態》，頁270。

對「南洋」後繼無力的歷史感的書寫焦慮[33]。因為自知這方面的不足，而採取一種先發制人後設的反身提問，如同許維賢指出的：「詩中的敘述者極不願意承認他是在後設讀者的質問，不願承認反過來的解讀其實卻是：作者承認了本身書寫的焦慮。」[34]我這裡主要是以書寫主題與書寫主體間的文本設計或敘述策略來詮釋陳大為的南洋詩的焦慮現象，也算是在許維賢的心理分析外的另一個讀法。我可能比許維賢看得較遠一點，即所有的認同（文化、身份、歷史、主體）基本上來說都是誤識（misrecognition），並不存在一個本質不變的「歷史主體」。

　　晚近的文化理論認為，主體認同與社會現有的物質、歷史及文化條件產生關係，而且文化身份的問題一直都在變動或流動，以單一的方式來討論此議題，可能無法掌握正在形成或逐漸消失的其他面向的文化認同，因此我們應該採取一個比較富有彈性的觀點，來討論華人在上個世紀大量移民到南洋（馬來亞）之後，在時間、空間的轉換與流變中，因不同的環境、當地的生存條件及國家社會物質的變遷，而在華人族群之中所形成的各種差距。更甚的是隨著馬來西亞國家的獨立，政治現實的丕變，形成新舊華人族群在教育、經濟、社會、文化經驗和資源方面的差距，新一代馬來西亞華人精英的移民或滯留國外的離散現象，這些種種無疑都產生了主體認同的新面貌，如果我們還在以馬來西亞華人的單一本質標籤來籠統描述他們全體，可說是相當有問題的。所以當我們在討論到馬華作家

---

[33] 《當代文學與人文生態》，頁 273。
[34] 《當代文學與人文生態》，頁 266-267。

的主體（文化）認同時，必須考慮的一點是現實的情況，除了認知到文化認同一直不斷在改變，作家個人的發展和他所身處的現實困境，也無法被抽象的理念所界定。作家的歷史意識則是在具體的時間、空間上，與不同階段的發展，所構成的聯繫和斷裂的表現。以這個方式來看，我們知道詩人陳大為所要探討的南洋華族歷史和處境，是依不同時期，而有不同的面向需要探討，因此如前所述，我們實不宜以一套固定不變的「馬來西亞華人」的歷史主體認同，來描述此一因歷史時空的種種變相因素而扭曲轉換的形式。對不同層面的創作者，以及不同層次的讀者，會產生不同的影響或意義，這些物質、文化與社會的差異、不平均的結構性存在，在詩人與不同讀者交互激盪的對話空間裡，產生了多重的歷史現實和多元面貌。

　　在回答「誰的南洋？誰的歷史？」這樣一個帶有強烈身份認同的問題之前，霍爾（Stuart Hall）的〈多重小我〉（Minimal Selves）一文中的提問「我是誰？」可以提供我們一些啟示和思考主體性：「我是誰──『真正的』我──乃是在與多種異己的敘述（other narratives）之關係中形成的……屬性原本就是一種發明（invention），屬性是在『不可說』的主體性故事與歷史敘述、文化敘述的不穩定之會合點形成的。」[35]這個歷史和文化敘述的不穩定性與強調文化認同的想像、虛構（建構）、武斷（arbitrary）有很大的關聯：「『屬性』既屬於過去，也屬於未來。文化屬性不是已經存在的東西，並非可超越空間、時間、歷史、文化。文化屬性來自某處，具有歷史。但就像每一個歷史事物一樣，會不斷變形。它們絕非永恒固定於某些本質

---

[35] Stuart Hall, "Minimal Selves." *Identity : The Real Me*. ICA Documents 6. London：Institute of Contemporary Arts，1987. 44-46.

化的過去（essentialised past），而是受制於歷史、文化、權力的持續
『遊戲』。屬性絕非只立基於『重新發現』過去——過去只是在那裡
等著被發現，而一旦被發現，將會使我們的自我感穩固成永恒——
我們被過去的敘事以不同的方式定位（positioned），也以不同的方
式將自己定位於過去的敘事，而屬性就是我們賦予這些不同方式的
名稱。」[36]可見歷史與文化認同極為複雜，除了陳大為詩文中不同
文類的詩、散文、訪談、論述文本之外，更重要的還涉及「南洋史
詩」中的此一文類文本內部中的同與異、中國文化與在地（混雜）
文化的關係、族群與國家官方強勢話語的關係、弱勢族群與其他更
弱勢的族群的對話關係。換言之，這個問題可以從多個不同的角度
和脈絡來討論，我在上文企圖利用「對抗記憶」的弱勢論述與「新
歷史觀」的文本／歷史建構來暫時想像、建構、定位陳大為的「南
洋詩」中的敘事策略和主體認同，而許維賢則藉一心理分析角度來
解構陳大為詩中南洋歷史的主體性。此建（解）構性的一正一反正
好說明文化認同與主體身份的流變性、想像性、建構性與非本質性。
也就是說，任何文化認同與主體定位都可能只是從特定脈絡語境及
時空情境中去建立與詮釋，論述者採取特定的論述立場，會得出相
同或不相同的意見也是可以理解的，這些可能引起的對話反應不妨
看作是一個不斷建構／解構／重構的過程的一部分。如同另一位學
者李有成所言：「我們不妨把屬性視為一個過程，只不過這個過程顯
然無法擺脫情境（situation）的限制。質言之，任何屬性的討論必然
受制於情境（situated）或時地（placed）——至少你必須從某處開

---

[36] Stuart Hall, "Cultural Identity and Cinematic Representation." *Framework 36*
（1989）: 70.

始。」[37]因此在討論陳大為的「南洋詩」時，很重要的一環就是書寫（文本性）與歷史／文學的關係，前者是詩人如何把聽來的或讀來的南洋／歷史／故事轉而以專業的詩語言來表現出來，後者以敘事策略與對抗記憶的方式把那些長久以來在官方版本的話語中被消音、被邊緣化的族群，藉一書寫行動來試圖回復／再現（restoration／representation）歷史文化記憶的可貴和苦心。

在這方面來說，不只讀者有不同的文化現實經驗，就連詩人本身也有不同的物質、文化與歷史基礎來醞釀想像空間，以及發展寫作風格。值得注意的是，從華人的歷史文化與政治現實的經驗中，以及變動不定的社會現實之中，來處理身份認同與歷史主體的流動性，一方面可以兼顧到長久以來受到壓迫的現實經驗，另一方面又可顧及族群歷史文化記憶中的種種內在壓抑，被迫沉默的生活方式，不均衡發展之下的文化刻板印象。因此詩人和讀者有必要就多重的文化經驗與歷史面貌來作顛覆性的文本性解構／讀，而不至於將詩人後設書寫的敘事策略看成是一種歷史主體的缺席或烏托邦式政治定位，於詩人或讀者來說都是一個相當重要及富有挑戰的閱讀策略。[38]

---

[37] 李有成：〈漂泊離散的美學：論《密西西比的馬薩拉》〉，《中外文學》，二十一卷七期（1992.12），頁76。

[38] 關於作家與讀者對歷史文本／主體性的不同意見，或許可以廖炳惠評論葛林布雷（Stephen Greenblatt）的新歷史主義的論點作為一項參考：「回應乃是讀者、觀賞者從作品之中得出、感應到其中蘊含的力量，進而與之呼應，喚起本身之中的複雜而活潑有效的文化力量，看待作品與整個世界的對應關係，能透過這種內心的回響去體會作品的歷史性及歷史的文本性，理解作品於種種衝突的社會力量之中創造出路的緊湊網路，與作品產生文化交涉及互通聲氣。換句話說，是自作品原先產生的歷史環境之中獲致啟示，進而感應到該歷史環境與現代讀者的文化處境之間的關聯。首先是了解作品的歷史條件以

結語

　　以南洋（馬來亞）歷史的大時代動盪經緯為書寫的背景，以南洋（馬來亞）移民史中的離散華裔族群為關懷的中心，詩人藉一個孩童的記憶和視角為全詩中的觀點人物，施施然切入大時代歷史洪流中的官方版本主導論述與大馬華社主流話語，陳大為的南洋史詩擺明了正是要凸顯歷史大敘述中的個人小我的民間記憶，以及非官方版本的歷史觀照。全詩的敘述語調依違於歷史／建構／解構／虛構／重構多重交疊之間，這個依靠歷史／傳記／說故事／記憶的敘事策略，已經有效的拆解「威權體制或政治運作下編纂的歷史」，除此之外更在以個人家族的民間記憶與生命歷程為主體的敘述欲望中，呈現了極其微妙的小人物與大歷史的對話關係。

及作品經歷過的歷史轉化，然後是對作品的歷久彌新、開放結構有所契入，感覺『雖古猶今』，其次是對作品與自己的關係、作品與過去的讀者、欣賞者、收藏者之間的關係與意義有所反省。」廖文見：〈新歷史主義與後殖民論述〉，《回顧現代：後現代與後殖民論文集》（臺北：麥田出版社，1994），頁39。

第八章　後現代的錯體書寫，
後殖民主體的身份建構

——翁弦尉詩集《不明生物》

第一節　後現代的錯體書寫

　　我曾經在探討上個世紀九〇年代馬華詩中的後現代語言轉向的一篇論文裡提到，要談馬華後現代詩的問題時，必須意識或警覺到馬來西亞國家社會的後殖民語境，如果只是一味套用西方學者對文學與美學的後現代理論與文本特性來看待這些同樣具有某些相同特徵（如戲仿、解構、後設、拼貼等相關文體特徵）的馬華詩歌，可能意義不大，一方面這樣的讀法會造成評論家對馬華詩歌產生「不過爾爾」的印象，因為馬華詩人無論如何寫得再好，也只是對西方（或臺灣）後現代詩（文學）的仿習、複製、拾人牙慧，另一方面以西方高度發展的後現代傳統（也因此近期文化批評有所謂的後後現代時期理論的浮現！）來衡量馬來西亞社會邁入全球資本主義體系後的後現代現象，忽略掉對馬華社會影響深遠的後殖民政治語境與本土傳統文化的消長互動的複雜關係，往往會達致一個結論：馬華後現代詩（文學）處處充滿了缺陷，不具備西方源流精神的後現代本質特色，因此所謂的馬華後現代詩必得存疑。的確，通過對一

種西方原典強制性不疑的本質主義的文本秩序與批評眼光，我們必然在當代馬華詩歌的後現代性裡閱（誤）讀到更多的差異與不穩定性，這類差異的審美體驗因此也必然導致了一種含混（ambivalence），後現代與後殖民時期的含混態度。

　　進一步來說，九〇年代馬華詩歌的後現代語言轉向，尤其是一群六字輩七字輩的年輕詩人，其中一些比較閃亮的名字是呂育陶（1969-）、林健文（1973-）、翁弦尉（1972-）、趙少杰（1976-）、劉富良（1979-），他們有意透過後現代性來強化詩歌寫作的時代（生活）意義和與個人意識的高度自覺，它可以被看作是對前輩詩人的粗糙寫實主義和中年一代詩人的批判現實主義的反動或唾棄，一次穩重的、全面的、專注於文本性的叛逆和清算。正是在這種後現代性之中，閃耀著對馬華現代詩自身局限的超越的曙光。這種超越或叛逆，既有詩歌觀念上的差異，又有美學信仰精神上的砥觸，這是寫實主義和現代主義兩派陣營人馬所難以容忍的，前者的意識深處充滿了「文以載道」、「文學為社會現實服務」、「文學應該反映勞苦大眾的心聲」，後者念茲在茲的則是馬華現代主義（詩）還遠未被充分地涉獵開拓的未竟之（大）業。首先，現代詩基本上是用語言與存在的事物（包括肉體和心靈上的）搏鬥，如同寫實主義一樣，它仍然是在一種語言的確定性規律中運作的產物，分別只在於寫實主義是在摹擬表像的規約，現代主義是在摹擬心靈的規約，但是如同後結構理論指出的，心靈或表象很可能只是一種人類觀物意識的痕跡，或假象，或互為表裡的一體兩面。兩者都缺乏對語言世界／視界的含混的警覺，因此語言的文化語境和文本脈絡所可能遭受的語義污染或變貌從未被懷疑過。其二，對後現代語言技巧的借助，很

快便在年輕詩人群中衍生出新的詩歌意識，新世紀的馬華詩歌應該在一場語言實驗中，重新探討和塑造語言與時代的審美感知和品味，體認到現代詩作為一個文本場域與寫作情境的局限與可能性，這種後現代的書寫是基於一個獨特的時代（歷史）意識，及對舊有的範式決裂或對決。詩歌在當代已經成為一個文本（context），不再被當作為它自身的目的而存在，不再被看作一個獨立純淨的文類，詩的文本性開始脫離被文學讀者或評論家所建構的一個穩定的符號世界，它進入了語言所處身的文化語境與社會意識，它進入了寫作所觸及的任何地方生成，它甚至進入寫作自身的（無）意識領域，它是寫作（及場域）本身，不再以成為詩歌為最終或唯一的目的。這種後現代對語言意識（或更確切的說法是寫作的姿態）的警覺，儘管（也無可避免地）個別詩人對寫作的態度存在著極大的差異，對文本（語境）的思考也時時溢出文本之外，充滿了自我修正與自我解構的預設／顛覆。

　　正是立論在這個新的起點上，使我可以抱著比較樂觀的態度來談馬華年輕詩人詩文本中的後現代性。西方後現代文本引為基礎的敘述策略，如上面提到的後設、解構、拼貼、戲仿、虛擬等語言技巧，翁弦尉的詩集《不明生物》裡頭有的是，詩人運用起來絕不含糊，幾乎每一首詩中都有這些後現代技巧或特色，讀者大可自行翻讀，不必我在這裡逐句逐行解說印證。這裡我想談談翁弦尉的詩集《不明生物》中的幾個後現代性的問題，至於對後現代詩的文本特性與語言修辭技巧的剖析論述並不是本章的重點。典型的現代主義詩通常是透過批判主體的聲音敘述一個必須遭到否定或詰難的現實世界，而後現代詩通過字面上的反諷、遊戲、擬仿等修辭手法，更

多的是表達對主體的自我的參與批判，批判主體對自我的高度自覺批判甚至造成自我解構，敍述的聲音往往不似現代主義那般嚴肅深沉，而是更多帶著嬉戲意味。主體性指的是個人意識和潛意識的思想和感情，對自身的感知及藉此瞭解與世界的關係的方式，後結構理論大師傅柯（Michel Foucault）說後現代時期的主體性是不穩定的、矛盾的、一直在過程中的，在跨文化、跨語際的環境中，主體並沒有固定的外在依據作為價值判斷與行為準則，因而主體意識恆常處於流動性（fluidity）的狀態。

　　翁弦尉的〈錯體書〉一詩最能見出這個後現代主體性的批判主體的自我批判，以及主體意識的自我解構傾向。詩句中對語言與敍述（話語）的高度自覺令整首詩充滿了反諷戲仿的意味，詩人有意建構（或解構）敍述主體的行動在後現代的修辭策略下淪為一場鬧劇（帶有嘉年華會的味道）的演出，尤其明顯的是衝著異性戀者而來的戲仿演出（概念可能得自 Judith Butler 的 gender performativity 理論），在不斷複製不斷調侃的戲碼中反諷的表達出異性戀並非本質的問題，越是大量強調異性戀者的自然性別認同與傳統傳宗接代的先天結構，越見出性別本質論的盲點與異性戀性別傾向的認同危機，敍述語言的反詩傾向與形式設計的自我崩解貫穿全詩，書寫主體在不斷建構認同當中馬上又面臨自我消解的可能，如是詩人的書寫行為正好回應了後結構主義對身份屬性的流動性和不穩定性的觀點。〈是為序──被懲罰者的禱詞〉似詩非詩，倒像詩人的筆記或隨筆，混淆了詩文類形式的傳統界定，結論過後又來一首〈再序──被懲罰者的供詞〉，有意推翻線性時間空間的傳統概念，〈再序──被懲罰者的供詞〉中的一些引號裡的對話，也是脫離邏輯觀念的，

前頭不對馬嘴的，顧左右而言他的，甚至可說是無厘頭的，類似的語言態度也在其他的〈錯遇〉、〈遇見一名異性戀者〉中頻頻出現，〈後記〉首兩句：「關於遺忘／我們又不斷選擇後記」製造反諷遊離的語言效果，然後意猶未盡之餘，又來一首〈青蛙之死——被懲罰者的悼詞〉，在全詩的不確定性身份與主體認同的危機之後，提出另一個主體認同的可能，雖然這個主體認同的身份屬性長久以來是被邊緣化的，在現實體制的重重壓制禁忌下充滿了很多困境和問題。詩人採取這樣一個後現代解構主體的書寫行動，既批判主體也自我批判，既暴露出異性戀本質主義的盲點，也時時提醒自我不會再度陷入現代主義二分法（此性非一，This Sex Which Is Not One，Luce Irigaray）的迷障。詩人與 K 的關係和對話頗多耐人尋味之處，那些反話反諷地暴露出性別盲點和異性戀唯我獨尊的虛妄，詩句中的青蛙、蝌蚪、錯體等物象有後現代酷兒的挑釁意味，重複異性戀者堅持說「我要繁殖」的盲目無知令人不禁捧腹大笑，至於一些描寫童年木馬捉迷藏的段落很明顯的概念得自臺灣詩人夏宇的啟發。這個童年木馬的情境常常出現在馬華詩人呂育陶、林健文、辛金順的詩筆下，並非偶然，足見馬華詩人師承有自的說法有其根據。

　　〈錯體書〉一詩拒絕提供任何定義和邏輯的語言運作，詩中的敘述主體不斷遭受非邏輯化，不斷的自我錯位，因此「錯體」一詞不只是語言文體的錯亂、非邏輯化的語言操作，更揭示了錯位的性別（性傾向）身體／主體對主流體制的無法理性化的觀照，一種表達邏輯的自我衝突或自我解構。在這裡邊緣主體的語言錯亂失序，進一步來看更像是揚棄和解構德希達（Jacques Derrida）稱為「邏各斯」（logos）的歷史理性基礎，一種持久堅固絕對客觀的科學話語，

一種線性的時間觀念，一種邏輯理性的二分法思維模式。這種不斷質疑不斷消解的過程本身就是充滿著不確定因素的，類似的操作手法在〈如何操作一首情詩〉、〈送你一束噴泉〉、〈漫遊者一號〉等詩不斷浮現，雖然這些詩比起〈錯體書〉較少企圖心。〈如何操作一首情詩〉以反向操作的修辭策略，不斷質疑愛情和慾望（情慾）主體的穩定本質，整首詩在反諷和醜化（相對於世俗對愛情的偉大歌頌）的語言姿態中，掏空了傳統愛情觀念的浪漫遐思，處處只剩下愛情的不可靠和抒情主體的瓦解。寫情人節的〈送你一束噴泉〉對愛情盟誓的質疑和瓦解比起〈如何操作一首情詩〉更見力道：「這是情人節／朵朵噴泉／開了滿地／我們互贈誓言然後相互離去」[1]。在我看來，詩中處處反諷調侃的口氣實則質疑愛情浪漫的本質說法，互相許諾互贈盟誓的偉大情操只徒然落得不再眷顧的滑稽行動，我把這個情人節許諾定情送禮物的指定動作看成是傳統現代性宣稱總體化標準化的一個強迫性的旅程，這種情人私自個體的生活行動被現代性價值觀無限上綱，成為現代社會裡被馴化（domesticated）的集體生活形態。「掌聲雷動／我被圍觀」[2]，掌聲正是我所謂的現代性集體生活的價值觀，敘述者在這個現代性排山倒海無限上綱的轟炸中，只能淪為馴服的被動客體。「圍觀的小孩站出來指證這是／淚／下一刻就是泡沫」[3]，敘述者在現代性話語的集體建構下，喪失掉其自我主體屬性，不知所措的面對如何解構突圍的局面，這一切卻要由一個小孩的後現代身份來指出，點破現代性總體性的神話泡沫。

---

[1]　翁弦尉：《不明生物》（新加坡：八方文化出版，2004），頁 94。
[2]　《不明生物》，頁 94。
[3]　《不明生物》，頁 94。

利用小孩來揭破這個歷史神話的部份面貌絕非偶然，因為小孩的童年心境還沒有完全融入成人理性邏輯的現代性神話中，使到小孩有更多機會成為後現代時期的代言者。「泡沫」的隱喻很傳神的指認後現代對現代理性建構的虛幻和消解。

　　翁弦尉詩的特色在於，他把對意義的消解同審美感受結合起來，發展成為一種相對完整的詩歌感受力量。換句話說，他把一種遊移不定的、不確定意義的詩歌文本，寫成一種它與意義之間的嚴肅的語言遊戲，同時不直接提供意義，只是含混的、介於主觀與客觀之間的文本場域和書寫行為。更加正確的說法是，當我們說後現代詩已經拒絕意義的穩定和單一性質，我們也應該自知它絕不是拒絕意義或完全沒有意義這一觀念的擁護。所謂無意義、零度寫作、無深度這些詩歌觀念是後現代書寫的政治性策略，當然詩人或讀者不可能天真幼稚到自以為這些詞彙會帶來盲目的衝動後果。翁弦尉詩中的含混、語言遊戲、話語鬧劇、消費性質仍然有著深刻的審美結構和思想意識作為支撐點，比如〈動地吟，在太平洋大廈〉一詩，在大量商品消費和商業表演中，詩人更加迫切渴望加強詩歌同我們這個時代的生存境況的聯繫，這種聯繫在詩文本的鬧劇語境裡顯示出表演性、體驗性和實驗性，不同於寫實主義強調複製生活經驗的語言，後現代詩更多地源於一種文學經驗與現實經驗的摩擦和互動，對書寫主體與觀察對象更敏感、更尖銳、更自在、更切近的聯繫。這個聯繫既是主體存在的表演性質，也是生活經驗的敞開感受，因此馬華後現代文本在這樣的基礎認知下，不免也是混雜後殖民的本土文化語境。我認為這是馬華後現代詩對馬華文學最有價值的貢獻，因為這個後現代文體面對在地性語境的修正或撥用，使到馬華

後現代詩有別於其他西方源流的後現代文本的範式，更重要的是它把馬華詩歌的審美感知重新加以審視，讓我們看到詩人對生存空間與書寫主體的高度自覺，也因此而反駁了跟隨西方或港臺詩的毫無原創性的指責言論。

　　後工業社會的跨國資本主義與消費文化，無疑是後現代文化語境最直接最顯明的成果和標誌，商品消費的滲透力無孔不入，對現代人的生活習性產生全面而持久的影響力量，西方論者甚至把後現代都市的結構統稱為「消費都市」，後現代主體的消費性格也被社會脈絡化，影響和改變了個人的傳統文化屬性，直接對主體的身份認同帶來危機。這是比較消極的看法，但以積極的角度來看後現代詩，通過解讀後現代社會的的種種現象或異象，卻不無弔詭地得以質疑和顛覆了現代性所許諾的邏輯合理性和幸福生活形態的虛假謊言，並從解構中解放了個人在現實體制中的種種壓抑和自我的局限。後現代社會的種種異象或亂象在〈動地吟，在太平洋大廈〉、〈大廈〉、〈星期四的午餐過後〉等詩中都有觸及，這個都市在消費文化和後資本主義的全面衝擊之下，早已經不同於現代性所期望許諾的理性秩序和按部就班機制，都市人的物化和商品化是兩個最常出現的現象，無論是情人節或是母親節，都和商品拜物脫不了關係，親情溫情只是一種商品消費的手段或目的，人的心靈異化在〈大廈〉裡成為整個城市人的夢魘，〈星期四的午餐過後〉一詩中的敘述者所有的行動和意識都染上了商品消費的毒癮，成為資本社會異化物化的隱喻，在〈動地吟，在太平洋大廈〉裡商品消費排山倒海無處不在，對比堅持文學藝術的吟唱詩人的微弱呼聲，顯得那麼不合時宜困難重重，但同時書寫主體卻也在暗示文學藝術在後現代消費社會中的

轉機：抗拒與協商，而這正是後殖民主體意識到（後）現代生活在
西化／跨國資本化的文化情境中最核心的部份，即主體在面臨文化
身份認同危機時，一方面採取抗拒的姿態來與之周旋，使到自我不
至於全面異化，另一方面又不得不揚棄一部份自我來與新的文化身
份認同協商，或參與它可以被接受攻錯，對自我帶來提昇改善的部
份。這種含混模棱的態度和立場，巴巴（Homi Bahbha）的「雜種」
（hybridity）和「殖民學舌」（colonial mimicry）理論觀念有所探討，
兩者都指向後現代或後殖民時期一種含混曖昧的文化身份，瞭解它
使我們可以窺探後殖民主體心理的意識層次。

　　這種後現代社會物化異化的生活模式，在〈星期四的午餐過後〉
中敘述者諧擬甜蜜喜悅的口氣來表現，卻因為詩句的反諷語調貫穿
全文，使投射的感情變得不真實，甚至空洞造作。然而在〈動地吟，
在太平洋大廈〉中卻在敘述者一再重複消費社會的軟性娛樂雜碎意
義聲中，最後因為詩人附記的出現而成為了唯一可產生感受的期
待。個人心靈物化異化發展的極致，在〈屬於 C & Pascal 愛的方程
式〉一詩裡，詩人直接以電腦指令程序概括了後現代社會生活的工
具理性對感性話語的統攝。在這樣的電腦語言的操作法則下，整首
詩的語言、情感變得空洞瑣碎，語言文字的支離破碎與電腦指令的
形式設計成為兩者無從指涉的意義對象物，在後現代的語言交流
中，敘述語言是去穩定性和碎片化的，這個電子的交流方式促成了
語言的徹底重構，這種重構把主體建構在理性自律的模式之外。在
這裡人們所熟知的現代性理性自律體制，被後現代的電子消費文化
轉換成一個多重、播散和去中心的主體，並在不斷嬉戲質疑的語言
運作下成為一個不穩定的身份。在電腦語言程序的操作下，符徵與

符旨背離，這個現象屬於一種仿像（simulacrum），成為布希亞（Jean Braudrillard）眼中的後現代文化的新秩序──超現實（hyper-reality），一個沒有本質、沒有原件、沒有固定意義、沒有客體指涉物的虛擬現實。這個新的文化秩序和現實複製是依靠電子語言所建構出來的現實組成，它比其所指認的現實事物還要真實，深刻表達出後現代主體的幽微心理複雜層面。

　　透過後現代的電子文化和商品消費機制，翁弦尉讓我們看到現代性話語的理性自律只是一個手段，其最終的目的乃是為了對現代人生活的集體馴化和控制，因此後現代詩的語言暴露出其危險性，以及潛藏的挑戰性。另外一個現代性極欲掌控的生活秩序是兒童的成長模式，兒童在現代性的話語傳統裡，必須被成人的世界成規所馴服和教誨，顯然小孩的成長模式被現代性話語結構抽象化為一個基本的公式，兒童的主體性恆常缺席，由現代性的元歷史提供大敘述來填滿意義。翁弦尉的〈非兒童詩〉挪用了傳統經典的白雪公主、灰姑娘、小木偶、睡美人童話故事的橋段，揭示了這些童話（神話）的可笑虛幻的一面，從一開始，詩語言的修辭策略就嘲笑諷刺成人世界成規的虛偽腐敗，兒童的思想意識和主體性被成人任意填充，喪失掉其身份主體性。詩中藉敘述者的兒童身份不斷思考兒童的主體意識，逃離成人為他們設定的成規和儀式：「我決意吐掉奶嘴／叼上一根煙拐帶賣火柴的女孩／跑去 SOGO 購物中心遊蕩」[4]，這裡最具反諷意義的是小孩拒絕成人提供理性自律的成規，一次自絕於成人團體的現代性模式，一個尋找自我主體的行動象徵，詩的結束為

---

[4]　《不明生物》，頁 16。

童話（童真）的歷史神話劃上了一道休止符，瓦解了現代性體制的價值意義。

　　值得注意的是，〈非兒童詩〉是在諧擬（parody）夏宇和陳強華的詩句，但是不能被看作是簡單的模仿或複製，因為翁弦尉在這些詩行裡毋寧有著高度的語言自覺，利用行內人的手法把其他詩人的詩轉化成自己的聲音。這個書寫的策略手法在批評術語中稱為互文（intertext），意思是文本作者利用交互指涉的方式，將前人的文本加以模仿、諷刺、降格和改寫，在文本交相引用中提出新的文本、書寫策略與世界觀。後現代詩中的「引用的詩學」（poetics of quotation，Michael Riffaterre）提倡故意採用片段零碎的方式對其他文本加以修正、扭曲和再現，是《不明生物》裡頭大部份詩的中心旨趣。

第二節　後殖民主體的身份建構

　　後現代的文本政治修辭策略在〈不在南洋〉、〈如何變成三保公〉、〈拿督公〉、〈在尋覓中的失蹤的馬來西亞人〉等詩中一再被詩人搬演，極端頻密的程度竟至詩語言淪為氣極敗壞、歇斯底里的地步。這幾首詩顯然是衝著馬華旅臺作家的南洋書寫而來，〈不在南洋〉一詩的文本政治策略，基本上是在解構旅臺作家的南洋想像，包括陳大為的南洋家族史、黃錦樹的馬共雨林史、張貴興的砂拉越群象猴杯，因為這些在臺北依靠南洋敘事而建立文學事業的旅臺作家／學者，在翁弦尉筆下的敘述者看來，他們的南洋敘事似乎是那麼的

不符合實況，必須加以顛覆解構其敘事模式，暴露出其失真造作的一面，因此這些詩句中出現了大量的互文性是其手段也是目的。關於這一點，我願在此提出另一個看法，旅臺作家無論在地理位置或文化脈絡上的特殊意義，可以允許他們提出一個特殊的發言位置與敘述模式，此舉可以豐富馬華文學的多元面貌和聲音，積極來看也對推廣馬華文學的南洋書寫有所助益，對於南洋書寫不必然看作是鐵板一塊，堅持其真實性和道地性（我對這些本質主義的觀點有所存疑），甚至旅臺作者的南洋書寫也是人人不盡相同，可以仔細比較陳大為以個人家族史為對抗官方版本敘事（教科書）的詩和散文，與張貴興把南洋高度美學化的敘事語言及黃錦樹後設歷史敘事出虛入實的南洋小說，可說是這些作家努力思考（或想像）南洋的具體實踐。我想雙方無論是在或不在南洋，對馬華文學和南洋書寫都必須意識到對方各自差異的地理位置和文化脈絡，才能夠產生眾聲喧嘩的對話。[5]誠然文化隔閡可以產生吸引力，對話的姿態可以採用互文、諧擬、反諷、拼貼或重寫，如翁弦尉大量採取的書寫策略即為一例。我不想從詩學知識的角度去挑剔翁弦尉這些帶有明顯反叛意識或造反口號性質的詩，正如我們在這些詩作裡所見到的，這種造反的詩或詩的反叛在語言藝術上往往迸發出一股衝擊力量，有助於推動詩語言的自我更新。然而，一旦深入到寫作的深層意識中，我們就有必要對這個（文本）政治策略進行徹底的反省，因為在陳大為的南洋書寫（家族史、野史、小敘事、民間記憶）那裡，我們看到一種挑戰／對抗官方歷史版本的書寫策略，而在翁弦尉的〈不在

5　亦可參見張光達：〈馬華旅臺文學的意義〉，《南洋商報・南洋文藝》（2002.11.02）。

南洋〉的互文性顛覆意識中，我們看到的是另一種個人化的處理，即有意識的表態造反有理、對抗另一個對抗／邊緣／中心（誰的邊緣？誰的中心？對抗什麼？為何對抗？）。提出這一連串的問題，主要是想指出在採用解構／顛覆／對抗／造反的書寫策略和文本政治中，必須警覺到避免再度陷入中心／邊緣、本土／海外、真實／想像、道地／造假這個本質主義二分法的盲點和迷思，一個可行的方法是詩人書寫的心態宜謹慎，思想觀念上應開放接受差異性及話語的複雜性。

在這方面，翁弦尉寫得最好的反而是「白皮書」一輯中那些以歷史文化反思與文本政治策略雙管齊下的詩，詩語言的後現代性並不彰顯，比如〈白皮書〉、〈紀念日（修訂版）〉、〈午夜星光照在第 2000 臺望遠鏡上〉、〈騎劫 2020 快鐵離去〉、〈夜遊者〉等詩，〈白皮書〉有著西西《我城》或〈浮城誌異〉的影子，後數首詩可歸類為廣義的政治詩，但是採用政治詩的標籤來解讀這些詩，恐怕不能凸顯語言文本中的政治性的複雜場域（文本政治），只徒然淪為政治文本的再現（局限）。我想對於文學次文類的歸類在論述上雖有其必要的權宜性，但論述者必須警覺到它可能窄化文本的視域。〈紀念日（修訂版）〉一詩出奇的討好，作為歷史背景的六四天安門事件同敘述主體產生一種無法彌合的錯位，對詩人來說，沿著歷史前進的道路只能看作世界倒退的過程，這種「前進／倒退」的錯位交織當然也是後現代性的闡釋，是對歷史前進的線性時間進步觀念的現代性的消解，是對後現代歷史境遇的自我揭示，置身其中的歷史主體的生活邏輯充滿了反諷，進而得以審視自我的尷尬處境，這一切表現在詩裡行間的修辭衝突中，則充滿了荒謬的色彩。這個對歷史身份主體

的反思處處充滿了荒謬和困境，從作為敘述對象的中國六四事件到敘述者 M 的不明生物身份，處處見到創傷痛苦的文化記憶與拼湊支解的主體屬性。

文本語境的政治性和後現代性（或後殖民性）是〈M〉、〈不明生物〉和〈在尋覓中的失蹤的馬來西亞人〉這幾首詩普遍共同的基調。詩人所尋覓的不明生物頗具象徵意義，因為是不明生物，所以這個個體已經失去身份或無從指認，因為追尋一個無從指認的身份屬性，所以敘述者 M 不斷利用各種互文性的語言（敘事）策略來言說重建。這個言說或命名的過程是一種發明，如同霍爾（Stuart Hall）所說的：「屬性原本就是一種發明，屬性是在不可說的主體性故事與歷史、文化的敘述之不穩定中形成的。」[6]換句話說，敘述者口中的不明生物或每一個 M，問的是同一個問題：「我是誰？」不斷追問身份屬性的我／M／不明生物／失蹤的馬來西亞人一再面對互文的衝突和矛盾，言說與概念交互指涉而質疑，身份危機與認同焦慮在反諷諧擬的語言建（解）構中更形突出。在〈在尋覓中的失蹤的馬來西亞人〉一詩中，藉許多身體器官部位與文本互涉的矛盾修辭，形成這個不明生物的身份的支解分裂狀態，除了有其政治性與文化屬性的敘事策略，多種身體器官與主體身份的分裂（或拼貼？）還可以帶出後現代文化的從完整到碎裂的主體身份，或後殖民主體心理的部份辨認（partial recognition）。這個後現代性（後殖民）經驗的的片段化、碎裂化與客體化，成功地強調出主體於其中所不斷面臨的分裂再分裂狀態，因而我們不也可以誤讀成身體部位對應身份屬

---

[6] Stuart Hall, "Minimal Selves." *Identity :The Real Me*. ICA Documents 6. London: Institute of Contemporary Arts，1987. 44-46.

性的解構／建構？如此說來，主體形構過程的身體病態化和心理失
序提供我們一探身份建構的不穩定性，自然這個不穩定性有其後殖
民文化語境作為基礎，但是不斷拆解重組又四分五裂的部份身體／
文本，經由空間轉換、時間延滯的過程，主體／身體的想像認同所
呈現的症候：混亂、焦慮、暈眩、神經質、歇斯底里，成為本雅明
視為重要都市現代性的「精神渙散」（distraction）。然而無論是精神
心理上的渙散，還是身體空間的分散遊移，都是文本／主體認同慾
望的一部份，身體空間被主體（無）意識所感知，主體意識在身體
空間的移動而被（部份）召喚，如是主體形構乃成為想像辨（誤）
識的可能，從完整到碎裂，從碎裂到完整。從這個角度來看，翁弦
尉的不明生物在文本敘事／誤識裡（暫時）獲得了一個發言的位置，
一個充滿詭異（uncanny）、含混（ambivalence）情境的身份認同與
慾望想像。

　　翁弦尉詩的後現代／後殖民主體的身份建構所具有的混雜分裂
不穩定色彩，在第三世界／馬華詩人的文本脈絡中並不是孤立的個
案。最後我想引菲律賓學者 Shirley O. Lua 在評論菲華詩人身份建
構中的一段話作為參照和本章的結束：

> *Due to the hybridized nature of Chinese-Philippine literature,*
> *and the interrelated, interactive complexity of its determinants,*
> *instead of deterritorialization, I propose that the literary site of*
> *resistance be called de／culturation. De／culturation is not just*
> *deterritorialization, but a dynamic process of deterritorialization*
> *and reterritorialization. It pertains to the dislocations of cultural,*

political, ideological practices, the de／culturated subject-position then attempts to recover and repair its fractured identities and modes by articulating counter-discursive practices and establishing new identities and modes outside the hegemonic authorities. In a sense, it re-culturates, it reterritorializes.[7]

[7]   Shirley O. Lua, Carrying the Chinese Child：The Poetics of Chinese-Filipino Identities in Women Writing，p.439-476.英文原文收入范銘如編：《挑撥新趨勢：第二屆中國女性書寫國際學術研討會論文集》（臺北：臺灣學生書局，2003）。

第九章　熱帶原始森林的漫遊者，或（後）現代（跨）城市的抒情詩人[1]
——林健文詩集《貓住在一座熱帶原始森林》

第一節　互文：與村上春樹想像的對話

The fundamental concept of intertextuality is that no text, much as it might like to appear so, is original and unique-in-itself; rather it is a tissue of inevitable, and to an extent unwitting, references to and quotations from other texts. These in turn condition its meaning; the text is an intervention in a cultural system.

– Graham Allen, The Literary Encyclopedia，2005.

　　林健文（1973- ）的詩，拼貼都市生活即景，觀察城市中的人物，生命的浮光掠影與文字符號的互文交錯，充滿後現代書寫的特徵。他在多首詩中透過詩敘述者的視角，觀察現實生活中的人情世故，每每有靈光閃現，出神的生命片段，觸動人心的感覺片刻，靜靜的

---

[1] 這個句子的概念當然來自本雅明論波特萊爾作品的書名 *"Charles Baudelaire：A lyric poet in the era of high capitalism"*。

描寫落實到現實生活的氛圍裡，若即若離，在電影散場後遊走迷宮似的城市，夜夜做與現實不符稱的夢，兩個孤立的靈魂不見不散，記憶中狹窄的長廊裡，旋轉木馬轉遍城市的角落，與童話中的人魚不期而遇，一起呼吸新世紀人群的冷漠，或想像降落到一個流離的島，生活是無聊荒謬卻也充滿了憧憬妄念，這一切形成林健文詩語言一種迷人的後現代音色。

　　林健文詩語言的後現代風格，早在十年以前一首少作〈喝牛奶的狗〉中已經顯露無餘，雖然這本詩集沒選入這首詩作，但讀者不難注意到詩人後來多首詩中皆引用（或拼貼？）了這句詩（例子有〈午睡的八打靈‧白沙羅紀事〉），表達一種互文性（intertextuality）的關懷旨趣。[2]這個互文手法也同樣出現在其他詩作中，無論是與他自己詩句的互文，與其他經典作品的互文，與其他電影文本的互文，皆透露出他詩句中大量互文的別有用心。所謂互文，意指作者將其他的文字借用和轉譯到創作之中，或者讀者在閱讀時參照其他的文本，互文性一詞在一九六六年由後結構主義學者 克理斯蒂娃（Julia Kristeva）首次提出，其思維源自巴赫汀（Bakhtin）所謂「眾聲喧嘩」的理論，認為任何文本的意義來自於此文本與其他文本互相牽涉映照的過程中產生，因此任何文本都可以不同程度地互涉其他文本，並且與其他文本產生對話衍生意義，這個文學觀念後經多位評論家

2　我在一九九八年發表了一篇評論，以大專生詩作中的城市主題和語言文字作為論述對象，其中論林健文詩〈喝牛奶的狗〉中的一段文字：「以住在都市中的『我』觀察周圍事物，這些事情都是日常普通的景象，作者就把他的所見所思寫入詩中，造成了詩的平靜冷凝接近無深度無感情的語言文字，很接近晚近的後現代語言。」見〈思想佔領一座城市──淺談大專詩中的城市主題〉，《星洲日報‧文藝春秋》（1998.01.11）。

不斷引用，從忠實地遵照克理斯蒂娃的原意，發展到後來將它當作是「引喻」和「影響」的說法。

　　從這個角度來說，林健文詩中大量的互文性，基本上是詩人與其他文本想像的對話，在這個文本與那個文本間，透過彼此的引用和影響，衍生出許多隱藏在文本之內、之間、之外的聲音，試探思索一種生命偶然與現實生活必然的對照／辯證，引發讀者一種跨文本的多層次想像。透過想像的互文與互文的想像，透過充滿後現代書寫的語調氣氛，詩敘述者往往藉描寫都市生活中的生命片段與奇跡般的相遇，一些神秘難測的情節、迷離難解的情緒，在在透露出他詩文本中互文的精神源頭，即村上春樹的小說、幾米的畫對詩人書寫的深刻影響。詩作〈因為，卡夫卡‧在海邊〉題目明顯襲自村上春樹的小說《海邊的卡夫卡》，如同村上春樹在中文版的序言夫子自道：「在這部作品中我想寫一個少年的故事。所以想寫少年，是因為他們還是『可變』的存在，他們的靈魂仍處於綿軟狀態而未固定於一個方向，他們身上類似價值觀和生活方式那樣的因素尚未牢固確立。然而他們的身體正以迅猛的速度趨向成熟，他們的精神在無邊的荒野中摸索自由、困惑和猶豫。……無論怎麼看──在日本也好或許在中國也好──都很難說是平均線上的十五歲少年形象。盡管如此，我還是認為田村卡夫卡君的許多部分是我、又同時是你。」[3]小說中充分展現村上春樹的書寫魅力，即對自由的嚮往，充滿哲理的對生命的探索及追問，充滿魔幻色彩的想像力。林健文的詩即在這個互文的基礎上開展，詩敘述者「我」或「男孩」也以村上書中

---

[3]　村上春樹中文版序文，見賴明珠譯：《海邊的卡夫卡》（上、下集）（臺北：時報出版社，2003）。

的少年作為雛型,「無法尋獲一種叫自由的食物」,「等待你回家的步伐」,不同的是這一回詩敘述者不在日本,也不在中國,而是「半島的夢境」,林健文把場景搬移來馬來西亞半島,探討他念茲在茲、最熟悉最切身的地理位置,寫了個馬來半島(詩)版本的《海邊的卡夫卡》。在另一首詩作〈春樹式〉中,林健文幾乎以致敬的方式告示他對村上春樹的迷戀:「你絕對需要對號入座」,尤其詩句中大量引用或挪用村上春樹的小說題目,甚至詩中幾乎每一行每一句皆有來歷,無論是對村上小說中人事物的拼貼:羊男、1973 年的彈珠玩具、發條鳥、世界末日、冷酷異境、爵士音樂唱片、意大利麵等等,或以互文的方式改寫村上小說中一些名句和意象,其他詩作如〈一九七三年的電子郵件〉概念或得自村上小說《一九七三年的彈珠玩具》、〈國境之北·世界邊緣〉或可與村上小說《國境之南,太陽之西》及《邊境·近境》對照互文。村上春樹式的氣氛經營鋪陳,整體表現在小說中的後現代、超現實、魔幻寫實的語言風格,而在林健文上述詩作的字裡行間,則更多流露出都市空間的淒迷輕盈基調、後現代魔幻現實般的冷凝異境/意境,這一切在在顯示林健文深得春樹式揉合現實細節與幻想意念的書寫況味,少有其他馬華詩人書寫都市題材滿佈陰鬱沈重的文字氣息。

另外在林健文的詩文本內,除了與村上春樹的小說敘述產生互文,也與不同類型的文本如幾米的畫作、繪本產生互文,形成跨藝術文本彼此鑲嵌的對話,交織許多隱藏在文本之間的聲音,引發讀者的互文想像,例子有〈誤解〉、〈遇見〉、〈幻覺〉、〈午夜唱歌的幽靈〉等詩。這些詩作是詩人以敏銳的心靈書寫都會中城市人的心情故事,類似幾米的繪本,以無數個巧合和意外的錯過,編織城市人

的內心情感世界，不斷擦身而過無法相遇卻又在城市裡展開無止盡的追尋，一種有點虛幻卻又帶給人很多想像空間的意境，對生活的省思，對生命的體悟，皆籠罩在淡淡的哀傷喜悅、疏離的情感無奈宿命，刺激着讀者的想像畫面。林健文巧妙機智的引用了幾米這些夢幻的視覺元素、想像空隙的構圖，來經營他對都市生活的觀察與體驗。因此林健文的詩作雖然屬於單一文本，但詩中互文的想像交織，使得這個單一文本內出現跨藝術互文的異質聲音，提供多層次的閱讀感受和歧義。

　　如同臺灣學者劉紀蕙在討論「跨藝術互文」的一篇論文中所說：「跨藝術互文中鑲嵌的是另一種藝術形式的文本。這種『鑲嵌文本』是隱藏在文本背面的，因為跨藝術互文無法如實引用不同藝術形式的原典……另一套隱藏的文化系統與符號系統會透過這個異質文本被牽引出來。」[4]在這裡幾米的畫作、繪本屬於另一種藝術形式的文本，林健文透過詩文本與幾米作品的跨藝術互文，藉之與詩文本聯繫對照，產生想像的對話、多元的聲音，往往能夠以一種心靈的筆調，寫下他觸動人心的城市人的心情故事。

---

[4]　劉紀蕙：〈跨藝術互文改寫的中國向度──綜合藝術形式中的女性空間與藝術家自我定位／研究成果報告〉，網址：http://www.srcs.nctu.edu.tw/joyceliu/lac/report94-95.htm。

第二節　後現代性：
跨國主體與城市的抒情詩人

To distinguish between postmodernity and postmodernism, the former means "the designation of a social and philosophical period or 'condition'", specifically the period or "condition" in which we now live, and the latter associates with cultural expressions of various sorts, including "architecture, literature, photography, film, painting, video, dance, music" and so on.

– Linda Hutcheon, The Politics of Postmodenism，1989.

〈貓住在一座熱帶原始森林〉一詩中，林健文透過敘述者的敘事經驗，寫跨越北京和吉隆坡兩座城市的感受：「北京和吉隆坡同時／讓步行過王府井、茨廠街的遊客覺得／世界慢慢從旋轉的地球儀上變小」[5]。這個跨界跨國移動所形成的比較文化現象，在晚近的文化理論中，經常與疆界的跨越流動相提並論，形成一種新的全球秩序與互動關係，時空壓縮（time-space compression, David Harvey）更造成前所未有的改變跨國文化形式，因此在全球化的有利條件下，資訊、媒體、消費與技術得以大量流通，導致國與國之間的文化交流許多方便，但由此也製造出不少嚴重的社會、生態與地理環境發展不均遭受侵蝕的狀況問題。「後現代性」（postmodernity）或曰「後現代情境」（postmodern condition）是在這樣的狀況下，主體

---

[5]　《星洲日報·文藝春秋》（2004.06.20）。

面向世界，產生出以地方為主的認同，以及族群多元文化主義的關懷，並立足於全球與在地，對傳統與現代、主流與弱勢、物質與精神等身份屬性的思考和協商。林健文的這首詩〈貓住在一座熱帶原始森林〉必須被置放在這個後現代性的角度來審視，才能理解其中的微言大義。首先我們讀到詩中人跨越在兩座城市之間，視察兩個地方除了時間上同時進行，其他一切文化社會生活條件都是異多於同，然而詩人接下來第三節詩中卻用了一大段很長的篇幅，書寫這個貓居住的（馬來西亞）熱帶原始森林的歷史傳統記憶與現實生活困境。最後一節詩人再度思考跨國主體的時空壓縮與流動身份想像：「六小時飛行如換上一種／新鮮時空和國境外衣／再降落一個陌生天氣和溫度的國度／拖着赤道痕跡的高跟鞋／走在相同膚色的森林／尋找一個開啟未來世界的密碼、鎖匙／尋找一頭童年夢中的山羊／在留下異國邊界軌跡的網路上徘徊／在和我相約的夢境裡重逢」[6]，卻以「空氣持續保持濕熱的這個熱帶城市」、「似乎永遠屬於熱帶原始森林」的「貓」為敘述者的身份認同，產生出以地方為主的認同想像，是一種立足全球與在地的（後殖民）身份屬性的後現代性思考。

　　所謂後現代性（也稱為「後現代情境」），與後現代主義不同，通常指的是出現於現代性「之後」的人類社會之經濟政治結構或文化情境。簡要來說，後現代性的社會結構有幾項特色，包括了全球化、消費主義、高科技、權威的瓦解以及知識的商品化。而後現代主義由文學作品風格的角度來看，多局限於文學思潮和文本風格的

---

[6] 《星洲日報・文藝春秋》（2004.06.20）。

研究，八〇年代之前幾乎等同於文學作品中的「解構」、「後設」、「拼貼」、「戲仿」、「歧義」等語言特色，八〇年代在布希亞、李歐塔、詹明信、哈維、奧康納等理論家的論述影響之下，後現代主義和後現代性被界分出來，但也有重疊之處，這時期文學作品中的後現代主義開始注重後現代性關切的議題，如「擬像」、「懷舊」、「商品化」、「地方感」、「去中心」、「主體性」、「通俗文化」等等。如果從這個角度來看林健文的詩作，第一段提及的互文性，即詩人與自己文本的互文（喝牛奶的狗），詩人與其他詩人文本的互文（夏宇的詩句、呂育陶的詩句），詩人與其他文類的互文（村上春樹的小說），詩人跨藝術互文中異質文本的鑲嵌或對話（幾米的繪本、蔡明亮的影片、童話故事），運用這些文本概念的互涉，精彩的呈現詩作的藝術形式與美學思考，可以具體被歸劃入後現代主義的書寫風格。而上述提到的詩作〈貓住在一座熱帶原始森林〉，其中詩人對跨國主體的想像、時空壓縮產生流動的疆界、以在地或地方為主的認同、立足全球與在地的差異視域，很敏銳的表達出詩人身處其中的矛盾複雜心境，充分顯露詩人的後現代性思考。

　　林健文運用了一些後現代的書寫手法，表面上看是在玩弄互文、拼貼、嬉戲、擬仿，比如他大部分的「社會詩」或「政治詩」（〈腹語術〉、〈星期六的晚上仍舊無法脫下黃色襪子和衣物〉、〈在魚骸上刻骨〉、〈晚間新聞〉、〈是非題〉、〈填充〉，以及集大成的長詩〈在我們和萬能的想像王國〉），然而他的文本的挑戰性正在於他把這些後現代的手法呈現在我們面前，但是他詩作所帶動的情感，又不見得是後現代主義常見的無厘頭遊戲狀況。以「後設」、「解構」或後現代的文本政治姿態來書寫政治詩，批判政治現實的荒唐暴行、不

公不義的一面，在這方面來說，馬華詩人呂育陶已經作出了很精彩的示範。林健文是否能在形式的變化上，加入一些「別的」東西，在後設、解構、互文等的敘述形式上借力打力，進一步思考問題。他在詩中頻頻對現實、生命、記憶的觀察省思，可以擺脫掉玩弄後設手法流於形式化的匠氣，而他對往時往事的追記，汲汲書寫一種生活與意義網絡的觀物方法，以及其詩語言所掩映的文化政治的迫切關懷，在馬華後現代性中尋找自我或眾多歷史事物失落的面貌，別有深意。我覺得最值得注意的一點，是林健文如何把他的後現代風格書寫，與他的後現代性思考，並行展現於詩中的主體認同與情感，這份情感認同與現實生活的困境／語境息息相關，雖然在後現代的現實中已經沒有完美固定的身份認同是基本的共識，但林健文猶自透過詩來表現後現代生活的失落或失意中，一些憧憬的必要、一點真情的堅持、一份錯過／失落的歷史感的追記，展露出詩人書寫的誠意與執念。比如〈旋轉木馬的終端・摩天輪的邊緣〉一詩中，詩人「登上一個巨大的摩天輪／如時鐘旋轉／1rpm 的速度讓我逐漸遠離地球／邊緣的生命在淡薄的空氣中／和無形的電波結合成／思念，假如只是偶爾發射的感覺／愛，在地球的表面還是漂蕩／在空氣裡？」[7]，明知道這個時代生活中「醞釀不出永恒的愛」、「穿梭在兩個不同國度的夢」，在這個後現代性的文明城市中，冰冷的地鐵已經置換了童年的木馬和摩天輪，如詩人題目所說的「旋轉木馬（童年）的終端（終點、終站），摩天輪（命運）的邊緣（穿梭不同國度、跨越邊界）」，生命最終只能毫無選擇地快速老去，詩人面對「從童

---

[7]　《星洲日報・文藝春秋》（2003.09.07）。

年到老去／快速捲過生命的膠片」，汲汲尋找一份「單純的愛」，相信「愛情永遠不會過時」，憧憬「刻上永恒的誓言／唱成不變的戀曲」，這些都是詩人對愛對真情的堅持執着，童年的旋轉木馬和開動命運齒輪的摩天輪成了詩人的「託寓」（allegory）。

　　這裡所謂的「託寓」，指的是詩作（文學作品）中與字面義（literal）對立的精神層面，比如木馬和摩天輪如果就字面義來說，就只是單純的解讀為具象的真物指涉，但是以託寓的面向來說，木馬和摩天輪在林健文這首詩中就不再單純的視為字面指涉的意義，它在詩文本中的上下文中，含有影射詩人對命運與愛情的觀點，透過辯證的敘事手法與方式，企圖將隱抑抽象的部分（生命、命運、生活、愛情等）加以具體呈現出來。詩人於詩最後三句樂觀地這樣堅持：「愛，只是快樂的迴轉遊戲／永遠沒有邊緣／也沒有終點」[8]，相信和強調「愛情永遠不會過時」。李歐梵曾經在一篇討論後現代性的文章裡說：「當我們身處所謂後現代社會之中，理論上講絕對無法避免全球性資本主義的影響，但是在日常生活中，我們卻可以感受到某種哪怕是極微小、片面，甚至於瞬間即逝的真實感，我想，也許正是因為抓住了這些真實感，我們才最終得以生存下去。」[9]誠哉斯言，就是因為保有這份堅持執着和體會感受，林健文能夠抓住已流逝的童年記憶和命運邊緣的一份真實感，並堅持將這一份真實感納入生命愛情的面向來思考，讓他最終得以面向生活，「以光速重複生命的精彩」。

---

[8]　《星洲日報‧文藝春秋》（2003.09.07）。
[9]　李歐梵：〈當代中國文化的現代性和後現代性〉，《未完成的現代性》（北京：北京大學出版社，2005），頁107。

第三節　漫遊：後殖民主體身份的追認／再確認

Empathy is the nature of the intoxication to which the flâneur abandons himself in the crowd. He……enjoys the incomparable privilege of being himself and someone else as he sees fit. Like a roving soul in search of a body, he enters another person whenever he wishes.

- *Walter Benjamin, Charles Baudelaire：*
  A lyric poet in the era of high capitalism，1937-38.

The（post）modern flaneur can equally well recognize the real, as well as supposed, character of the city's threats, intimidations, menaces or simply challenges to free access.

- *Chris Jenks, Visual Culture，1995.*

　　上述提到，在現今這個資訊、技術、消費與資本等面向都已經跨國化和全球化的時代，雖然提供了很多方便，但同時也製造不少嚴重的社會發展和生態環境問題。是在這一個面向上，生活於其中的人，面對全球勢力、商業機制、生活時尚逐漸滲透進國家的地理疆界，顯現多元文化主義的對話與協商，遂產生傳統與現代、物質與精神、科學與人文等封閉性二元對立思考的動搖及解除。後現代性便在這樣的狀況下，主體以「全球化的文化經濟」（global cultural economy，Arjun Appardurai），一方面樂觀期待國家疆界鬆動後的開

放契機，另一方面也警覺後殖民情境所潛伏的同質化趨勢與認同危機，因此引發了以地方為主的身份認同的增強，浮現了地方文化抵抗的轉向。林健文詩集《貓住在一座熱帶原始森林》裡頭出沒的「貓」和一座「熱帶原始森林」的關係／身份，未嘗不可作如是觀？但是在我們思考詩中的跨國跨界（吉隆坡──北京）之行時，我們必須以更謹慎辯證的方式來處理後現代主體面對「全球」與「地方」的複雜矛盾心態。詩人面對全球化的後現代情境與地方文化歷史記憶的失落流逝，使他無可避免地產生文化認同焦慮和身份屬性危機，這股焦慮感或挫折感讓林健文寫下如此憂心忡忡的句子：「我已選擇性強迫自己／不在這裡尋覓任何關於／國土的記憶文本」[10]（〈疾走邊界〉）。

　　無可否認的〈疾走邊界〉是林健文這本詩集中非常難得、寫得很精彩的一首好詩，表現出詩人高度的個人自覺與敏銳的生活省思。這首詩中寫的是跨越邊界的故事，詩敘述者走入國土的邊界，詩句中一些跡象顯示這個邊界極有可能是馬泰邊界？讓那些歷史上曾經奮鬥的人民留守這個後殖民時期的馬共避難所？身份認同上無限尷尬猶如這個混雜不明的邊界地帶。無論這個真實物質的地理邊界為何，如果以託寓的面向來思考詩人的疾走邊界，這首詩的「邊界」處處隱含著豐富的象徵意義，我認為這個邊界其實混融了詩人的真實地理邊界敘事與文本建構的邊界想像，詩人藉此一邊界敘事的游移與越界行動暗示後現代或後殖民時期主體身份的追認／再確認（re-cognition），以及替一些在歷史上被遺忘或失落個體身份的歷

---

[10]　《星洲日報・文藝春秋》（2003.08.03）。

史主體發聲宣示一種「敘述的權利」（the right to narrate）。遊走邊界的詩人（敘述者）看到的是後現代時期（後殖民）的全球同質化與全球在地化，兩組文化差異現象相互滲透混雜，詩人為再確認和追記歷史主體性而提出一連串的省思。面對全球消費機制與在地性生活慣習兩組意象並置或混雜交織，一邊是廣告牌、便利店、公共電話亭、臺上演出的女人、口香糖、避孕套、手機、吉蒂、賓館，另一邊是熱鬧的市集、街邊擺賣的芒果、榴槤、大象在路上、巫裔麵條攤子、熟悉的語言、記憶，這些種種不協調的混雜身份、文化語境全搭配在一邊界的故事場景裡，顯示詩人對其自身的後現代或後殖民情境的深刻感知，有意藉一邊界想像來試圖確認／認同歷史主體與世界的關係。第一節的〈和鳥類的關係〉充滿反諷，本來鳥類的飛行如同跨界疾走的詩人，是全球化時代人類最嚮往的沒有國界自由穿梭的象徵，而詩最後三句：「而鳥，起飛的同時／卻被無知的人們／吞噬。」[11]徹底摧毀了人們憧憬自由平等的美好前景，暗示全球化所引發的全球同質化將帶來文化認同危機。第三節的〈和語言無關〉其實書寫有關的是歷史，和現實政治體制結構有關的身份屬性壓迫。〈疾走邊界〉一詩不是向讀者敘說一則客觀穩定的邊界故事，而是詩人企圖以一個邊界觀察者的認同思考並見證歷史變遷的面貌，重新喚起結合主體經驗與歷史敘事的多重聲音。林健文寫得最好的詩作，詩敘述者大部份時間都在遊走，無論是在邊界遊走（〈疾走邊界〉），或是在跨國城市中遊走（〈貓住在一座熱帶原始森林〉、〈國境之北·世界邊緣〉），或是在愛情邊緣遊走（〈遇見〉、〈蘇拉威西女

---

[11] 《星洲日報·文藝春秋》（2003.08.03）。

子〉、〈偶然想起貓〉），或在城市生活中遊走（〈午睡的八打靈·白沙羅紀事〉、〈以北有詩·人〉），或是在歷史想像中遊走（〈山瘟〉）等等，俱體現了本雅明（Walter Benjamin）筆下的漫遊者（flâneur）姿態。因為不甘心歷史記憶的逐漸遺忘流失，憂慮忡忡身份屬性的失落或變質，林健文在城市中、跨國跨界中、國家的邊界中，一遍又一遍的引領我們讀者進入他的「漫遊」世界／視界。

　　「漫遊者」這個詞，首見於波特萊爾（Charles-Pierre Baudelaire）的〈現代畫家〉一文。波特萊爾認為漫遊者是現代文化與藝術中的英雄人物，因為漫遊者既身處社會群眾之間，卻又能以抽離的姿態旁觀世事。後來本雅明在研究波特萊爾的著作中，將「漫遊者」這個概念發展成一個很重要的理論。他認為波希米亞的無產階級者，在街頭漫無目的地閑逛，因為「漫遊者」在都市中的邊緣位置，因此本雅明重新賦予城市中的「漫遊者」以積極的意義，認為他們是新興都市中的觀察者，可以透過他們以一種如遊客或旁觀者的抽離視角，預見一些中產階級外的新潮流、新價值觀誕生。他們雖然生活在大城市的商品消費機制當中，卻有意識的把自己放置在都市的邊緣，脫離資本主義的生產情境的漫遊者，經過他們的眼睛，城市中被忽略、隱匿的側面及背影得以窺見。所以本雅明將史家或詩人的工作比喻為一個在歷史廢墟般的城市裡撿拾垃圾的人（rag picker），賦予撿拾垃圾一種革命性的意義，並指出詩人要向漫遊者學習，從垃圾堆中找出隱而不彰的歷史碎片，將這些斷裂碎片重新縫補，有如在解構中找出新的建構原則。[12]從這個角度來說，林健文書寫城

---

[12]　中文譯本可參考本雅明著，張旭東、魏文生譯：《發達資本主義時代的抒情詩人：論波特萊爾》（臺北：臉譜出版，2002）。

市生活和歷史記憶的詩，敘述者總是以一個漫遊者的姿態來體驗城市生活，首先他很少在意都市中的商品消費和流行時尚，大多數時候他的眼光所觀察到的是城市中的人民起居生活，歷史地景面貌的流變，城市中被壓迫者或邊緣人的沉默處境。如同〈疾走邊界〉中的敘述者在邊界遊走，出沒於面貌模糊的廣大群眾之中，試圖藉一個邊界城鎮的地景與歷史政治的斷裂碎片，來激發主體的文化認同與歷史意識的反省，從中得以重建邊界歷史的主體性。

　　另外一首詩〈午睡的八打靈・白沙羅紀事〉，詩人靜靜的觀察這個城市的起居生活，及時代變遷的種種跡象，在〈以北有詩・人〉中詩人書寫面貌模糊的人群和歷史的無力感：「還是周末大家無聊／被推向這個城市的，以北／一路被遺棄的曠場街道人群／歷史被時間重重壓在／凝固的水泥裡面／無法出土，無法掉落」[13]，這個城市觀察者的漫遊詩人，其實對城市的感受比任何人更加敏銳熱情，對城市的歷史記憶比任何人更加深入思考：「許多事情是虛假的／真實／你詩句裡最真切的句子／總在午夜完成／你的影子遺留在這城市某座商場，mamak 檔，地鐵站／行人偶爾拾起／丟在垃圾桶裡的／寂寞，是你刻意遺棄的／那個下午從水壩帶回來的／記憶，是不是沒有人見過它會慢慢／消失在故事裡」[14]。這幾首詩與本雅明筆下的城市詩人和漫遊者的觀物心態若合符節，〈疾走邊界〉主要表現在自我邊緣化的位置上來思考歷史主體性，〈午睡的八打靈・白沙羅紀事〉等詩則深入觀察城市中的歷史碎片，將這些散失或碎裂的歷史文化，藉詩句的現實生活片段／片斷形式，一一組織或縫補起來，

---

[13]　《星洲日報・文藝春秋》（2008.06.01）。
[14]　《星洲日報・文藝春秋》（2008.06.01）。

讓讀者重新追記和確認。林健文筆下大量出現的陌生的路人、演出後下臺的女人、麵攤的巫裔他者、蘇拉威西女子、土長的山番、白沙羅衛星市的人民，詩中的敘述者頻頻探觸或召喚每個城市主體的心靈意識。一如本雅明對漫遊者作為社會觀察者所展現的行動關懷，詩人必須具備比現實社會中一般城市人擁有超強的感應力，才能夠隨時觀閱社會城市中的客體或他者，以主體意識或想像「進入」社會中這一群面貌模糊、隱匿或邊緣的角色。

　　我以為林健文的詩表現了這些特徵：互文性、後現代性、漫遊。他詩裡行間充滿的大量互文，顯而易見，給詩文的敘事留下很多趣味和回味的空間。他詩中後現代性的省思與後現代主義風格的交錯，極其耐讀，但我以為主義無論是實驗技法或是熟能生巧的應用，皆難有大破大立的格局，在這一點上，後現代性的生活情感與生命實相這部份的觀察省思，可以多加發揮。他的詩敘述者的城市觀察者姿態和行動關懷，皆令人聯想到本雅明的漫遊者，雖然兩者的時代語境是如此的不同，但是與本雅明筆下的城市抒情詩人和漫遊者的觀物心態若合符節，詩人觀閱城市中的歷史碎片，將這些散失或碎裂的歷史文化，藉詩句的現實生活片段／片斷形式，一一組織或縫補起來，讓讀者重新追記和確認，最為令人動容。

　　《貓住在一座熱帶原始森林》是林健文第一部詩集，除了這部詩集中的詩作，另外他沒有收入這部詩集的南洋詩系列佳作，也值得論述。比如收入《有本詩集：22 詩人自選》的〈不再南洋〉（2003，頁 62-67）一詩以一個後殖民歷史社會脈絡的角度來思考傳統文化／神話、歷史／野史、本土／外來這些二元結構的穩定性、合理性，透過一個非官方霸權的口述歷史來顛覆官方版本和文化優越感。詩

中穿插了民間傳說、歷史資料、文學典故、傳統文化、神話故事、口述事件等不同聲音，整首詩遂擺盪在記憶與遺忘之間、虛構與真實之間的界限，南洋在詩人的口述與記憶形成交織混雜的面貌，而不是單一片面的官方說詞。時序從〈再南洋〉到〈不再南洋〉，注定了南洋的建構一如歷史記憶的不可靠不可得，再現的南洋總已是一種局限扭曲的認知（過去），在現實中詩人與前人的歷史文化認同早已因時空變遷而出現差異，「壓著長久不醒」的何只是新生代詩人對文化現象的反思。詩人採取第一人稱「說故事」的角度來建構自我，弔詭的是這個自傳式口述書寫形式也同時暴露出詩人的自我解構，刻意採取「聽來的」自傳（as-told-to autobiographies）形式和口述性（orality）撰寫是詩的策略，一方面可以提出多種不同於官方版本的歷史面貌，另一方面也可以質疑並顛覆「集體自我」的刻板印象和單一思維，帶出一個對話的多音複調的文本，促使我們重新思考南洋。詩末節「我的家鄉雙溪湖」在重重文化困境和現實體制的限制中，以一個新生代作者的（後）現代文化現實經驗，提出一個馬來西亞華人文化認同與身份屬性的可能性以及其中的局限。林健文的〈不再南洋〉切入這個馬來西亞華人重要的身份認同議題，南洋的歷史透過詩人輾轉的敘述，在形構與解構之間產生新面貌。

第十章　詩人的城市鏡像與欲望書寫
——劉富良詩集《零的睡眠》

第一節　欲望主體

　　劉富良（1976-）的詩，讓我看到七字輩詩人對詩語言與文字世界的致力經營，對欲望書寫／書寫欲望的自我開展的灌注。在眾多書寫城市生活與存在體驗／探索的詩作當中，給我一個很強烈鮮明的印象，也是劉富良詩中最值得觀察玩味的一個切面，字裡行間浮現一座頹喪而又敗德、極度無聊卻又孤寂耽溺的城市，一個日常生活瑣碎化、人際關係嚴重隔離分化的存在形式狀態。在劉富良大量書寫欲望與存在思考的文本空間之內之間，意義分崩離析，意旨四處漂流浮動，絕沒有任何道德教條或人際規範可以挽救糾正，也不會有世俗的象徵秩序或法統體系可以加以歸類框限。劉富良作為一個詩人的主體性的那個部分很頑強，充分表現一個詩人的創作自我，自由創造，拒絕成規，不給予任何解釋和答案，完全放棄世俗道德主義教條的救贖，任由作為讀者的我們，在詩語言的碎片斷句中漂流擺盪、載浮載沉，在後設形式的書寫敘事中說一些荒誕不經、光怪陸離的生活故事，不論是令我們坐立難安的生活體驗，或感同身受的哲思辯證，其中不容我們忽視的是這些詩裡行間，總能瞥見

一些瞬間人性存在的真實浮現，身體欲望與情慾想像的鞭辟入裡、
百味雜陳。

　　七字輩的劉富良，在詩句中不斷書寫現代城市的亂象叢生，反
覆搜索生活在鋼骨叢林中的城市人對其自身的存在意義，伴隨著龐
大充沛的動量與活力，透過描寫城市某個局部的景觀或鳥瞰圖，放
大呈現有如特寫鏡頭的近距離凝視，重組或內爆鏡頭底下的個人、
生活、身體、情慾、意志、思緒，成為一種殘酷變異的現代生活隱
喻、身體欲望的衝撞思路。像詩集中的〈墮落天使〉、〈四月感覺〉、
〈罐頭男人〉、〈眼睛事件〉、〈現象派：開放城市〉、〈愛過以後，天
亮以前〉等詩，敘述視角緊扣住都市生活中的某個現象或某個事件，
生命中多少這般不安困頓的思緒幻象，供我們的年輕詩人用文字敘
事的力量，摩挲尋思世事點滴，觀察鑽研人性欲望底下的幽幽騷動、
斑斑痕跡。再比如寫生活擺盪在善意與惡意之間地帶的城市人頹廢
孤寂面貌的〈墮落天使〉：「他不知道他是惡意的／但其實他是如此
善意。／一條高速公路穿梭我／城市美麗地綻放孤獨／街燈無感覺
地頹廢著／寂寞的賊幾番進出寂寞的店。」這種既頹廢無聊又引人
思索、既善於分析又荒謬矛盾的心理糾結，充分展露出都市叢林的
超現實性格，意即現實與幻象的難分難解，主要通過一連串的矛盾
句來具體表現這份城市人的冷漠疏離與流連耽溺狀態。詩末的鐘擺
滴答的城市意象的鋪陳，反覆持續又百無聊賴的時間流失，與繼續
墮落的反諷語意交錯，竟把都市人的存在心理症狀正視得如此司空
見慣、理直氣壯，卻又處處見出其光怪陸離不可置信的超真實的一
面，意即現實與再現的依違關係、詭異錯綜的難以釐清。

　　寂寞是現代都市人存在生活的共同普遍體驗，或一種對黏滯困頓生存環境的精神狀態。〈墮落天使〉中的寂寞的賊在其生活荒唐孤獨的背後，其實有著最典型的城市人的普遍經驗與心理象徵，劉富良大部分書寫城市精神或現代生活的詩，無論是直面書寫或採取橫切面的心理描繪，皆充分展現這個「寂寞的賊」的某些存在本質：寂寞、孤獨、冷漠、疏離、壓抑、敏感、百無聊賴、漫無目的、遊盪、漂泊心靈、充滿幻象……。這個「寂寞的賊」或是「罐頭男人」，無論是「背向公寓旅行」，或「宿醉後的早晨孤獨醒來」，詩語言的基調反覆圍繞在上述那些都市生活與存在精神底下的陰鬱美學本質：

　　　但水果多汁你說最遠的
　　　漂泊是在這座城裡陸續
　　　和人們擦身而過走失的
　　　貓則任由高速公路處理
　　　還我眼睛還你鑰匙此別
　　　朝向北方背向公寓大門
　　　不必猶豫我們就這樣吧
　　　──〈背向公寓旅行〉

　　　是一種絕對的孤獨
　　　當高速公路連同酒泡消逝以後
　　　冰開水的早晨
　　　錄影帶投我以冰冷的眼神
　　　──〈宿醉後的早晨孤獨醒來〉[1]

---

[1]　《南洋商報·南洋文藝》（2001.08.11）。

　　配合這個陰鬱美學氛圍的反覆操作，是劉富良在詩語言形式上的標奇立異的刻意經營，有意在傳統的美學成規與主流社會的規範期待視野以外，另尋一套發聲說話的方法與位置。如果我們同意語言、敘述、視角已是社會規範內的建構，任何逾越這個社會規範或期待視野以外的欲望書寫，必然是敘述者對主流價值觀一個有意或隱晦的抗拒姿態和顛覆手段，那劉富良這些詩行中一再出現的頹廢遊盪裸露的身體意象、險惡而美麗的眼睛意象、漂泊的島、變形的黑夜、如夢如幻的高速公路、公寓的貓等等的一再重覆出現筆下的意象，效果彷彿激發詩人或敘述者與城市的相生相剋的關係，在承襲作為現代主義背景的都市書寫的重要母題時，極盡書寫的欲望與欲望的書寫、現實與想像的翻轉之能事，便顯得格外動人。〈眼睛事件〉一詩中有關城市主體與語言及社會制約建構（或解構）的關係，引領讀者重新思考詩語言（文學）與主體存在欲望的關係，無論是詩敘述者的「我」、「他」或「我們」，這個詩中的主體聲音衍生許多與城市對話或對質的辯論，尤其詩人對敘事形式所作的意識流、存在辯證到魔幻寫實的種種實驗，固然讀來令人動容，但滿佈詩行間的語言秩序的崩裂、人物精神現象的錯亂、社會人際關係的不斷移位錯位、記憶的大量擴散、模糊變形，與欲望主體的存在耽溺的情慾想像／幻象，組合（或拼貼）成一令人暈眩的敘事網絡，形成城市人／我／眼（I／Eye）關係中最撲朔迷離的精湛演出之一：

　　　記憶是圓球體的溜轉，房間是只沒有摩擦力的貓
　　　赤裸的男人背對著鏡子，鏡子光滑
　　　貓瞳眈視，記憶充滿魚的腥味

我們就這樣地祕密愛戀著

鑰匙孔與瞳孔的神秘性存在

浴室有水聲傳來，耳朵探聽到

水聲流過黑髮、頸項、胸膛、

坦腹、陰毛、鼠蹊……

——〈眼睛事件之四：變形〉

他有我所不能了解的渾沌

他的鼻息深沉，睡態如弱水三千

唇角酒渦泛著餘漾

逐漸擴散、遠去……

你終於疲累地擱下了手中的詩集

於床邊，窗外一場滂沱不住襲擊

公寓模糊的臉孔，暗中

房間裡一對幽浮的眼睛悄悄

隱逝

——〈眼睛事件之四：變形〉

　　〈眼睛事件〉藉四個與城市有關的指涉事件相互關聯形成辯證，串聯其間的是眼睛的主意象，敘述的不是「真理越辯越明」或「眼睛是雪亮的」之類的傳統主流敘述，而是在詩人的語言虛構想像世界（或詩中的房間喻象）中，促成詩人敘述的欲望的基本動力，以欲望想像來駕馭書寫／敘述的思考方向和關懷旨趣。劉富良在此詩中展現其豐沛的想像力，出入虛構與現實，不屑為主流道德教條

所困囿，每每有新穎獨到的感官譬喻和幻魅效應，在在顯現其語言調度的能耐與潛力。

第二節　虛無鏡像

　　劉富良一系列書寫城市的詩最見其功力，包括〈一座城市的吃法〉、〈虛擬一座城市〉、〈星期五的城市〉、〈急凍一座城市的勃起〉、〈Lost Highway〉等，超現實的畫面，配上潛意識的欲望，在詩人娓娓敘述道來，總是感覺一切熟悉處，卻有著最詭異虛幻的荒謬陰森之感。比如〈虛擬一座城市〉中，城市的邊緣與中心的對照，停泊與漂泊的對照，現實街道與隱形的貓的對照，鏡像與現實的對照，深刻表達敘述與現實的分裂，肉身與欲望的分裂，真理與夢想的分裂，記憶與意識的分裂，詩人成功地開展了一場擺盪在虛無主義與虛擬現實的狂想曲中，活在當下「後現代」的城市時空，一切敘述或再現也不過是另一種虛擬的形式，或曰另一種形式的虛擬，記憶如是欲望如是，所有擁有或失落的如是，在城市的街道角落或某個異度空間的亦如是：「停泊，也不過是另一種形式的／漂泊」，因此成了詩句中的關鍵字，「我們終究逃不出我們心裡的那一座／虛無的／城市」，很可以成為詩人對現代人自身的存在意義與心理欲望，所流露的悲觀宿命、虛無體認的最佳寫照。然而致力於經營城市詩書寫的詩人劉富良似乎樂此不疲，他用一個接一個的城市寓（預）言，堆積出一個接一個城市島嶼街道暗角的中心邊緣的斑駁面貌，卻在敘述轉折間推倒一個接一個存在意義愛慾死角的廢墟殘骸，內爆及

瓦解一個接一個分崩離析的符號碎片，讓身心的漂泊斷裂與感官情慾的逾越成就了一則拒絕體系遊移不定的敘事結（解）構，一則沒有解答不見救贖的（後）現代城市寓言的文字／存在劫難。

城市在詩人以現代主義為背景的存在虛無精神視野的探索掃瞄下，其中感官欲望與情慾想像的幽微心理轉折，現代主體意識的身心分裂與都市叢林的超真實符徵，在在顯示劉富良詩擺盪在現代與後現代風格的交叉路口。但必須指出的是，劉富良對文字語言與現實生活的轉喻或指涉是頗為自覺的，〈急凍一座城市的勃起〉中的詩人一如往常吃泡麵時不忘暗諷：「又有人說起後現代」，城市百無聊賴的生活在詩末段顯露無餘，詩人的敘述口氣亦莊嚴亦詼諧地透過身體欲望與感官戀物的片斷，和盤托出（後）現代城市生活的無聊空洞而又理直氣壯的自我存在。而敘事主體更多時候審視自我存在的反覆衝動與極致表白，則是把現代都市的主體精神與後現代的敘述姿態共冶一爐的形上演出，一些重複出現的人事物及其情境象徵，這一次被書寫成後現代生活主體的「口腔期」，糾結食、性、身體與死亡（或存在）的誘惑欲望／想像，在〈一座城市的吃法〉的敘述形式中達到最高點。作為食物、愛情、情慾、身體、記憶的意象鏈中，從廚房煮食轉換到愛慾纏綿，巧妙地把以食物轉喻情慾的「性戀物」（sexual fetishism）調理成食物即戀人的「食物戀物」（food fetishism）：「就這樣將感情記憶之類的東西煮至糜爛」。時代來到後現代了，感情有如三分鐘速食麵般來得快去得也快，食物的吞咽吃法是口腔情感或欲望的換喻，連吃的味道和狀態都是一種心理機制

上的再現:「於是迷迷糊糊中／愛戀的屍體終於被不知所味地／一口吃下去」²。

　　食慾猶如性慾般在「迷迷糊糊」、「不知所味」之下完成,完全改寫了刻板印象的交歡激情快感,而在半推半就的心理暗流下,更為令人側目的是從「食物戀物」中所引導出潛意識的「戀屍欲」(necrophilia),以及由戀物到戀屍與嗜糞(coprophilia)之間的滑動替代。造成這一切戀物心理的置移(displacement)、替代(substitution)與否認(disavowal)的書寫欲望,著眼於暴露一切現實存在的禁忌和身體感受的矛盾糾葛,透過觀賞一出存在著「身體恐怖」(body horror)的黑色荒謬劇,即享受著人性肢解、精神分裂與身份變異的豐盛晚宴,如是敘述主體或自我便讓書寫／閱讀獲得窺視另一自我(the alternate me)的超額快感,象徵了自我即他者／差異／虛無的主體身份與存在主義的持續辯證／辨認。在這方面來說,讀者可參考其他詩如〈現象派:開放城市〉、〈抽離然後〉、〈月亮〉、〈關於我們共同豢養的主題〉等作中關於自我與另一自我／鏡像／他者的存在反思。

　　另外劉富良若干書寫城市的詩,如〈Lost Highway〉中擷取電影鏡頭的拍攝手法入詩,其實並不會太令人感到奇怪。因為城市與電影都同樣具備迷宮般的現實影像,兩者同時具有某種程度的規範秩序感,但又同時呈現出亂象紛陳崩離斑駁的面貌。基本上電影對(後)現代城市的再現虛擬,反過來改變了城市人對現實的體認,尤其在商業資本主義主導的商品活動機制中,城市人的存在虛無心

---

²　《南洋商報・南洋文藝》(2005.11.08)

理狀態，被後現代的科技文化（cyberculture）滲透到日常生活當中，化再現為擬真世界，展露出一種後現代既頹廢絕望又充滿浪漫神秘的欲望追尋。這個充滿浪漫欲望追尋的旅程或許是一段高速公路的奔馳所帶來的快感：「都市璀璨著視線模糊的快感／沒有傷心我們曾經共乘一段／高速公路」[3]，或許是開車逃離城市的寂寞逃亡：「我駕著車逃離城市／沿途一排排店屋又開炫惑／無聊炫麗的璀璨／飛機低空掠過迷離的寂寞」[4]，有著城市人長期郁郁寡歡與渴望脫軌的浪漫情懷和理想企盼。

　　我的閱讀印象是，相對於早期劉富良較為集中思考存在主義探討死亡虛無的詩作〈死亡組畫〉、〈與虛無對話〉、〈夢的預言書〉、〈零的睡眠〉、〈金屬邊緣〉、〈鏡象情迷〉，劉這些較後書寫的城市詩（純於詩的發表時間先後而言），無論是在語言形式經營還是主題關懷上，毋寧較接近村上春樹式的後現代風景視域，詩中城市主體強烈的後期資本主義屬性，在高度普遍性的資本體制的（自我）異化中，想像與重組（或瓦解）各類象徵符號，甚至以徹底失望、絕望、渴望、幻滅為態度所作出一連串的記號重組或無力的反叛，對於詩句中大量出現的欲望、記憶、情慾、理念、身體、愛透過高速公路、海岸線、眼睛、黑夜、貓、島嶼、魚缸、馬桶、公寓、夢等等個人化或非個人化的象徵符號，給了一個神秘想像另一種共同關係的可能。如同村上春樹的作品給人的整體印象，小說中一個神秘不明的事件，等待敘述者去採取行動追索，行動的前進與時間流逝的追尋重訪在敘述交錯中展現主體悲喜交集的命運，在反覆追索的過程中

[3]　《南洋商報‧南洋文藝》（2001.09.18）
[4]　《南洋商報‧南洋文藝》（2000.05.13）

反映出敘述角色幾乎宿命的共同性格。毫無疑問地這些作品或多或少對劉富良的詩造成影響，主要表現在一種敘事視野與生活態度的語言傳達上，如〈四月感覺〉、〈傷〉、〈星期五的城市〉、〈因此我們總是悲哀的〉、〈最隱秘的主題〉、〈When the Cat's Away〉等詩中充滿悲喜交集的生活感覺，的確呈現出現實中人際互動的離奇荒謬。〈象徵式〉則反轉了書寫／思考／欲望與現實／存在／象徵的關係，詩語言的抑鬱情境毋寧更為接近村上春樹的書寫風格。村上春樹式的生活與死亡的思考辯證，對劉富良來說，書寫城市好像是很自然的一部份，無論是展示那種冷漠鬱鬱的死亡方式，或是誇張如特技演出般的死，靠著這些書寫死亡的想像欲望，嘗試摸索生活的存在意義和生命象徵。如果參照拉康（Jacques Lacan）的鏡像理論，將眼睛視為某種欲望器官，很明顯的在劉富良的詩作中這個敘述清晰地講述著欲望主體／自我的閹割創傷，如同〈水母，繼續游過〉一詩中的：「凌晨五點／我把眼睛擠出／扔入洗臉盆的排水管／讓水沖走」。敘述主體面對現實體制的（自我）傷殘，而另一個自我／他者作為一個呈現差異，並被指認為差異的形象存在，無疑成了敘述主體渴望呈現、心理戀物的一面表達之鏡：「刮鬍鏡冷冷見證」。自我與另一個自我（他者）的鏡像關係，透過夢、記憶、空屋、創傷、幽靈的召喚一再浮現、壓抑回返，在〈無題〉第二首「對照」中具體表達：「失眠的鏡像／我的床上／被扭的睡眠／躺了又起／起了又躺／始終是那兩對貓瞳──／誰也沒有成功離開」，這個創傷主體對自我／他者的辯證和認同表達的形式，於〈眼睛事件〉一詩中達到一個高度，其中自我解構與他者異同的指認敘述，可謂極盡誇張怪誕想像之能事，集詩人欲望敘述與敘述欲望的象徵形式的大成。

　　劉富良的詩，如果勉強歸類，可分為第一類早期（大專時期）著重探討人存在的意義、虛無的精神意識、人性的欲望辯證等較純粹以哲理思辨為詩想重心的作品，以〈零的睡眠〉、〈水母・繼續游過〉、〈與虛無對話〉等詩為代表，整體而言這類詩作的存在虛無精神多是點到為止，有待加強。第二類則是集中書寫城市生活與城市人的存在思考、城市主體的欲望感受與創傷記憶、及（後）現代都市的自我／鏡像講述，主要以現代主義與後現代主義中間地帶為思考背景的「城市詩」，以〈眼睛事件〉、〈急凍一座城市的勃起〉、〈一座城市的吃法〉、〈虛擬一座城市〉、〈島嶼黑夜，有貓在哭〉等詩作為代表。這類詩作劉富良寫來最得心應手。當然必須指出的是，這兩類詩作也遠不是涇渭分明的，兩者的思考關懷中心其實都離不開現代主義形式的都市精神與存在辯證，因此兩者往往存在交會重疊之處。這樣的分類原只是為了方便論者的條理分析，整體上可以讓我們看得更清楚劉富良的詩作的關懷面向與思考重心。

　　詩語言的情境除了更多承襲村上春樹，在一些較早期的詩作中，我們也清楚看到劉富良嘗試摸索自臺灣的詩人夏宇、羅智成、陳克華、林則良等，尤其是夏宇，一些詩如〈因此我們總是悲哀的〉、〈雨之侵襲〉、〈獸的信仰〉、〈抽離然後〉、〈秘密狂〉的語言：

　　　愛是溼的侵襲
　　　他用一把破雨傘遮掩赤裸
　　　他不是防守完備的雨傘主義者
　　　我竊笑他的狼狽

偽裝沒有情緒的人

──〈雨之侵襲〉[5]

然後用橡皮擦擦去

然後狡點地說：

「然後呢然後我們不要再

討論及然後。」

──〈抽離然後〉[6]

然後我們一起上公園散步

也看別人散步，同時

也讓別人看到我們散步因為他說：

「我們之所以散步，是為了

隱匿某種目的而故意暴露我們

散步的秘密。」

──〈秘密狂〉[7]

　　那種憊懶不在意而又語帶機智譏諷的文字，無法不令人聯想起夏宇的《備忘錄》詩集，甚至早期的一些句子、某個片段，有著楊牧、林冷、鄭愁予、顧城等人的影子，這些對於一個剛開始學習寫詩時期的年輕詩人來說，毋寧也是很自然的事。

　　值得注意的是，劉富良書寫城市生活與心靈世界的寓（預）言時，已把個人的存在與虛無意識巧妙的銜接在一起，其中對欲望、

---

[5]　《南洋商報‧南洋文藝》（2005.04.16）。
[6]　《有本雜誌》2 期（2001）。
[7]　《南洋商報‧南洋文藝》（2001.08.11）。

情慾、身體、記憶與想像的複雜關係的纏繞思考，其拒絕被束縛的欲望，以及不斷追求新意、不提供規範現實人生的堅持，正是其詩的迷人之處。放在今日的馬華都市詩書寫的格局中來看，無論如何可以肯定的是這是一條嘗試超越現代城市生活／生命經驗現象的思（詩）路，以詩再現城市的存在心靈，而城市光影映現於詩裡行間。

參考書目

創作：

王錦發、陳和錦編：《鏡子說：南洋文藝 1995 詩年選》（吉隆坡：南洋商報，1996）。

林金城：《假寐持續著》（吉隆坡：大將出版社，1999）。

林幸謙：《詩體的儀式》（臺北：九歌出版社，1999）。

林健文：《貓住在一座熱帶原始森林》（吉隆坡：有人出版社，2009）。

呂育陶：《在我萬能的想像王國》（吉隆坡：大將出版社，1999）。

呂育陶：《黃襪子，自辯書》（吉隆坡：有人出版社，2008）。

辛金順：《風起的時候》（吉隆坡：雨林小站出版，1992）。

辛金順：《最後的家園》（臺北：文史哲出版社，1997）。

沙　河：《魚的變奏曲》（吉隆坡：大將出版社，2007）。

村上春樹著，賴明珠譯：《海邊的卡夫卡》（上、下集）（臺北：時報出版，2003）。

翁弦尉：《不明生物》（新加坡：八方文化出版，2004）。

夏　宇：《備忘錄》（臺北：自印出版，1984）。

陳大為：《治洪前書》（臺北：詩之華出版社，1994）。

陳大為：《再鴻門》（臺北：文史哲出版社，1997）。

陳大為：《盡是魅影的城國》（臺北：時報出版，2001）。

陳大為編：《馬華當代詩選 1990-1994》（臺北：文史哲出版社，1995）。

陳大為、鍾怡雯編：《赤道形聲：馬華文學讀本 I》（臺北：萬卷樓出版社，2000）。

陳和錦編：《沉思的蘆葦：南洋文藝 1996 詩年選》（吉隆坡：南洋商報，1997）。

陳強華：《那年我回到馬來西亞》（新山：彩虹出版社，1998）。

陳強華：《幸福地下道》（吉隆坡：大馬福聯會，1999）。

陳強華：《挖掘保留地》（吉隆坡：大將出版社，2006）。

傅承得：《趕在風雨之前》（吉隆坡：十方出版社，1988）。

傅承得：《有夢如刀》（吉隆坡：千秋事業出版社，1995）。

游　川：《游川詩全集》（吉隆坡：大將出版社，2007）。

鄭云城：《那一場政治演說》（吉隆坡：東方企業，1997）。

鄭云城：《云城的政治詩》（吉隆坡：Foundermall Dot Com，2007）。

劉藝婉：《不是寫給你的（然而你不認為）》（吉隆坡：大將出版社，
　　2007）。

龔萬輝編：《有本詩集：22詩人自選》（吉隆坡：有人出版社，2003）。

理論與批評：

王德威：《眾聲喧嘩》（臺北：遠流出版，1988）。

王德威：《想像中國的方法：歷史‧小說‧敘事》（北京：三聯書店出
　　版，1998）。

王潤華：《華文後殖民文學：中國、東南亞的個案研究》（上海：學林
　　出版社，2001）。

白　靈：《一首詩的誕生》（臺北：九歌出版社，1991）。

本雅明著，張旭東、魏文生譯：《發達資本主義時代的抒情詩人：論波
　　特萊爾》（臺北：臉譜出版，2002）。

江洺輝編：《馬華文學的新解讀》（吉隆坡：馬來西亞留臺聯總，1999）。

林春美：《性別與本土：在地的馬華文學論述》（吉隆坡：大將出版社，
　　2009）。

何國忠編：《社會變遷與文化詮釋》（吉隆坡：華社研究中心出版，2002）。

何國忠編：《百年回眸：馬華社會與政治》（吉隆坡：華社研究中心出
　　版，2005）。

何國忠編：《百年回眸：馬華文化與教育》（吉隆坡：華社研究中心出版，2005）。

孟　樊：《臺灣文學輕批評》（臺北：揚智出版社，1994）。

佛克馬、義布思著，俞國強譯《文學研究與文化參與》（北京：北京大學出版社，1996）。

吳耀宗編：《當代文學與人文生態》（臺北：萬卷樓出版社，2003）。

李歐梵：《未完成的現代性》（北京：北京大學出版社，2005）。

金絲燕：《文學接受與文化過濾》（北京：中國人民大學出版社，1994）。

馬斯洛著，許金聲等譯：《動機與人格》（北京：華夏出版社，1987）。

焦　桐：《臺灣文學的街頭運動》（臺北：時報文化出版社，1998）。

陳大為：《亞細亞的象形詩維》（臺北：萬卷樓出版社，2001）。

陳大為：《亞洲閱讀——都市文學與文化（1950-2004）》（臺北：萬卷樓出版社，2004）。

陳大為、鍾怡雯、胡金倫編：《赤道回聲：馬華文學讀本 II》（臺北：萬卷樓出版社，2004）。

黃萬華、戴小華編：《全球語境‧多元對話‧馬華文學：第二屆馬華文學國際學術會議論文集》（濟南：山東文藝出版社，2004）。

黃錦樹：《馬華文學：內在中國、語言與文學史》（吉隆坡：華社資料研究中心，1996）。

黃錦樹：《馬華文學與中國性》（臺北：元尊文化出版社，1998）。

傅柯著，尚衡譯：《性意識史》（臺北：桂冠出版，1990）。

張光達：《風雨中的一枝筆》（吉隆坡：大將出版社，2001）。

張漢良：《現代詩論衡》（臺北：幼獅出版社，1977）。

張京媛編：《當代女性主義文學批評》（北京：北京大學出版社，1992）。

張京媛編：《新歷史主義與文學批評》（北京：北京大學出版社，1993）。

張京媛編：《後殖民理論與文化認同》（臺北：麥田出版社，1995）。

張錦忠：《南洋論述：馬華文學與文化屬性》（臺北：麥田出版社，2003）。

廖炳惠：《回顧現代》（臺北：麥田出版社，1994）。

廖炳惠：《關鍵詞 200：文學與批評研究的通用辭彙編》（臺北：麥田出版社，2003）。

鄭明娳編：《當代臺灣政治文學論》，（臺北：時報出版，1994）。

鍾怡雯：《亞洲華文散文的中國圖象 1949-1999》（臺北：萬卷樓出版社，2001）。

鍾怡雯：《馬華文學史與浪漫傳統》（臺北：萬卷樓出版社，2009）。

外文資料：

Abrams, M. H., *A Glossary of Literary Terms*（Texas：Harcourt Brace College Publisher），1999.

Cixous, Hélène, *The Laugh of the Medusa*, New French Feminisms，1981.

Foucault, Michel, *Language, Counter-memory, Practice：Selected Essays and Interviews.* Ed. Donald F. Bouchard. Trans. Donald F. Bouchard and Sherry Simon. Ithaca：Cornell UP，1977.

Foucault, Michel, *Power／Knowledge：Selected Interviews & Other Writings,* Colin Gordon. Ed. New York：Pantheon Books，1980.

Friedman, Susan Stanford, *"Beyond" Gender：The New Geography of Identity and the Future of Feminist Criticism, in Mappings,* Princeton：Princeton University Press，1998.

Hall, Stuart,"Cultural Identity and Cinematic Representation." *Framework 36*（1989）.

Hall, Stuart,"Minimal Selves." *Identity：The Real Me.* ICA Documents 6. London: Institute of Contemporary Arts，1987，p.44-46.

Jameson, Fredric, Nostalgia for the Present, South Atlantic Quarterly 88.2（Spring），1989，p.517-537.

Pickering, Michael, *The Past as a Source of Aspiration. Popular Song and Social Changes in Everyday Culture: Popular Song and the Vernacular Milieu.* Philadelphia: Open University Press，1987.

Spivak, Gayatri Chakravorty, Can the Subaltern Speak？in Patrick Williams
　　& Laura Chrisman, ed. *Colonial Discourse and Post-colonial Theory :
　　A Reader,* New York：Harvester Wheatsheaf，1994.

White, Hayden, *Metahistory,* Baltimore：The Johns Hopkins UP，1973（2）.

國家圖書館出版品預行編目

馬華當代詩論：政治性、後現代性與文化屬性
／張光達著.-- 一版.-- 臺北市：秀威資訊
科技, 2009.09
　　面；　公分. -- (語言文學類；PG0277)
BOD 版
參考書目：面
ISBN 978-986-221-279-0(平裝)

1. 海外華文文學　2. 新詩　3. 詩評

850.9　　　　　　　　　　　　　98014831

 語言文學類　PG0277

馬華當代詩論
——政治性、後現代性與文化屬性

作　　者／張光達
發 行 人／宋政坤
執行編輯／林泰宏
圖文排版／蘇書蓉
封面設計／陳佩蓉
數位轉譯／徐真玉　沈裕閔
圖書銷售／林怡君
法律顧問／毛國樑　律師
出版印製／秀威資訊科技股份有限公司
　　　　　台北市內湖區瑞光路 583 巷 25 號 1 樓
　　　　　電話：02-2657-9211　　　傳真：02-2657-9106
　　　　　E-mail：service@showwe.com.tw
經 銷 商／紅螞蟻圖書有限公司
　　　　　台北市內湖區舊宗路二段 121 巷 28、32 號 4 樓
　　　　　電話：02-2795-3656　　　傳真：02-2795-4100
　　　　　http://www.e-redant.com

2009 年 9 月 BOD 一版
定價：270 元

讀 者 回 函 卡

感謝您購買本書，為提升服務品質，煩請填寫以下問卷，收到您的寶貴意見後，我們會仔細收藏記錄並回贈紀念品，謝謝！

1. 您購買的書名：_____

2. 您從何得知本書的消息？

　□網路書店　□部落格　□資料庫搜尋　□書訊　□電子報　□書店

　□平面媒體　□ 朋友推薦　□網站推薦　□其他_____

3. 您對本書的評價：(請填代號　1.非常滿意 2.滿意 3.尚可 4.再改進)

　封面設計____　版面編排____　內容____　文/譯筆____　價格____

4. 讀完書後您覺得：

　□很有收獲　□有收獲　□收獲不多　□沒收獲

5. 您會推薦本書給朋友嗎？

　□會　□不會，為什麼？_____

6. 其他寶貴的意見：_____

_____

_____

_____

讀者基本資料

姓名：_____ 年齡：_____ 性別：□女 □男

聯絡電話：_____ E-mail：_____

地址：_____

學歷：□高中(含)以下　□高中　□專科學校　□大學

　　　□研究所(含)以上 □其他_____

職業：□製造業 □金融業 □資訊業 □軍警 □傳播業 □自由業

　　　□服務業 □公務員 □教職　□學生 □其他_____

To：114

台北市內湖區瑞光路 583 巷 25 號 1 樓

秀威資訊科技股份有限公司　　　收

寄件人姓名：

寄件人地址：□□□

(請沿線對摺寄回,謝謝!)

秀威與 BOD

BOD（Books On Demand）是數位出版的大趨勢，秀威資訊率先運用 POD 數位印刷設備來生產書籍，並提供作者全程數位出版服務，致使書籍產銷零庫存，知識傳承不絕版，目前已開闢以下書系：

一、BOD 學術著作—專業論述的閱讀延伸
二、BOD 個人著作—分享生命的心路歷程
三、BOD 旅遊著作—個人深度旅遊文學創作
四、BOD 大陸學者—大陸專業學者學術出版
五、POD 獨家經銷—數位產製的代發行書籍

BOD 秀威網路書店：www.showwe.com.tw
政府出版品網路書店：www.govbooks.com.tw

永不絕版的故事・自己寫・永不休止的音符・自己唱